PRIVATE

私人侦探

〔美〕詹姆斯·帕特森 玛克辛·佩德罗/著
曾雅雯/译

重庆出版集团 重庆出版社

序幕
"你死了,杰克"

1

如果要让我尽最大努力进行回忆,那么在我人生中那些印象深刻但又未必绝对可靠的过往经历中,我第一次品尝到死亡的滋味是如下的情形。

迫击炮的火力在我四周发出沉闷的撞击声,听起来就像是无数块剃须刀片倾盆而至。我正用肩膀扛着海军陆战队下士丹尼·杨艰难地前行着,我很喜欢这家伙,他是与我并肩作战的战士里最坚强的一个人,而且非常幽默。更重要的一点是,他还是个满怀希望的男人——他妻子在得克萨斯州西部的家中已经怀上了他们的第四个孩子。

此时此刻,他的鲜血正顺着我的飞行服汩汩地往下流,溅湿了我的靴子,那已经不像是血,而是从排水管倾泻出来的水。

我扛着他一起摸黑走过一段岩石地面,一路上我哽咽着说:"丹尼,我来救你了,你会安全的。和我在一起就好了,你能听到我说话吗?"

我轻轻地将他放在距离直升飞机几米远的地面上,突然又一轮震荡性的爆炸使得我身边的大地像地震了一般。我感觉自己的上半身受到了巨大的冲击,然后,就没有然后了。

我死了,我去到另一个世界了。我甚至不知道我死了多久。

德尔里奥后来告诉我,那时我的心跳已经停止。

我只记得自己仿佛在黑暗无边的空间中游泳,朝着有光芒的方向游去。我还记得疼痛的感觉,以及航空燃料所散发出的刺鼻异味。

我睁开眼睛以后,看到德尔里奥的脸离我很近,他的双手紧压在我的胸口。当我看到他的那一瞬间,他笑了,与此同时我还看到他的脸颊上挂着两行泪水。他激动地说:"杰克,你这个王八蛋!你终于活过来了!"

滚滚的黑烟包围着我们,空气中充斥着刺鼻的味道。丹尼·杨就躺在我的身边,他的双腿以一种不可思议的角度扭曲着。德尔里奥的身后,直升飞机的残骸还在燃烧,并且发出了亮白色的火光,随时都可能爆炸。

可是我的伙伴们还在那里面,他们都是曾和我一起出生入死的朋友。

我哽咽着吐出了几个字:"我们必须得把他们救出来。"

德尔里奥用尽全力按住我,但是我用手肘向他猛击过去,不偏不倚地正好打中了他的下巴。他向后一仰倒在地上,我甩脱他,朝那个坠毁的巨鸟跑去,此时它的镁制外壳已经着火了。

很多名海军陆战队队员都在那里面,而我必须赶紧将他们救出来。

重型武器的炮火再次击中了直升飞机的残骸,装在机舱里的军火爆炸了。我听见了德尔里奥的喊叫声:"卧倒,杰克,别犯傻了!快卧倒!"

紧接着,我感觉到他那重重的身躯将我扑倒在地,而直升飞机消失在了汹涌的烈焰中。我捡回了一条命,但是我的很多朋友却死了。我向上帝发誓,我宁愿用自己的性命换回他们的性命。

我得说,接下来的故事中可能经常会提到我自己,以及和我自己相关的东西。我无法确信你是否会喜欢它们,所以请你用自己的眼光来欣赏它们,自己当一回审判员。

现在请坐好了,一个很长但很精彩的故事即将开始。

2

自我从战争之地阿富汗回来后,两年时间过去了。我已经超过一年没有见到过我的父亲,而我感觉自己没有理由也没有愿望再次与他相见。但是,他突然打电话找到我,说他有一些非常重要的事情要告诉我。他还说,事情非常紧迫,并且将改变我的人生。

我父亲是一个善于操纵别人、谎话连篇的王八蛋,但他的这番话却使我心甘情愿地上了钩。就这样,我穿过了位于柯克兰市的加利福尼亚州监狱的游客禁入的大门。

十分钟过后,我在一面有机玻璃隔墙的旁边坐了下来,而他则走进了隔墙另一侧的小隔间里,并朝我露出了笑容,那口残缺不整的牙齿一览无遗。他曾经英俊过,然而现在的他看起来就像是吸食了甲安菲他明①的哈里森·福特②。

他一把抓起了电话,我在隔墙这边也做出了同样的举动。

"你看上去不错啊,杰克。想必你的生活一定很顺利。"

我说:"你瘦了。"

"儿子,这里的食物是给老鼠吃的。"

我的父亲开始重新讲述我们上次见面时尚未说完的故事,他告诉我那种绅士般的骗子已经不存在了,剩下的就只有小流氓和无赖。"他们杀掉了一间汽车餐厅里的一名职员,结果将一起简单的抢劫案变成了需要有人承担终身监禁的大案要案。这是为了什么?区区一百美元吗?"

听着他说话,我感到很头痛,而且背和脖子也僵硬无比。他不停地责骂那几个黑人和拉美裔美国人,因为他们的愚蠢,使得他现在不得不因勒索和谋杀而在这里度过余生。同样的时间,同样的地点,同样的小流氓和无赖,他又重新讲了一遍。我真感到羞愧,因为曾经有很多年我一直都很尊敬他。那时的我必须彻底改变自己的作风,只不过为了得到他的一句称赞——"好样的,杰克",而不是一记耳光。

"告诉你吧,汤姆。"我说,"我会找到监狱长,并与他好好谈谈,看看我能不能把你转移到贝莱尔③去,或者比佛利山威尔希尔④。"

他笑了:"如果真是这样,我会好好酬谢你的。"

我最终笑了笑:"你还是老样子。"

他耸了耸肩,笑得更灿烂了:"我为什么要改变呢,杰克?"

---

① 一种兴奋剂。
② 美国老牌电影明星,生于1942年,以荧幕硬汉形象闻名于世,也是美国影坛常青树之一,其经典作品有《夺宝奇兵》系列、《星球大战》系列、《亡命天涯》和《空军一号》等。
③ 贝莱尔(Bel Air)是洛杉矶的高档住宅区之一(又译:贝尔艾尔),它与比佛利山和霍姆比山组成了洛杉矶著名的高贵白金三角区。贝莱尔距离洛杉矶市中心约二十公里,社区成立于1923年,居住着众多好莱坞明星和企业高管。
④ 比佛利山威尔希尔大道是洛杉矶最繁华的街区之一。

 PRIVATE

我注意到了父亲文在指关节上的新刺青,我的名字在他左手上,而我的孪生兄弟的名字在他右手上。很多年前,他常常用那双拳头殴打我们,他曾把自己的拳头称为"一对恶魔"。想到这些,我在面前的平台上不停地敲击着自己的手指。

"我令你感到厌烦了吗?"他问道。

"哦,当然不是。我突然想起一件事,我把车停在了一个消防栓的前面。"

父亲再次笑了笑:"看到你,就仿佛看到了我自己,你让我想起了当我自己还是个理想主义者时的样子。"

真是个自恋的老家伙,他居然依旧还认为他是我的偶像,而这与事实早已相差甚远。

"杰克,让我问你一个严肃点的问题。你真的喜欢为那没用的、可悲的平库斯私人侦探公司工作吗?"

"是普兰蒂斯。"我纠正道,"我从他身上学到很多东西,而且我干得非常开心,这是我很擅长的工作。"

"你这是在浪费时间,杰克,而我有一个更好的工作机会等着给你。"说到这里他停顿了片刻,当他确信他的话已经引起了我的高度关注之后,他继续说道,"我想让你来接管国际私人侦探公司。"

我想这就是他先前所说的会改变我的人生的那件事了。

"老爸,你还记得吗?整间公司留下的就只有堆放在库房里的几十个文件柜而已。"

"明天你会收到一个包裹。"父亲继续着刚才的话题,就好像没听见我的话似的,"那里面有一份我的客户名单,以及我所掌握的关于他们的丑闻。此外,还有一份文件,可以证明你有权限调用我开设在开曼群岛的银行账户里的所有资金。"他说,"一千五百万美元,杰克,都是你的,你可以用那笔钱做你自己想做的事。"

我吃惊地扬起了眉毛。国际私人侦探公司曾经为电影明星、政客、大富豪甚至白宫进行过一流的调查工作,我也知道我父亲收取的酬金是业内最高的。不过,一千五百万美元,他是如何挣到那么多的?另外,我真的想知道或有必要知道内情吗?

"你想问我为什么这样做,是吗?"他自问自答道,"很简单,千万别告诉你兄弟关于这笔钱的任何事。我曾给过他很多,可他却将我给予他的一切都用来吸毒和赌博。这是你与生俱来的继承权,杰克。而我呢,我希望在自己的人生中再作一次正确的决定。"

"难道你没听到我刚才说的话吗?我在普兰蒂斯私人侦探公司干得很开心。"我对他说。

"我希望你能静下心来,仔细考虑考虑,杰克。别再用任何半秒钟的时间去想象如何与自己该死的兄弟和睦相处,你需要把我告诉你的事彻底想清楚了。你面临的是一个机会,一个很大的机会,一个价值一千五百万美元的大好机会!

"我希望国际私人侦探公司能成为全球一流的知名企业。你很聪明,而且英俊帅气,再说你他妈的还是个该死的战争英雄。希望你能带领公司起死回生,这不仅仅是为了我,更重要的是为了你自己的将来。不要想方设法地说服自己放弃一个真正的好机会,你完全有能力把国际私人侦探公司变成全球最好的。现在你有钱,有才华,还有同情心,所以,放手一搏吧!"

一名警卫走过来,将一只手放在我父亲的肩膀上,示意他时间到了。他紧紧地抓住电话听筒,那种关切的眼神自打我五六岁之后就再也没能看到过一次。最后他对我说:"过一种你应得的生活,杰克,干出点大事来。"接下来他用手掌触摸了一下有机玻璃隔墙,然后转身离开了。

在我离开柯克兰一周之后,一把刀捅进了汤姆·摩根的肝脏。三天后,我的父亲去世了。

P R I V A T E

第一部
五年后

一

  人们信赖我,并且将他们的秘密交托给我,连我自己也不知道确切的原因是什么。一定是因为我脸上的什么东西,很可能就是我的眼睛。就在几个月前,格温娜维尔·斯科特·埃文斯决定冒险一试,将她的人生和职业生涯都交给我负责。

  此时此刻,当我帮助她从我的深蓝色"兰博基尼"里面走出来时,她紧紧地握着我的手。她佯作端庄地摇了摇狭窄的臀部,然后优雅地整理了一下那套非常紧身的黑色礼服。她非常性感,是一流的电影明星,据我所知她还是个富有情趣的女人,而且足够聪明——因为她是从范德堡大学[①]毕业的,如此高的学历在女明星当中可不多见。

  今天晚上,我是格温娜维尔在金球奖[②]颁奖典礼上的男伴,这是她用来感谢我的一种方式。此前我曾帮助她跟踪她的摇滚歌手丈夫,结果发现他背着她和别人偷情。

  格温娜维尔很悲伤,这我当然知道,但她依旧保持着那种如同运动员正在参加比赛的坚定而严肃的面部表情。她希望今晚被别人看见她与一个富有魅力的健美男子在一起——这是她的原话——而我则可以想象得出她还希望感觉到自己被人倾慕。

  "今晚会很有趣的,杰克。"她边说边握紧了我的手指,"很多重要人物都会出席,哥伦比亚电影公司的所有明星都会来,当然,还有马特。"

[①] 又名范德比尔特大学,是位于美国田纳西州纳什维尔市的一所私立研究型大学,也是位于美国南方的少数顶级名校之一,以其出色的教育质量和强大的科研实力,享有"南方哈佛"的美誉。

[②] 金球奖是美国的一个电影与电视奖项,以正式晚宴的方式举行,举办方是好莱坞外国记者协会。此奖从1944年起每年举办一次,最终结果由九十六位记者(其中约三分之二是兼职)的投票产生。

 *PRIVATE*

格温娜维尔已经得到了最佳女配角的提名,那是一部由她和马特·达蒙[1]合演的爱情电影。我早就知道她有机会获此殊荣,再说我也是这样期望的,我很欣赏她。

聚集在比佛利山希尔顿酒店的影迷们非常享受这次颁奖典礼前的出场秀,当我们一起走在红地毯上时,他们高喊着格温娜维尔的名字,照相机咔嚓作响。还有一名影迷甚至用他的手机指向我,问我是她的什么人。

我笑着说:"你在开玩笑吧?我只是个保镖。"

突然,格温娜维尔松开了我的手,转而拥抱瑞安·西克雷斯特[2],瑞安将她拉到聚光灯下面。影迷们都想涌上来同她握手,但她将自己的一只手臂环绕着我的腰,然后把我也拉到了聚光灯下,站在她身旁。

瑞安·西克雷斯特十分配合,他不停地称赞我的晚礼服,并且询问了我的名字。紧接着,他皱起了眉头,似乎正在头脑中拼命回忆是否认识我这个人。片刻之后,斯嘉丽·约翰逊[3]出场了,并向我打招呼:"嗨!杰克。"接下来,我和格温娜维尔在掌声和欢呼声中沿着红地毯继续向前行走,两侧的露天座位一直延伸到了酒店的入口。

在这个极其不恰当的时候,我的手机响了。

"别接电话,杰克。"格温娜维尔说,"现在不是工作时间,今晚你是我的,好吗?"她的微笑有些黯淡,一丝担忧的神色写在她美丽的脸庞上,"可以吗,杰克?"

我看了一眼来电人姓名:"这个电话只需要几秒钟。"

打电话来的人是安迪·库什曼,他是个乐观开朗的摇滚乐发烧友,但是让我难以置信的是,电话那头的声音却强忍着哭腔。

"杰克,我需要你来我家,我需要你赶紧过来。"

"安迪,现在不行。相信我,我真的走不开,出什么事了?"

"谢尔比出事了,她死了,杰克。"

---

[1] 美国著名的演员和编剧,曾获得第七十届奥斯卡最佳男主角提名和第八十二届奥斯卡最佳男配角提名,并和好友本·阿弗莱克一起凭借《心灵捕手》获得第七十届奥斯卡最佳原创剧本奖,代表作品有《心灵捕手》《天才雷普利》《无间道风云》和《谍影重重》三部曲等。
[2] 美国电视名人及节目主持人,他是美国歌唱电视节目《美国偶像》第一季至第七季的主持人。
[3] 美国当红女明星,2009 年 8 月被英国著名时尚杂志 *Glamour* 评选为全球十大性感女星冠军。代表作品有《马语者》《钢铁侠 2》《复仇者联盟》和《致命魔术》等。

二

死了？谢尔比怎么会死呢？一定是弄错了！但是，这又怎么可能弄错呢？

是我将谢尔比介绍给安迪的，不到半年前，他俩结婚了，而我是伴郎。上周，我曾和他俩一起在"莫索－弗兰克"烧烤店共进晚餐。安迪告诉我，他们将会给第一个孩子起名叫杰克，不是杰克逊，也不是杰克森，就是杰克，和我一样。

谢尔比会不会死于心脏病发作？可她还那么年轻啊。那她遇到交通事故了吗？安迪在电话中没有说，但是听起来他已经濒临崩溃。安迪的痛苦，我感同身受。

我将一叠钞票塞进泊车员的手心，然后带着歉意地护送着明显心烦不安的格温娜维尔进到了宴会厅，并且将她交给了马特·达蒙。当我回到街边时，我的车已经在那里等我了。

我驾驶着自己的顶级跑车朝库什曼的家飞驰而去，一路上我都处于极度震惊的状态。这辆跑车是一个客户送我的礼物，因为在我的帮助下他把守住了他那异常可怕的秘密。它是如此的招人耳目，以至于只要没有待在维修店里接受维护，它就是个不折不扣的"交警磁铁"。

当我进入加州太平洋海崖的峭壁部分时，我将车减速，这片地方是一个戒备森严的富人区，里面的小商店和住宅距离海边只有几步之遥。十分钟后，我来到了安迪住所外的环形车道，并踩下了刹车。

黄昏来临，安迪的房子里没有亮灯，前门大开，门框已经碎裂成片。

有人闯进了房子吗？我认为不是，不过我还是将我的手枪从车座前的手套箱里拿出来，然后穿过打开着的前门走了进去。

战争期间，我驾驶过三年 CH－46 运输直升机，这段经历加强了我的视觉灵敏度,使得我很擅长像机器一样扫描四周的细小事物。我仔细检查着地面上的动静,还有尘土、烟雾、反光、人体轮廓和闪光。

作为一名侦查员,我有着非同一般的能力,可以在实际工作中识别各种异常现象。每当看到一个犯罪现场,我立刻就可以看出有什么东西是不对劲的:可能是看似随意的血斑,刷了油漆的墙壁上的划痕,或者是长绒地毯上的一根头发……

我浏览着库什曼的客厅,没能看出任何被扰乱的迹象。靠垫很整齐,地毯摆放得很平直,书本和画作全都井然有序。

我呼喊安迪的名字,他马上回答道:"是杰克吗?杰克,我在卧室,请快过来。"

我将自己的金柏特装型点 45 口径手枪①握在手里,穿过了几间宽敞整洁的过厅,来到了位于房子背侧的主卧室。

我摸到了卧室门边的开关,然后按开了房间灯。安迪正弓腰驼背地坐在床边,用沾满血污的双手紧抱着自己的头。

天哪!这里发生了什么?

与客厅截然不同,卧室看起来就好像受到过龙卷风的袭击。台灯和画框都被粉碎,电视机从墙上撕扯了下来,背后的电线仍然还连在插座上。

谢尔比的衣服,鞋子,还有内衣裤被乱七八糟地扔得满地都是。噢,天哪!真让人难以置信!

谢尔比浑身赤裸,脸朝上躺在床的中央,早已没了呼吸。

我试图接受这一切,但是我不可能理解这一事实。谢尔比的额头上中了枪,另外从她身下白色绸缎床单上的血迹范围能看出来,她的胸口还挨了一枪。

震惊使得我双腿发软,我控制住了自己走向安迪和谢尔比的冲动。我不可以那样做,坚决不行! 一旦走进卧室,我就会污染犯罪现场。

于是我朝我的朋友喊道:"安迪,这到底是怎么回事?"

---

① 由总部位于纽约州扬克斯的金柏(Kimber)公司研制、生产及销售的 M1911 半自动手枪的其中一个型号,子弹口径为 0.45 英寸(约合 11.4 毫米)。

安迪抬起头来看着我，他的圆脸苍白无比，双眼肿胀充血，金属框眼镜歪斜着挂在耳朵上。当他用颤抖的声音说话时，我发现他的脸和双手都沾满了血污："有人杀死了谢尔比，就这样用枪打死了她。你得查出来这是谁干的，杰克。你一定要找出杀害谢尔比的王八蛋！"

我最要好的朋友崩溃了，像一个小男孩般哭泣着。令人难过的是，我曾经也看到过安迪还是个小男孩时哭泣的模样。

三

我感到脚下的地板有些震颤，不过我知道安迪现在正指望着我能够为我和他的下一步行动进行有条理的分析和思考。在紧急情况下依旧保持头脑清醒，这就是我最大的标志和特色，谁让我的名字叫杰克·摩根呢？

我吩咐安迪待在原地不要动，然后我沿原路返回，去到我的车里。再次来到凶案现场时，我的手里拿着一台MD80——有史以来最出色的用以拍摄犯罪现场的专业相机，它带夜视功能，集成了GPS系统，并且支持多种语言，如果我需要的话，它甚至可以用波斯语或中国普通话提醒我忘了取下镜头盖。

我站在卧室门口，"咔嚓咔嚓"地猛拍了十几张照片，捕捉到了我可以想到的所有细节。

拍照的同时，我的脑海中也在设想谋杀案的情景。

除了床单上，以及谢尔比身上的血迹，其他就再没有明显的痕迹了：墙上看不到喷溅的血迹，也没有指印；地板上没有被拖曳的痕迹，一滴血也见不着。我基本可以肯定，她是在她的床上被杀害的。我想象着当凶手捣毁这个房间时，谢尔比畏缩着靠在床头板上的样子。他曾命令她躺着不许动，是这样吗？接下来，他朝她连开两枪，一枪打中了胸膛，另一枪打中了额头。她的伤口流了很多血,而她很可能在额头中枪的那一瞬间就死亡了。

不论凶手的理由和动机是什么,很明显这个人不是为了钱。谢尔比手上的钻石戒指原封不动,而且她的脖子上还戴着一条镶有更大钻石的项链。她的爱马仕手提包放在梳妆台上,同样没有被打开过。

既然这样,如果这不是入室盗窃,那究竟是怎么一回事?

我突然产生了一个想法,每个调查谋杀案的侦探通常都会有同样的想法——是安迪杀了他的妻子吗?这会是他打电话让我来这儿的真正原因吗?毕竟我很可能是全洛杉矶能够妥善处理这个犯罪现场的最佳人选。

我用非常平静的语气对我的朋友说话,告诉他我是多么的难过和震惊。片刻之后,我让他将谢尔比留在原处,然后朝我走过来。

"我们得就此好好谈谈,安迪。我们必须马上这样做。"

他来到卧室门口,悲叹着靠在我身上,就像一个没有骨头的人。

我扶着安迪来到客厅,然后让他在一把椅子上坐下。我坐在他对面的沙发上,有意使自己和他保持距离。接下来的十几分钟非常难熬,对我对他都是如此。

我首先问了一个比较容易的问题:"你拨打911了吗?"

"我……在打给你之前,我是不会给警察打电话的。不,我没有报警。"

"安迪,你有枪吗?还有,你的房子里有枪吗?"

他摇了摇头:"没有,我从来就没有枪。枪使我感到害怕,这你是知道的。"

"嗯,那就好。对了,你有没有注意到什么异常?家里有没有什么东西被带走了?"

"我的保险箱是放在书房里的。今天我下班回家后,从车库走进寓所,在进到卧室之前经过了书房,我还把公文包放那儿了……那里没什么异样,一切如常。噢,我真的不知道这是怎么回事,杰克,我完全没有想到卧室里居然会发生这样的情景……杰克,我现在无法集中精神……"

我连珠炮似的问了安迪更多问题,他回答问题时看着我的眼神,就好像我是一艘救生艇,而他是一个从船上落入汹涌海水中的乘客。他说他最后一次看到谢尔比是在他早上离开家去上班的时候,此外一个小时之前他曾在车里和她通过电话,她的声音听起来没有任何不对劲的地方。

"这也许是个艰难的问题。"我说,"她有没有和别人偷情?或者……你呢?"

安迪的脸色骤变,看上去他正同一个失去理智的家伙讲话:"你说我吗,杰克?当然不了!她?那更不可能,她一直都很爱我。我们没有理由那样做,我们互相深爱对方,深深被对方吸引。我认为我再也不可能在别人身上找到类似的感觉,还有,我们正打算生个孩子。"

我调整了一下呼吸,继续推进话题:"那么,有人曾威胁过你的生命吗?或者威胁谢尔比?"

"这怎么可能,我不过是个普普通通的财务人员而已,杰克。再说,有谁会想要杀害谢尔比呢?她如此可爱,每个人都喜欢她……"

事实显然不是这样,至少不是"每个人"。

我不得不改变询问的方式:"你得对我说实话,安迪,你和这件事到底有没有关系?"

在五秒钟左右的时间里,安迪的表情从悲痛转为震惊,然后又变成狂怒。

"真想不到你竟然会这样说,你明明知道我有多爱她。杰克,我现在告诉你,而且我以后也不想再说第二遍了,我没有杀他,我不知道这是谁干的。我无法想象居然会发生这样的事,我真的接受不了,杰克。"

天黑了,我伸手将房间灯打开。安迪愤愤地看着我,那表情就好像我刚用拳头猛击了他的脸颊。

天哪!我可是他最要好的朋友啊!

"我相信你。"我说,"不过警察还是会盘问你的,你明白吗?遇到这种事,死者的丈夫总是会被警方列为头号嫌疑人的。"

他点了点头,再次开始哭泣。

我站起身来,走到门厅,拨通了警察局局长米奇·菲斯克的电话。菲斯克在过去的几年里和我成为了朋友,他曾因自己的垃圾工作而感到沮丧,不过他是个好人,而且我信任他。

我把案子的简要情况汇报给菲斯克,并告诉他安迪和我是童年时代的好朋友,而且我们俩还是布朗大学①学生联谊会的好兄弟,我可以百分之百地为他的人格进行担保。

我一直都和安迪待在一起,直到警察和犯罪现场取证专家来到这里。我听见他对一名刑警说,谢尔比在这个世界上没有一个敌人。

然而,杀害她的人否定了他的观点。

这不仅仅是一个凶杀行为。

这里面肯定还有个人恩怨。

四

三十过半的朱斯蒂娜·史密斯是一个优雅、认真并且在学术上有辉煌成就的棕色皮肤女人,她的职业是精神病医生和法医分析专家,另外她还是国际私人侦探公司的二号人物。客户们就像信赖杰克·摩根一样地信赖她,并且倾慕她,每个人都是如此。

这天晚上,她如约和洛杉矶地方检察官鲍比·裴提诺共进晚餐。鲍比是她最好的朋友,同时也是她的恋人。他以前是纽约人,后来移居到洛杉矶,很喜欢鉴赏意大利美食。今天他带给了朱斯蒂娜一个惊喜:他接她下班,并开车将她载到他们最喜欢的地方之一——位于洛杉矶圣塔莫妮卡大道的乔治·巴尔迪餐厅。

这间餐厅是家庭风格,非常舒适并且随意。点了烛光的餐桌靠得很近,让人不由自主地体会到亲密感。很多大牌明星都是乔治·巴尔迪餐厅的常客,但是鲍比的眼睛只停留在朱斯蒂娜身上,对其他人视而不见,

---

① 世界闻名的美国"常青藤联盟"中的一员,是美国最早建立的高校之一,创建于1764年。

甚至当约翰尼·德普①和丹泽尔·华盛顿②说笑着走进来,在餐厅里上演一部真实有趣并且拥有超豪华阵容的"生活电影"时,他也毫不在乎。

当餐厅主人乔治将热气腾腾的自制意大利面放到餐桌上时,鲍比举起自己的葡萄酒杯,与朱斯蒂娜碰杯。此时此刻,这间餐厅俨然是他俩的二人世界。

"你知道吗?"朱斯蒂娜说,"在结束了整整一天的可怕和糟糕之后,能得到这样一份惊喜,让我实在是太高兴了。你真好,谢谢你!"

"只工作,不休息,把美丽的朱斯蒂娜变成了一个伤心的女孩。"他说,"那可是万万不行的。"

"总算结束了,我那可怕的一天已经过去了。今天我一直在帮助我们的圣地亚哥分公司办理一起令人讨厌的案子,不过今天的任务已经完成了。让我们庆祝一下吧,耶!"

朱斯蒂娜笑了,但是鲍比略微有些躲避她的目光,就好像他有一些事情不愿意告诉她似的。他们通常都很擅长读懂对方的心思,然而此刻朱斯蒂娜却摸不着头脑。

"怎么了?请告诉我,别让我瞎猜。"

"刚才我接到了警察局局长的电话,我向你保证,我本来打算在晚餐结束后再告诉你的。又有一名女学生被杀害了,他们刚刚发现了她的尸体。"

朱斯蒂娜心里一沉,这时她的情绪完全不受控制。她下意识地碰翻了自己的酒杯,并且丝毫没有将它扶起来的意思。她脸上的神采顿时消失了,她的思绪又回到了最近一段时间里的黑暗经历当中。

太平间里的画面占满了她的脑海:那些在过去的两年里被杀害的十几岁的女孩。可怜的女孩们都是高中生,遍及洛杉矶各地,不过大多数人都来自洛杉矶东部地区。最后一名女孩的尸体是在仅仅一个月之前被人发现的。

---

① 美国好莱坞明星,曾经获得过三次金球奖提名。《剪刀手爱德华》是他的成名作,被很多人推崇为爱情经典,从2003年开始出演《加勒比海盗》系列,让他在好莱坞踏入当红影星的行列。
② 好莱坞男演员,2002年凭借电影《训练日》获第七十四届奥斯卡最佳男主角奖,是继西德尼·波蒂埃后第二位黑人影帝。

警方和媒体都高度关注这些女孩的谋杀案,朱斯蒂娜曾经几乎相信杀手已经停止行动,或者已经被关进监狱,甚至已经死了,那样不是很好吗?

然而鲍比的话彻底粉碎了朱斯蒂娜的幻想,至少粉碎了她所拥有的关于今天晚上的幻想,以及这个幻想带来的对他俩适用的某些未知的可能。

五

"我得赶紧通知杰克。"朱斯蒂娜对鲍比说,"我必须这样做。该死!太可恶了!"

他倾身向前,抓住她的手说:"我已经给他打过电话了,你的车在二十分钟之内就会抵达这里。今天晚上你可能得熬夜了,可怜的朱斯蒂娜。快吃点面食吧,好吗,宝贝?晚些时候你会因为我让你吃东西而感激我的。"

侍者换上了一张干净的桌布,然后往朱斯蒂娜的酒杯里重新注满了葡萄酒,但她现在不能感知周围的一切。她拿起叉子,叉中了一个意式饺子,不过她这样做只是为了取悦鲍比,而且这样一来她就可以在头脑中回顾案子的同时不用说话。

一共有十一名女孩遇害,每个人都是被不同的方式和手段杀害的,这就极其不同寻常。犯罪现场找不到任何杀人凶器,受害人的手提包和双肩背包也一并消失了。这个杀手总是会带走一些战利品:一束头发,一副隐形眼镜,一条女士内裤,一枚毕业戒指[①]……执法人员将这些东西称作

[①] 对于美国毕业生而言,毕业戒指是除服装之外的另一个重要"道具",代表着学生对母校的热爱,也包含取得文凭之意。

"犯罪纪念品"。

接下来,杀手做出了奇异而大胆的举动——通过一封发给市长的难以追踪的电子邮件宣称自己对其中一起谋杀案负责。

他在邮件中提到他已经将最近一起谋杀案的战利品埋藏在桑瑟特街与多西尼街交叉处的一栋办公大楼外面的花盆里。杀手的署名是"斯蒂姆·克林纳",这个名字不能透露任何信息,从开始到现在都是如此。

从邮件被发送,直到被市长信箱的管理员看到,这中间需要耽搁一些时间。邮件的内容引起官方的高度重视,这还得花费更长的时间。

因此,在那封加密的电子邮件被发出之后的第三天,警方找到了那个花盆,发现里面埋着一个塑料袋。袋子里是一些从最近一名受害人那里取得的物品,这些东西上没有DNA,没有指纹,也没有其他痕迹。留给警方的,除了杀手最后的嘲笑所带来的耻辱之外,别无其他。

朱斯蒂娜自愿为洛杉矶警察局提供协助,于是他们邀请她参与其中。现在,她的回忆中浮现出了她当时看到的那个女孩的私人物品,这使得她感到非常不安。杀手对它们进行过处理,将它们擦干净,然后再送还给警方,连同一个毫无意义的署名以及赤裸裸的挑衅。

朱斯蒂娜想出了一个计划,为了让其实施,她需要杰克·摩根与鲍比·裴提诺合作。

这种有争议的安排使得洛杉矶警察局的重案组愤怒不已,不过地方检察官办公室力排众议,批准国际私人侦探公司以公共服务的形式参与这起案子的办理,这也意味着国际私人侦探公司提供的协助是无偿的。

然而,现在又有一名女孩死了。

鲍比正在听电话,他朝朱斯蒂娜比了个手势,试图引起她的注意:"朱斯蒂娜,朱斯蒂娜,你的车来了。"

六

该死！朱斯蒂娜在心里咒骂着，与此同时她抓住了快得不可思议的黑色奔驰 S65 的扶手，埃米利奥·克鲁兹——她的"司机"兼侦查员同事——向右一个急转，来到了洛杉矶东部银湖区的海波里恩大街。

这条四车道公路的两旁是各式各样的购物中心和快餐店，它们距离约翰·马歇尔中学不远，有两名被杀害的女孩就在那所中学就读。

"你对受害人的了解有多少？"朱斯蒂娜看着埃米利奥问道。

埃米利奥·克鲁兹甚至没有调整表情，使自己的气色看起来更好一些。他用一条橡皮筋将一头黑发扎在脑后，然后理了理身上那件样式古老的皮夹克。总的来说，他看上去就像一个等待着逃跑的电影明星。

克鲁兹的声音像奶油一样柔软："她的名字叫康妮·于，是个花季少女，十一年级[①]，只有十六岁。"

"她可真聪明呀。"朱斯蒂娜说，"她为什么偏偏要独自一人走在这条街上呢？"

"朱斯蒂娜，那些被杀害的女孩都是我们的邻居。她们太坚强了，以至于没有表现出害怕。"

"很抱歉，埃米利奥，我刚刚说的是气话。我感到很绝望，也很内疚，为什么我就不能像样地处理那个人渣呢？"

"想开点，我现在不是和你在一起吗？不过，我比较讨厌'公共服务'这种合作方式。"

克鲁兹还讨厌失败，而且非常讨厌，也许比杰克更甚。他曾经是一名排名很靠前的中量级拳击手，接下来是警察，然后是地方检察官鲍比·裴

[①] 相当于中国的高中二年级。

提诺手下的特别调查员。三年之后,鲍比·裴提诺将他介绍给杰克·摩根,后者雇用他成为国际私人侦探公司的侦查员。朱斯蒂娜很佩服克鲁兹,他为了获知真相,有着与斗牛犬一样的坚韧和顽强。这种特质再加上与生俱来的自然魅力,使得克鲁兹成为了一名卓越的侦查员。也只有在国际私人侦探公司这种地方,才能充分发挥出克鲁兹的才华。

"还有其他信息吗,比方说关于康妮·于的情况?"朱斯蒂娜问道。

"喂,听着,我向你道歉,朱斯蒂娜。你是对的,如果那个女孩真的很聪明,那又怎么可能会发生接下来的糟糕事件呢?尤其是在你去过所有学校,警告过所有孩子之后。你不应该感到内疚的,你做得比谁都多。"

克鲁兹减慢了车速,最终将奔驰车停在一堆警车中间。这些警车将一条小巷严严实实地封堵起来,几个街区之外就是海波里恩大桥。

朱斯蒂娜走下车,将双手揣在外套口袋里,然后朝着包围在小巷尽头的犯罪现场警示带走去。前方不远处,她看到了洛杉矶警察局派出的女学生谋杀案的领头侦查员——诺拉·克罗宁警官。

克罗宁是个急性子,尽管非常聪明,但她偶尔也会出现态度不够友好的状况。她一眼就迷上了美男子克鲁兹,不过却对朱斯蒂娜横眉冷对。她那重达两百磅的整个身体都辐射着某种能量,足以表现出她是多么的痛恨国际私人侦探公司参与到她的案子中来。

"是地方检察官叫我们来的。"朱斯蒂娜打破了沉默。

"哼哼!你的男朋友给你打电话,结果却是通知你来凶杀案现场,这真是古怪。"

朱斯蒂娜离开了这名讨人厌的警官,在警方工作人员的登记表上填写了她自己和克鲁兹的名字。接下来,她从警示带下方穿过,继而给法医验尸官玛德琳·考尔德打了个招呼,后者是朱斯蒂娜的好朋友。

"嗨!玛德琳,我们想看看受害人。"

"你们还好吗,朱斯蒂娜?克鲁兹?"考尔德说道。这名法医验尸官身材娇小,但是足够强壮,在必要的时候可以独自翻转受害人的尸体。她走到一边,使得朱斯蒂娜可以完整地看到躺在塔可钟餐厅①后门外的女孩的尸体,周围还堆着一些袋装垃圾。

朱斯蒂娜在康妮·于的身旁弯下腰,看见了女孩头部周围的一摊淤血,与此同时她还看到了女孩左耳上闪闪发光的金耳坠。

玛德琳·考尔德说:"朱斯蒂娜,过来看看这个。"

受害人的右耳上没有耳坠。

确切地说,她的整个右耳都不见了。

考尔德法医继续说道:"她的右耳不见了,朱斯蒂娜。另外,餐厅里面的垃圾桶已经被扔掉了。我们已经安排了一组工作人员在周围的大街上寻找,但是到处都找不到。我想,这也许意味着我们需要好几天甚至更长的时间才能找到。"

突然,警示带后面传来了一阵撕心裂肺的尖叫声,引起了朱斯蒂娜的注意。她抬起头看着克鲁兹:"康妮·于的家人来了,我们该走了,埃米利奥。我们帮不到那些可怜的人,总之现在还无能为力。"

七

凌晨两点,朱斯蒂娜站在存放女孩尸体的太平间里给西摩·克龙彭伯格博士打电话,后者是国际私人侦探公司的首席刑事专家,绰号"科学博士"。朱斯蒂娜称自己需要西摩博士的帮助,而且非常紧急。

西摩道别了自己的女友琪凯特,并告诉她他必须马上去办公室一趟,因为他忘了给他的宠物——名叫特里克茜的猴子——准备宵夜点心。穿戴整齐之后,西摩将自己的头盔夹在腋下,迅速离开了寓所。

---

① 塔可钟是目前世界上规模最大的提供墨西哥式食品的连锁餐饮品牌,隶属于百胜全球餐饮集团。

他钟爱的坐骑正停放在公寓楼楼下的车库里,那是一辆修复并改装过的快递摩托车,在第二次世界大战期间服过役,旁边还连着一个富有时代气息的偏斗。他跳上车,启动引擎,然后冲上一段斜坡,驶离了车库,继而沿着洛杉矶第六大道朝位于市中心的公司办公楼飞驰而去。

他来到公司门口,刷卡进入了大厅,接着乘坐电梯下到了负一楼,他的实验室就在这里。

朱斯蒂娜已经站在实验室门外等他了。

"你想谈谈十二号女学生的事吗?"他边问边打开了实验室的门,进门后,他立即启动了一段音乐——电影《理发师陶德》①的主题曲。

"是的。"朱斯蒂娜说,"也许会让你大倒胃口,不过如果你承受力足够强的话,或许也没那么严重。"

西摩朝她做了个鬼脸,露出了自己的牙龈,接下来他护送着朱斯蒂娜穿过负压室②,进到了自己的实验室,这里可以说是他的"运动场"。

这间顶级实验室通过了国际标准化组织③的认证,投资高达数百万美元,它不仅仅代表着公司形象,同时也是公司的业务核心。该实验室的装备档次和工作效率远胜洛杉矶警察局,甚至连联邦调查局(FBI)④也自愧不如。正因如此,美国西海岸的很多执法机构都会租用它来开展自己的调查工作,而且对外它还有一个响当当的名字——洛杉矶鉴别犯罪检验所。

西摩的团队一共有十二名技术人员,各自专攻法医学的不同领域:分析化验、血清学、法医学鉴定以及指纹和潜在指纹鉴定等等。西摩本人一直是高新技术的专家兼发烧友,近期最让他感到骄傲和开心的事是实验室又增添了一台全息技术设备,他可以借助其自带的高性能显微镜以及微型激光器来分析和梳理细胞的构成。

此外,该团队的成员率先尝试并应用了一种名为"卫星实时取证"的影像传输技术,公司内部称其为"远程取证"。只需一台微型相机,国际

---

① 由约翰尼·德普主演、蒂姆·伯顿执导的恐怖片,该片的音乐充满了阴郁、悲戚和忧伤。
② 为了确保空气不被污染而建造的带有独立通风系统的房间,常见于医学领域与科研领域。
③ 简称ISO,是世界上最大的非政府性标准化专门机构。
④ 美国联邦调查局是美国最重要的情报机构,隶属于美国司法部,英文缩写为FBI。

私人侦探公司的侦查员就可以将犯罪现场的实时图像通过卫星信号传输到实验室里的电脑上，不仅节约了时间和资源，还能够避免犯罪现场被污染和破坏。

朱斯蒂娜跟在西摩身后，走过了一片宽敞的地下空间，来到了位于实验室中央的控制中心。四周的墙上贴满了恐怖电影的海报：《僵尸也疯狂》《魔女嘉莉》《人皮客栈》《僵尸乐园》……

西摩为朱斯蒂娜拖过来一把凳子，然后坐在自己的椅子上旋转着，活像一个坐在冰淇淋店里的小孩。

"很抱歉，把你从琪凯特身边抢走了。"朱斯蒂娜笑着说，"但是我想让你看看我们刚得到的东西，再过几个小时我就得把它们交给洛杉矶警察局了。"

她将自己所知道的关于罪行的最新情况全都告诉给了西摩：谋杀发生的地点，尸体的损毁情况，还有受害人的死因等等。

她将康妮·于的双肩背包递给西摩："这是埃米利奥在距离犯罪现场不远的地方找到的，那个王八蛋终于还是犯了一个错误……除非，他是故意想让我们找到这个的。"

"你这里有受害人的血样和肌肤组织吗？"西摩问道。

"背包里都有，另外还有她的个人物品，你会看到的。"

西摩打开背包，看着里面的物品。此刻他已经开始构思接下来的工作：检验血样、分析钱包、搜查电话记录……如果能找到什么有用的东西，他就可以在早上九点的员工会议上及时向大家汇报。

"我现在就开始工作。"他边说边调大了音量，实验室里充斥着《理发师陶德》的乐曲声，震耳欲聋。

八

朱斯蒂娜步行穿过了一片巨大而宽阔的草坪,站在这里可以看到极美的峡谷景观:清晨五点一刻,硬朗的岩石线条清晰可辨,眼中的一切都闪耀着珍珠般的光芒。

她脱得只剩下胸罩和内裤,然后轻轻地打开了网球场的门。

她从场边的长凳上拾起一个球拍,开始练习发球。她挥舞球拍用力击球,将自己的大部分挫败情绪都宣泄在那一颗颗灰绿色的毛团上。

就这样练习了大约十分钟,朱斯蒂娜隐约感觉到了什么,紧接着她下意识地转过身去,看到了鲍比的轮廓。他正站在球场外侧,他的手指紧紧地抓住了围网的网眼。

"你还好吗,朱斯蒂娜?现在好像才……才早上五点啊,你怎么了,宝贝?"

"我正在清理我的杂念,让它们随同汗水一起挥发掉,免得影响我自己的言行。"她回复道。接下来,她将球拍向后扬起,咕哝着向上抛出一颗新球,然后挥拍猛击。

"把球拍放下,到我这儿来,好吗?求你了!"

朱斯蒂娜照做了,她走出球场,扑进了鲍比的怀抱。他长久地拥抱着她,并用他那强有力的双手在她背上摩挲着,几乎使她陷入恍惚。

片刻之后鲍比问道:"你想做什么?洗个热水澡,吃早餐,还是睡觉?"

"三个都想要,就按你说的次序来吧。"

鲍比脱下自己的睡衣,将它搭在朱斯蒂娜的肩膀上,接着和她一起朝别墅走去:"你发现什么有趣的东西了吗?"

"你的意思是,除了这起谋杀案是一出该死的悲剧之外,还有什么有趣的东西,对吗?"

"是的。"

"什么都没有,至少目前来说是这样。"

"既然如此,让我这么说吧,朱斯蒂娜,你们有没有什么新的推测?什么都没有吗?现在你们的调查进展到什么程度了?"

朱斯蒂娜走过一段柚木阶梯,来到了巨大的按摩浴缸旁边。她脱掉了浴袍和内衣裤,然后握着鲍比的手进到了热气腾腾的水流中。

她坐在浴缸里,向后倾斜着靠在鲍比身上,他的手臂环绕着她。她闭上眼睛,长呼了一口气,享受着热水的按摩。

"你一定有自己的想法。"鲍比说。

"没错,依我看,那个杀手有多重人格障碍。"朱斯蒂娜叹了口气,"而且他的每一重人格都是精神变态。"

九

我的那些梦并不完全相同,不过它们变来变去总是离不开那个令人不安的主题:爆炸发生了,丹尼·杨不省人事地伏在我的肩膀上。那个人有时候是丹尼·杨,有时候是瑞克·德尔里奥,有时候是我父亲,有时候是我的孪生兄弟,有时候是⋯⋯我自己。

我没能将他们从战火区里救出来,一次也没有。

我的手机在床头柜上振动,将我从今天早上的梦魇中惊醒。最近三年来,这几乎已经成为我每天早上的必修课。

我又体会到了疲于应付、忧虑不安和恐惧害怕,这些令人恶心的沮丧感觉在你甚至还不知道原因的时候就会突如其来地袭击你。

几秒钟后,我的意念终于赶上了我的直觉,我知道如果我不接听电话,它就会一直不停地响下去,直到我接听为止。

这是我现实生活中的梦魇。

我打开了翻盖,将手机凑到耳边。

"你死了。"他说。

这个声音是通过一个电子滤波器发出来的,我姑且称其为"他",事实上还可能是"她"或者是"它"。他打电话来的时间毫无规律:有时候是在早上,客串了一把叫醒电话;有时候是在午夜,如同"午夜凶铃";他还可能会在某一天漏掉,只是为了让我的生活失去平衡。这就是他、她或者它每天所做的事。

每次手机一响,我都会被一种莫名的焦虑所萦绕。如果电话是令我讨厌的他打来的,有时候我会说:"你他妈的到底想干什么?"有时候我会试图弄清楚原因,尽可能平静地说:"请告诉我,你究竟想干什么?"

今天早上,当他说完"你死了"三个字的时候,我回答道:"我还没死。"

我"啪"的一声合上了手机。

我在脑海中浏览着我的敌人名单,并且将其范围缩小到一百个——或者一百一十个。

不论这个打电话的家伙是谁,总之他每次都是用投币式公用电话打给我的。没错!每一次都是投币式公用电话。这些电话分散在全国各地,可能是酒店大堂,可能是火车站,或者是任何城市的任何街区。每隔一年左右,我就会换掉自己的手机号码,但是我的手机号码并不是保密的。我的员工,我的朋友,我的客户,每个人都得知道如何找到我。尤其是那些客户,我必须随时准备好为他们效劳。

我的脑子飞快地转动,思索着这个死亡威胁电话究竟是谁打来的。

我认识他吗?他和我走得很近吗?他会不会是在我的私人侦探生涯中曾经击败过的某个恶棍或赖账者?那几百人当中的某一个?

我还想知道这个威胁是不是真实存在的。

他正在监视我、跟踪我,并计划着在未来的某年某月某日杀死我吗?或者说,他只是乐不可支地拿我寻开心?

当然,我还打过好几次报警电话,但是警方早在几年前就对此失去兴趣了。毕竟,我从来没有遭受过人身攻击,甚至从来没有看到过那个在精神上折磨我的人。

接下来,我的思绪又回到了谢尔比·库什曼身上。

我想象着她在最后的时刻里所经历的恐惧,接着不由自主地用手掌按住了双眼。我回忆起了谢尔比活着时的样子,我曾经同她约会过。那段时间里,我常常在深夜去到她表演单人喜剧的小而蹩脚的即兴表演影剧院,然后和她一起从后门离开。我们分手的原因很简单:我还是原来的我,但是谢尔比已经快四十岁了,她想有个家庭,以及自己的孩子。她想要的恰恰和安迪想要的一样,所以我撮合了这一对。后来我从他们的口中分别得知,他俩在第一次约会时就彼此爱上了对方。

现在,谢尔比已经死了,安迪因为失去亲人,痛苦而孤独,更糟糕的是他迅速成为了洛杉矶警方眼里的杀人嫌疑犯。

突然,我发现自己正坐在一张床上,这儿并不是我的卧室。到底是怎么回事?我在哪里?

床单和被套都是印花式样的,床边有一块绒毛地毯,墙壁上画满了各种绿色植物……哦,原来如此,我知道了。

我在科琳·莫洛伊的房子里。

这里真是个不错的地方。

十

我走出卧室,看到科琳正背对着我坐在餐桌旁边。她的身子前倾,眼睛紧盯着笔记本电脑的屏幕,上面是她参加美国入籍考试的复习资料。她已经将杯里的茶水喝得一滴不剩,而且丝毫没有注意到我已经来到了她的身后。是的,这里是一个不错的地方。

我将她那可爱的黑色发辫拂到一旁,然后亲吻她的后颈。她转过头来,闭上了像蓝色牵牛花一样漂亮的眼睛,继而抬起了她的脸。我再次亲吻了她。我喜欢亲吻科琳·莫洛伊的感觉,而且从来没有厌倦过。

但是我爱科琳吗？我真的爱她吗？有时候我很确信我真的爱她,然而接下来我又会怀疑自己真的有能力去爱别人吗？换句话说,因为我早已被父亲整得遍体鳞伤,心力交瘁,我哪里还有条件去风花雪月？

她说:"亲爱的,你还可以再美美地睡上一个小时。"

她的口音有浓浓的爱尔兰腔调,她的浅黑肤色也颇具爱尔兰风情,我还注意到了她身上散发出的玫瑰香水味。

"那样的话我会迟到的,我已经和菲斯克局长约好了一起喝咖啡。"我再次亲吻了科琳,然后将她的杯子带到厨房,用热水冲洗干净,接着又用茶壶为她倒了一杯茶。事实上,我还没能将谋杀案的阴影从脑子里彻底抹去,但是我需要这样做。

"看起来,某些人需要体验一把灵魂出窍的感觉了。"

我笑了,科琳扑进我的怀抱,用她的两只小手抚摸着我的脖子,我真想就这样一动不动地随她摆布。

"很抱歉我让你迟到了。"当我俩结束时她轻声对我说道,但是她那露出了牙齿的甜美笑容却表示她其实没有丝毫歉意。

我拍了拍她的屁股:"只要我没有让你迟到就好。"

我让她在热水下洗个淋浴,看着她的脸颊变成了玫瑰色,与此同时她哼唱着她最喜欢的古典摇滚歌曲——《来吧,艾琳》。

我为她设好了防盗报警器,然后锁上了身后的房门,紧接着飞快地跑了出去。事实上,灵魂出窍的感觉并不坏,不过现在我真的得去工作,工作,工作。

十一

在前往公司的途中,我先去了一趟洛杉矶警察局总部,截至目前警方还没有提出针对安迪·库什曼的指控。离开警察局以后,我发现自己已

PRIVATE

经晚点了,所以加快了去办公室的速度。

国际私人侦探公司的"战情室"是一间八角形的会议室,里面有一张圆形的黑色喷漆会议桌,这张桌子也是唯一一个属于我父亲以及他任期内的老侦探公司的老旧固定资产。会议桌的周围放着一圈软垫转椅,每一面墙上都安装了大型平板显示器。

我迟到了整整二十分钟,当我走进会议室时,发现每个人都在等我,而且我遇到了跟我预期差不多的突如其来的寂静与沉默。

"谢尔比的事,我很难过。"德尔里奥说,"她是如此可爱的甜心,我真他妈的不敢相信这是真的。杰克,我们每个人都难以接受。"

围坐在会议桌旁边的其他人陆续向我表示慰问和哀悼,这时科琳·莫洛伊走了进来,她为我带来了一罐红牛和一份电话来访记录。对我来说,现在是一个非常特别的时刻,除了安迪之外,我在这个世界上最在乎的人都到齐了。这些人包括我招募的六名核心侦查员,以及我们的刑事专家——西摩博士,还有一位五十岁上下的计算机天才——人称"莫神"的莫琳·罗斯。

"还有什么事情需要我处理吗?"科琳问道。

对了,我好像忘了介绍,科琳是我的助理,她在这个职位上已经工作两年了。我们是通过工作认识的,接下来我和她的关系变得复杂起来,然后越来越复杂。

"不用了,谢谢!我现在很好。"

我浏览了一下她递给我的电话来访记录,在过去的半小时里,也就是我离开洛杉矶警察局总部之后,安迪打过两次电话。安迪很焦虑,而且他有充分的理由感到焦虑。目前警方手头只有唯一一名犯罪嫌疑人,那个人就是他。

我启动了我的笔记本电脑,点开了我在库什曼家中的犯罪现场拍摄的照片,接下来这些照片依次显现在会议室周围的大屏幕上。"这些都是我昨天晚上拍下的。"我告诉大家。

照片上可以看到碎裂的门框,被捣毁的卧室,以及谢尔比的伤口的大特写镜头……甚至还有一张安迪用沾满鲜血的手抱头痛哭的照片,这张照片绝对可以配得上报纸的头版题图。

"我必须将一切都告诉你们。"我对团队成员说,"谢尔比和我曾经一度很亲密,当然那是在她和安迪相遇之前。所以,不管你们听到了什么风言风语,总之谢尔比曾经是我的朋友,一个很要好的朋友。"

房间里顿时变得非常忧郁和沉寂,朱斯蒂娜注视着我,而我感到她已经看穿了我。我很清楚,她正试图把谢尔比安放在我的错综复杂的过往情史中的某个时段,不过,她有充足的理由这样做。

"请你们看看这些照片。"我继续说道,"我自己已经研究过这些画面,但是除了显而易见、一目了然的东西之外,目前我还没有什么特别的发现。"

朱斯蒂娜直率地说:"我认为不是这样,我想问问,房子里有没有什么东西被带走了?"

"只有谢尔比的生命。"

"他们和毒品交易有牵连吗?"德尔里奥问道,"很抱歉,杰克,这个问题是必须被纳入考虑范围的,相信你能理解。"

我给出了否定的答案。库什曼一家从来不使用毒品,当然他们也不可能售卖毒品。据我所知,安迪作为一名对冲基金[①]经理,收入颇丰,这使得他和谢尔比很容易过上非常舒适的生活,对此我非常肯定。安迪也帮我打理一部分钱财,而他出色的投资能力帮助我的资产升值了不少,让我有能力在世界各地开设更多的分公司,这其中就包括纽约分公司,以及新近成立的圣地亚哥分公司。

"那好吧,我们假设谢尔比的珠宝都是真的,既然如此,杀手捣毁他们的卧室,很可能是为了制造某种假象。"朱斯蒂娜分析道,"开枪射中胸部这一举动,好像是性虐狂的标志,而另一枪则直接宣判了她死刑。现在的问题是,谢尔比为什么会成为杀手的目标呢?"

"也许是有人想陷害安迪,让他为凶杀案背黑锅。"埃米利奥·克鲁兹说。

我点了点头:"如果杀手的目的是这个的话,那么他确实得逞了。"

[①] 对冲基金也称避险基金或套利基金,是指由金融期货和金融期权等金融衍生工具与金融组织结合后,以高风险投机为手段并以盈利为目的的金融基金。

接下来,我将菲斯克局长早上透露给我的信息转述给了我的团队成员,目前洛杉矶警方的推测是谢尔比死于"激情犯罪",安迪开枪打死了她,然后打电话找我,以便为自己开脱。我不得不承认,如果事实真是如此,那他这样做的确是一个非常好的掩护手段。

"你认为那不是他干的,你确信吗?"埃米利奥问道。

"我很确信。我知道,你们当中有的人不会同情安迪,但是他和谢尔比真的很相爱。再说,他现在是我们的客户。目前洛杉矶警方还没有查到与验尸员从谢尔比体内取出的子弹相匹配的枪支型号。还有,杀手在离开犯罪现场时,将现场处理得很干净。"

我让西摩与洛杉矶警察局的犯罪实验室联络,然后将他从他们那里获得的任何信息都及时反馈给我。我告诉克鲁兹,让他另外再选一名侦查员,两个人一起去拜访库什曼的邻居,看看能不能找到一些被警察忽略掉的东西。和警察相比,我们的优势实在是太多了,而且我们不必遵守他们繁琐的工作程序和规章制度。另外,如果有必要,我还可以安排更多的人手来处理这起案子。

我又将目光转向瑞克·德尔里奥——我的结拜兄弟。当他从阿富汗回来之后,曾经作出过一些错误的决定,他为那些决定付出了代价——在奇诺市①监狱服刑四年。不过值得庆幸的是,那段经历却将他打造成了一个对我们公司来说异常宝贵的人才。在服刑期间,德尔里奥开始学习刑法,并自学成才。最开始他只是为了帮助自己,但后来他成为了一名小有名气的"牢狱律师"②,交到了很多低阶层的朋友。

"找你的朋友们打听一下。"我说,"我相当肯定,杀手一定知道库什曼一家的生活习惯。首先,当他踢开房门的时候,他知道谢尔比没有设定警报器。其次,他很可能对安迪回家的时间了如指掌。还有,他把现场清理了,使警方和我们都找不到关于他的线索。"

"现阶段,找到杀害谢尔比·库什曼的凶手是我们最重要的任务。"我说,"每个人都得把精力放在上面,我要讲的就这么多了。"

---

① 洛杉矶东部的卫星城。
② 美国俚语说法,指老爱谈论自己或同监狱犯人的法律权益的囚犯。

我站起身来,合上了笔记本电脑的盖子。

"等一下,杰克。"朱斯蒂娜说,"我这里有一些关于女学生案的消息。"

十二

朱斯蒂娜比任何人都更了解我,包括德尔里奥,甚至我的孪生兄弟。她和我曾经一起同居过两年,后来分手了,但是我们俩一直保持着非常亲密的关系。她是我的红颜知己,也是我最要好的朋友之一。我曾经将搅扰我的"每日凶铃"——你死了,杰克——描述给她听,她是唯一一个知道这件事的人。

此时她伸手从自己的椅子下方拾起了一个蓝色背包,然后将它放在会议桌上。

我问道:"这是康妮·于的背包吗?"

朱斯蒂娜颔首确认道:"时间紧迫,等我们在这里将它研究完毕之后,我得立刻将它交给洛杉矶警察局。我们能在这个背包上所做的事情比他们要多得多。目前我们还不知道这究竟是杀手犯了错误,还是他故意这样做,以此来误导我们。"

接下来,她用非常详尽的语言描述了年轻的受害人以及犯罪现场的具体情况,在说话的过程中她变得越来越激动和生气。在某个时刻,她的喉咙哽住了,无法言语,她摇了摇头,然后使劲咽了一下口水,因自己的失态向大家表示歉意。

但是她还是坚持让自己继续说下去。

眼看这起案子如此地伤害她,我感到心痛不已。仅凭这个原因,就足以让我像她一样迫切地希望逮住凶手,并将其绳之以法。事实上,我们每个人都是这样的。

"杰克,我再重复一次,不论那个变态杀手究竟是谁,尽管他并不是第一个采取不同方式杀人的家伙,但这的确很罕见。大多数情况下,这一类的连环杀手都有一个固定的作案模式,并且会坚持下去。杀手的作案模式体现了他本人的精神状态,也许还能体现他的个性。然而,这些女学生谋杀案各不相同,简直是太疯狂了,我以前从来没有见过。

"远距离用枪射杀,击晕后放火,亲手勒死对方。我们已经知道有这三种不同的方式,而且实际情况还不止这些。

"我实在是看不懂这个人,而且我无法想象他的模样。他与我已经知道的任何杀人犯都大不一样。唯一的好消息是……"她停顿了片刻,"是克鲁兹找到了这个令人伤感的小背包。"

"它就在桥下的河堤旁静静地躺着。"克鲁兹说,"也许杀手因某些理由感到恐慌,所以将它扔掉了;也许有一个目击者看到了这件事,但是目前我们还没有听说有这样的目击者存在。"

西摩博士准备发言了,今天他穿了一件红色的夏威夷衬衫,还有卡其色短裤和平底人字拖鞋,这身行头是他的标准打扮之一。

"我已经检查过了背包里面的每一个物品。"西摩说,"在康妮的钱包上有一些污迹,还有一个清晰但不完整的指纹印记,但是这与数据库中的任何对象都不能匹配。这个指纹印记可能属于任何人,也许是康妮的朋友,也许是杀害她的凶手。不过,不论这个指纹是谁的,总之这个人不可能是已经被捕的犯人,也不可能是在学校教书的老师,同时他也不可能在执法机关或军方任职。"

"这太糟糕了。"克鲁兹说,"我还以为我们能有所突破的。"

西摩继续说:"我们并不是一无所获,她的手机就是个意外收获,我的朋友们。莫琳是凌晨四点来到我的实验室的。"他说,"她调出了手机里的数据。"

"莫琳,你找到什么了吗?"朱斯蒂娜问道。

"手机里有大量的短信。"莫琳·罗斯回答道。她是个非常出色的计算机极客,同时还是公司的女管家。尽管她其实已经超过五十岁了,但是看上去一点都不像。她身上有文身,穿着打扮也极其时尚,发型是鸡冠头,戴了一副样式古老的双光眼镜①——看起来这副眼镜应该属于某人住在佛罗里达州波卡拉顿市的老祖母。

"我研究了手机里的数百条短信,它们全都可以追溯到发件人的手机号码以及用户信息,除了最后那条。它是由一部预付费匿名手机②发送的,这点我已经确认了,真让人震惊。不过,我相信你们一定都希望先看看这条短信的内容。"

莫琳将一个闪存盘插进笔记本电脑,键入了一些命令,短信列表显现在了大屏幕上。

我看到了那条位于列表顶端的短信,发送时间是昨天下午:

康妮,我是琳达。我的手机被我妈妈拿走了。我遇到大麻烦了,必须得和你谈谈。我们在塔可钟餐馆背后见面好吗?求你了,别告诉任何人!

莫琳说:"让我们假想一下,康妮收到了这条短信,知道她的好朋友琳达遇到麻烦了。在那种情况下,她没理由过度谨慎。因此,她只身去见琳达,从而掉入了陷阱。"

"这么说,这条短信是假的,是一个诱饵?"

"的确如此!有人打探到了康妮的一个朋友的名字,然后买了一部预付费匿名手机,引诱她走上死亡之路。我得说,现在已经有十二名女孩遇害,她们就读于不同的学校,而且相互之间都不认识。所以,我认为我的想法是具备充分依据的,甚至可以说是确凿无疑。每一个死去的女孩都曾经被类似的假短信所欺骗,这种手段很简单,而且很新颖。"

朱斯蒂娜说:"可不可以这样理解,一名电脑黑客侵入了这个女孩的手机,查明了谁是她最信任最亲近的人。接下来,黑客用预付费匿名手机发短信时,不仅知道该用哪个名字,甚至连语气也能模仿。"

西摩说:"我也是这样想的,那家伙真是一个藏在机器里面的幽灵。但是,仅凭这个不足以帮助我们找到凶手,我认为我们遭遇了瓶颈。"

---

① 近视、远视两用眼镜,同时具有两种屈光度。
② 美国电信运营商提供的一种服务项目,机卡合一的手机连同一定金额的话费捆绑销售给用户,如果是低端手机,其自身价值可以忽略不计。话费用完后,连机带卡一并作废。如果用户购买这种手机,那么电信运营商手头就没有该用户的身份信息。

十三

朱斯蒂娜站了起来,迅速与莫琳交换座位,然后将自己的手指放在莫琳的电脑键盘上,"我才不相信有什么幽灵鬼怪。"她说,"只要这个专杀女学生的变态狂会走路,会呼吸,那他就一定有指纹,有头发,以及皮肤细胞。杀人的次数越多,他就越有可能犯错误,留下蛛丝马迹。"

她输入了一些命令,然后将女学生案的概要投射到大屏幕上。

时间轴表明,在过去的两年中,谋杀案大约每两个月发生一起,但是最近有速度加快的倾向。时间轴的旁边是一张东部洛杉矶的地图,几个电子旗帜标明了受害人遇害的地点。

接下来,受害人的照片显现在了另一个大屏幕上。

这些女孩各不相同。有阳光型的,也有含蓄型的。有的人很漂亮,有的人长相普通。有的人很瘦,有的人很匀称。有领取奖学金的绩优生,也有擅长运动的体尖生。不过,所有人都是高中女生,每个人都是以极不合理的悲惨方式死去。

"我们有必要将预付费匿名电话发送假短信的事件公布于众。"莫琳说,"并且再次与学校负责人谈话,还要做一期电视节目,将假短信的内容和辨别方式告诉大家。"

"我不赞同!"朱斯蒂娜反驳道,"一旦我们将这件事公开,杀手就会改变他的方式和手段,接下来我们又处于被动地位了。更糟糕的是,他很可能会加快谋杀的频率。我们已经知道,他非常热衷于吸引公众的注意。"

"这个问题嘛……"西摩用他那一成不变的鼻音说道,"作案的手段如此繁多,这个人可以放把火烧死一名女孩,同时还可以在五十米开外的地方射杀另一名女孩,这可能吗?"

"那你是怎么想的,西摩?"

"如果事情没那么简单呢？如果杀手不止一名呢？"

十四

鲁道夫·克罗克尔的手机突然响了起来,此时他正独自一人躲藏在威尔希尔太平洋伙伴集团——一家私募股权投资公司——八楼男洗手间的隔间里。手机响起之前,他一直在对一名新来的临时工——卡门·罗德里格斯想入非非,此人身材极佳,有一双漂亮的褐色眼睛,而且几乎可以肯定是胸大无脑型的女孩。他幻想着同她约会,而且最好是玩个通宵。

他从自己的上衣口袋里掏出手机,发现这个电话是通过对方办公桌上的直线座机打来的。打电话的人是富兰克林·戴尔,他是公司的大股东,也是德高望重的创始人之一。克罗克尔接听了电话,结果是戴尔邀请他在工作结束后一起去喝一杯。

克罗克尔是一名证券分析师,他干这份工作已经有一年了。他工作勤勉,兢兢业业,与此同时还保持着必要的低调。他的理想是成为一名聪明绝顶,在捣弄数字方面非常在行的前程远大的年轻分析师,保证自己掌管的证券投资组合的安全性与收益率。他刻意隐藏自己,不喜欢锋芒毕现。

此时此刻,他不得不同意和他讨厌的大老板富兰克林·戴尔喝一杯。

傍晚七点,克罗克尔锁好了自己办公室的房门,接着在电梯门口遇见了戴尔。他们乘坐同一辆车前往酒吧,一路上克罗克尔一直在怀疑这个老家伙会不会是个同性恋,并且即将对自己采取行动。

侍者端来了两份饮料和一碟腰果,大人物富兰克林·戴尔告诉克罗克尔,后者在工作中表现得相当出色,给连同他在内的公司高层留下了深刻印象。戴尔认为克罗克尔具备良好的潜力,如果这位年轻人愿意在这家基业长青的老牌公司里待得更长久,那么他本人一定会得到丰厚的回报。

正所谓话不投机半句多,克罗克尔根本不在乎富兰克林·戴尔如何看待他本人以及他的工作表现。

克罗克尔回到家中的时候,时钟指向了晚上九点半。今天余下的时间都是他自己的,他充满了憧憬。

他换上了一身跑步衫,十分钟过后,他开始围着玛丽安德尔湾慢跑。他回想着最近的一次郊游,他的团队彻底打败了康妮·于。

一边出汗,一边喘气,克罗克尔跑到船坞中的一个停泊处时放慢了脚步,继而停了下来。他将双手放在膝盖上,调整着呼吸的节奏。

当他确定这里只有他一个人时,他从衣服口袋里掏出了一个小巧的拉链袋,然后将它埋在一卷又重又大的绳索下面。

完成这一切之后,他平静地继续完成自己的锻炼。接下来,他穿过了他所住的公寓楼的入口,朝门卫挥手致意,然后走上楼去。

他洗了个淋浴,继而来到桌子旁,从充电器基座上取下了一个预付费匿名手机。

他发出了一条短信,收件人是市长托马斯·海弗伦,内容是在哪里可以找到康妮·于的另一只耳朵。

短信的署名是"斯蒂姆·克林纳"。

十五

三天过去了,仍然没有爆出关于谢尔比·库什曼谋杀案的任何指控,而且我用尽一切手段也无法洞悉地方检察官办公室的动静。

我和安迪在他的办公室里共进早餐,这间办公室位于星光大道上一栋崭新时髦的办公大楼的角落,两面墙都是落地玻璃,视野非常广阔。

安迪叮嘱他的助理不要将任何电话转进来,继而轻轻地关上了办公室的门。我差点就认不出他那张憔悴无比的脸,面色苍白,眼袋肿胀,而且很明显他这几天都没有刮胡子。

"杰克,我根本睡不着觉。"他说,"如果你想问我为什么是现在这副尊容的话。"

他一口气喝完了杯里的咖啡,然后打开文件柜,取出了一些文件夹,继而开始向我阐述作为一名身处洛杉矶的对冲基金经理,应该通过哪些方式来保持自己的竞争优势。

"在这扇窗户外面,有演员、经纪人、电影公司的老板,还有明星的律师。"他边说边挥舞着自己的手臂,那姿势象征着包含整个好莱坞,"他们赚的钱数以亿计,但是不知道该如何理财,所以他们把钱交给我打理。我为他们进行投资组合,然后收取佣金。"他说,"通常情况下是百分之五。"

"那么如果投资的收益很糟糕,你怎么办?"我问道。我想起了前不久的住房危机、次贷危机、股市缩水……富人和在贫困线上苦苦挣扎的穷人以同样方式受到冲击的影响。

"人们当然会怪罪于你,因为你让他们损失了财富,即使这并不是你的过错。"

"这么说,必然会有一些客户对你不满?"

安迪叹了口气。

"你想知道真相吗,杰克?"

"不,看在上帝的分上,请对我撒谎吧,安迪。你越是撒谎,你就越有可能在法庭上受审。我很了解地方检察官,他即将驱使他的一只小鲨鱼来攻击你,然后,更多的鲨鱼会将你撕成血淋淋的碎块。"

"别再说了!"他打断道。

"如果有人想要伤害你,那我必须得了解实情。醒醒吧,安迪,你得将一切都告诉我,别忘了我的名字叫杰克。"

"我私自挪用了客户的资产。"安迪说得很慢,但是这句话毫无预兆地蹦了出来,还是让我感受到了突如其来的惊讶,"我可不是伯纳德·麦道夫①,所以请不要用这样的眼光看着我。"他继续说道,"我感到自己的佣金太少了,所以我挪用了客户的一小部分本金,为自己看好的项目进行投资。我很谨慎,但无奈有时候运气不好。当然,最重要的是千万不能让客户知道这些事。"

"我在听,你继续说吧。"

"当第一波金融危机来临时,我的投资严重缩水。你还记得雷曼兄弟②破产的事吗?为了挽回损失,我加大投资进行补仓,然而却输得更多。比我惨的大有人在,我的一些客户在那次危机中彻底玩完了。"

"安迪,把那些文件给我看看,我想了解一下你的客户中损失最大的人的情况。我得确切知道他们是谁,别再保密了!"

十六

当一扇门上写着"私人"二字时,你一定很想知道门背后是什么样子。

当一个信封上写着"私人"二字时,你必然立即就想打开它。

我走进国际私人侦探公司的大门,穿过接待区,朝接待桌后面的琼妮挥了挥手,接着登上了巨大的螺旋式楼梯。楼梯环绕着开放式中庭的中心,从一楼一直延伸到五楼,它看上去很像鹦鹉螺的横截面,总是让我情绪高昂,精神振奋。

我正要走进我在五楼的办公室,这时科琳喊住了我。

"你有访客。"她说,"而且不止一个,他们都穿着高档西装。"

我走到门口,看见三个男人懒散地坐在我的会客区里——我的办公

---

① 纳斯达克前主席,美国历史上最大诈骗案的制造者,其操作的"庞氏骗局"诈骗金额超过六百亿美元。2009年6月29日,麦道夫因诈骗案在纽约被判处一百五十年监禁。

② 曾经是美国第四大投资银行,因次贷危机加剧,于2008年9月15日破产。雷曼兄弟破产震惊全球,成为此次金融危机中的标志性事件。

室被分隔成两个区域:一头是我的工作区,另一头是会客区。会客区里放着几把软垫扶手椅和一个深蓝色的沙发,还有一大块打磨过的红杉木,我将它用作茶几。人们带着秘密来到这里,而在这里工作的人则负责为他们保守秘密。

这三个访客都没有预约,有两个正在吸烟,那动作和派头像足了烟草公司的CEO。科琳对我说:"这些绅士说他们不想在接待区被人看见,真令人惊讶,他们到底是什么人啊?"

第三个男人转过头来,面对着我们,我顿时吃了一惊,意识到我正看着我的舅舅弗雷德。弗雷德·克罗泽尔是我母亲的兄弟,他总是对我说,不管任何时候,只要我需要倾听者,都可以打电话给他。在我和汤米还是孩子的时候,他教会我们玩橄榄球,并且鼓励我在高中以及接下来的大学时期继续从事这项运动。

简而言之,与那个生下我的父亲相比,弗雷德舅舅更像一个父亲,或者说他是我的"替身好爸爸"。在橄榄球方面,弗雷德的造诣比我更深得多,他是"奥克兰突袭者队"①的合伙人之一。

这个面色红润的大个子男人立即站起来,给了我一个紧紧的拥抱。接下来,他将我介绍给他的两名同伴,而我也认识这些人了。

埃文·纽曼的优雅与弗雷德·克罗泽尔的粗鲁形成了鲜明的对比,他的西装是手工裁剪的,头发一丝不苟,手指甲和手工皮鞋一样闪闪发光。他是"旧金山四十九人队"的老板。

第三个男人是戴维·迪克斯,一名传奇企业家,是那种在商学院被大书特书的成功人士。20世纪80年代,迪克斯在底特律②赚了一大笔钱,然后在2008年的金融危机之前及时退出了汽车零配件行业,并买下了"明尼苏达维京人队"。我记得我曾经读过一些关于他的文章,说他表面上的功成名就掩盖了其本质上的冷酷无情。对我来说,那样的描述听起

---

① "奥克兰突袭者队"创立于1960年,是美国橄榄球联盟最初的八支球队之一。
② 世界最大的汽车工业中心,号称"世界汽车之都"。作为美国三大汽车公司——通用、福特和克莱斯勒的大本营,底特律早在一百多年前就开始成为美国汽车的同义词,底特律的汽车工业也成了美国经济的一大动脉。在2008年爆发的这一轮经济危机中,底特律是受伤最重的城市之一。

来就像是某个人的墓志铭。

埃文·纽曼站起身朝我走来,脸上带着令人信服的笑容,并且伸出了右手,"很抱歉这样唐突地闯进来。"他说,"弗雷德说你会接见我们的。"

"我们遇到了一个难题。"弗雷德舅舅说,"情况非常紧急,杰克,事实上可以说是五级警报。"

"希望是我们弄错了。"迪克斯说,"然而我得说,如果我们是对的,那么这将重创整个职业大联盟。"

迪克斯示意我坐下,"我们不缺钱,"他说,"而你有最好的人手。现在请坐下,让我们把这个梦魇般的事件告诉你。"

十七

埃文·纽曼拂了拂裤子上根本就看不见的灰尘,说道:"我们有理由怀疑,在我们的橄榄球联赛中存在着操纵比赛的行为。杰克,这件事对于橄榄球联赛的恶劣影响,甚至堪比黑袜丑闻[①]之于棒球联赛。"

起初我对这群不速之客闯入办公室的行为感到有些厌烦,但与此同时我也十分好奇。不过,安迪从前客户的财产清册正在我的公文包里呼唤我,朱斯蒂娜需要我协同她办理女学生谋杀案,而且我在二十分钟过后还需要同伦敦分公司进行一场电话会议——关于一桩还没有被公众知晓的上议院丑闻。

我看了看手表:"请将最重要的部分告知我,如果可以的话,我会全力相助的。"

弗雷德直奔主题,"杰克,我们认为这个问题也许在大约两年前就开

[①] 发生于1919年的美国职业棒球史上最严重的放水打假球事件,史称"黑袜事件"。之后为重建球迷对棒球比赛的信心,联邦法官蓝地斯主导制定"大联盟宪章",从而成立了跨联盟的管理机制,"大联盟"之名也于此时开始使用。

始显露端倪了,那是在一场至关重要的'超级碗'①决赛中。理论上,胜者毫无疑问应该是'巨人队',他们的对手——'卡罗莱纳黑豹队'本来是很不错的,但是'黑豹队'的好几名主力后卫都因伤缺阵,而且四分卫的手指也受伤了。那场比赛的结果不应该是那样的,我想你应该还记得一些细节,汤米……"

"喂!我是杰克!"

"杰克,真抱歉,口误口误!让我们继续刚才的话题。在比赛进行到第三节②时,卡特莱特本可以持球触地得分③,对方的后卫线已经被拉开了一个大口子,你甚至可以驾驶一辆防弹运钞车开过去。但是,裁判居然吹停了比赛,说那是一个持球犯规。接下来在第四节比赛中,'巨人队'本有机会扳平比分,将比赛拖入加时赛,可裁判又一次判他们犯规,使得他们失去了那个获得三分的机会。"

弗雷德的脸越来越红:"最终,'巨人队'以三分之差惜败。当时裁判的判决就引发了争议,在新闻媒体中也有所报道。但是随着其他比赛的进行,抗议的声音逐渐被淹没了。"

"现在请听我说,杰克。"迪克斯接过了话头,"让我们快进到最近一个赛季的第三场比赛,交战双方是'明尼苏达维京人队'和'达拉斯牛仔队'④。尽管时间、地点、人物和具体情况均不相同,但是我们却看到了似曾相识的场景。"

我的舅舅又开始发言了,他很想详尽地描述该事件,"这次'明尼苏达维京人队'有一个三十六米距离的绝妙传球在第二节比赛结束时被判犯规,那本该让他们以十七分的优势回到更衣室。"

弗雷德愤怒地比画着手势,向我讲述了另一个有问题的判决,"在第四节的末尾,'明尼苏达维京人队'的阵线很好,有机会射中一个可以使

---

① 美国职业橄榄球联赛的决赛名称,胜者被称为"世界冠军"。多年来"超级碗"都是全美收视率最高的电视节目,并逐渐成为一个非官方的全国性节日。
② 标准的美式橄榄球比赛分为四节,每节十五分钟,第一和第二节称为上半场,第三和第四节称为下半场。
③ 橄榄球术语。"触地得分"是美式橄榄球比赛中重要的得分方式,可以得到六分。
④ 美国橄榄球联盟历史上最成功的球队,它是杀进季后赛次数最多的球队(二十七次),曾八次闯入"超级碗"。

他们获胜的三分球,然而裁判却判他们'非法换位'①,除了裁判本人,再没有其他人看出来。

"这使得他们再次失掉了得到三分的机会,比赛进入加时赛,最后他们失败了。"

我已经看出这些故事在针对什么了,毫无疑问当然是裁判。橄榄球联赛中出现了黑哨,尽管现场观众对此嘘声四起,但是过后他们很快就忘记了。不过,对于弗雷德·克罗泽尔、埃文·纽曼以及戴维·迪克斯来说,事情就没那么简单了,他们之所以前来找我,显然是为了有所行动。

纽曼说:"杰克,我们看了那些录像,包括上个星期天在旧金山的比赛,真是令人作呕!我们看出了一点端倪,在过去的两年半时间里一共有十一场比赛值得怀疑,那十一支失败的球队中有九支曾杀进季后赛,七支曾闯入'超级碗'决赛。"

我的舅舅补充道:"在这几场比赛中,有很多人输掉了大量的金钱,他们开始怀疑比赛的真实性。"

"为什么来找我?"我问道,"你们为什么不在第一时间就把这件事告诉给大联盟总裁?"

"我们没有任何证据。"迪克斯说,"而且坦率地讲,杰克,如果确实有这样的事发生,我们也不希望联赛官员、新闻界以及公众有所察觉,永远都不。"

十八

球队老板们离开以后,埃米利奥·克鲁兹第一个走进我的办公室,五分钟后德尔里奥也进来了,我挥手示意他俩坐下。"现在有三位全国橄榄

---

① 橄榄球术语,类似足球比赛中的越位。

球联盟的球队老板来寻求帮助。"我说,"他们可以代表十多个人,因为其他球队的老板也会碰到同样的问题。其中一个人是弗雷德·克罗泽尔,他是我母亲的兄弟。"

克鲁兹扬起了眉毛:"不会吧,弗雷德·克罗泽尔是你的舅舅?"

"没错。他和其他两位老板都认为比赛被人为操纵了。他们还看出了其中的规律,那就是机会渺茫的劣势球队过于频繁地获胜,而且每次都是基于有争议的裁判判决。"

"我不太相信。"克鲁兹皱了皱眉,"你不能在橄榄球联赛中作弊,因为你无法预知比赛的结果,哪怕裁判犯一些小错误。再说,即使裁判胡来,球场的每一个角落都有摄像机,每一个动作、每一个瞬间都可以被放在显微镜下检查。"

"要是事情真像你所说的那样,那我们就遇到极易应付的客户了,"我说,"而且他们还是财神。如果我们能迅速彻底并且保密地完成调查工作,他们承诺会付给我们双倍的酬金。"

"他们认为有球员在操纵比赛吗?"德尔里奥问道。

德尔里奥和我年龄相当,但是他在奇诺市监狱服刑的那几年经历使得他的脸看起来衰老了不少,而且还削弱了他对人的信任。尽管如此,我知道橄榄球比赛的纯洁性是他仍然还相信的极少数东西当中的一个。

"弗雷德的说法是他们没有发现任何球员有违规的迹象,只有裁判的判决有失公允,或者说裁判的眼睛可能出了问题。

"在我们对此下结论之前,先谈谈库什曼的案子吧。今天早上我见到安迪了。"我说,"新闻报道全是针对他的,尽管他还没有受到指控。他很想离开洛杉矶,我建议他先找一间酒店暂时住下,并且不要把酒店地点和自己的行踪透露给任何人。"

"他的确有理由为此焦虑。"德尔里奥说,"杀死谢尔比的人对他们的寓所以及整个社区了如指掌,轻车熟路犹如庖丁解牛。我正在调查职业杀手的资料,我想我已经取得了一些线索。杰克,我相信我们在这起案子上即将获得突破。"

我问他们能否同时办理这两起案子,克鲁兹和德尔里奥都给出了肯定的答案。这就是国际私人侦探公司的行事风格——我们雇用最优秀的人,付给他们非常高的报酬,而他们也期待长时间的工作和富有挑战性的案子。

"我想让你们去对谢尔比和安迪做一次彻底的背景调查。"我说。

"对于他们,你还有什么不了解的吗,杰克?"

"很简单,我得弄清楚为什么会有人想要杀死谢尔比·库什曼。"

"没问题。"德尔里奥说,"办理两起案子,就能挣回三起案子的钱,我当然愿意。"我们都笑了,接下来克鲁兹和德尔里奥离开了办公室,立即投入到工作当中。

我独自在办公室里待了大约一分钟,这时科琳走进来,关上了房门。

"十一点的工作该开始了,杰克。说实话,我不喜欢他们的相貌。"

"不喜欢?他们不过是律师而已啊。"我说。

科琳笑了:"没错,他们不过是律师而已。只会假笑的律师,爱出汗的律师。"

一分钟过后,她领着那两个男人走进了我的办公室。我认识他们,而且知道他们的名声。

他们是费拉拉和赖利,为雷·多西亚工作,后者是多西亚黑手党家族的头目。

十九

我与刚走进来的两个人握了握手,然后示意他们到会客区坐下。

埃德·费拉拉律师穿着一身笔挺的黑色三件套西装,他的同伴约翰·赖利则是休闲装打扮——黑色牛仔裤和黑色开司米羊毛衫。赖利的双眼不停地在我的办公室里搜寻着,似乎想要找出隐藏在书架中的摄像机。不过,我确信他最终并没有发现它们。

费拉拉说:"很高兴见到你,杰克。有好几个人向我们强烈推荐你。"

"听上去挺让人高兴的。"我说,"有什么需要我效劳的吗?"

赖利从上衣口袋里掏出了一张照片,上面是一个二十出头的漂亮女人,金发碧眼,皮肤白皙。我想我应该认识她,好像叫贝丝什么的,是一名女演员。事实上,我并没有和她说过话,只是在克雷格·费格斯①主持的节目中见过她一两次。

"这是贝丝·安德森的照片,她是个电影演员。"费拉拉说,"此外她还是多西亚先生的好朋友。"

我想起了雷·多西亚,那个老家伙至少已经七十岁了。苦等多年之后,他终于从已故的叔叔安东尼奥那里接管了家族集团的最高职位,这是不久前刚发生的事。真的很难想象,二十来岁的贝丝·安德森居然和他是"好朋友"。

赖利接着说:"贝丝已经失踪七天了,她不接听也不回复多西亚先生的电话。他很担心她是不是遭遇了什么不测。"

"听上去这更像洛杉矶警察局分内的事。"我说,"你们应该去找他们,我强烈推荐他们。"

费拉拉笑了,片刻之后他开口说道:"我们希望把事情处理得低调一些。之所以不愿意公开,是因为那样做很可能会伤害贝丝的演艺生涯。这就是我们前来找你的原因,杰克。现在请说一下你的价码,以及最高收费标准,也好让我们有个心理准备。"

我的第一反应是,贝丝·安德森也许是自己躲起来了,或者她已经死了,不过不论如何,我不希望让国际私人侦探公司与多西亚家族有任何业务往来。

"很抱歉,我不能提供报价。"我说,"所以恕我不能回答你们,而且我不和犯罪集团做生意。"

接下来是一阵阴郁的沉寂,然后赖利和费拉拉不约而同地一起站了起来。

"据我所知,你正在办理安迪·库什曼的案子。"费拉拉说,"还有,如果我是一名法官,专门负责审判那些玩弄女性的家伙,那么请你别忘了此

---

① 美国著名脱口秀主持人、喜剧演员、电视制片人和电视剧本作家,被中国粉丝称为"雷叔"。

刻正坐在你办公室外面的基拉尼湖①。"

两名律师一同朝门外走去,赖利在门边停下脚步,转过身来微笑着说出了他的临别赠言:"我再补充一点,别忘了你的父亲曾因谋杀而被判处终身监禁,直到他去世。我佩服你的勇气,你真有种,杰克。"

我想他没说错,但这正是国际私人侦探公司能发展得如此之好的原因所在。

二十

下午三点,效力于霍华德公共关系公司的詹森·佩尔森正坐在自己的办公室里,等待着一场电话会议的开始。突然,他的手机响了,收到了一条短信,他心里顿时猛地一震。

短信的发件人是"斯蒂姆·克林纳",他透露了下一个"都市之夜"的细节。短信的称呼用的是佩尔森的网名——斯库拉,末尾的一句话是"做好准备,这次你是执行者"。

他妈的!它终于还是来了!他的第一次如火的洗礼终于踏上日程了。他期待这个晚上已经好几个星期了,而且事实上他几乎没有心思去想别的东西。他第一次遇到网名叫"莫比德"的人是在一款在线实时战争游戏里,那个游戏的名字叫"毁灭突击队"。接下来,他俩成为了游戏中的盟友,在过去的两年里打了很多胜仗。

然而,当莫比德征募他进入到一个与现实紧密相连的新游戏时,他感到非常惊讶,同时还极度震惊。过去他与斯蒂姆·克林纳的交流一直是通过虚拟方式进行的,而且他必须通过莫比德这个中间人才能联系到斯蒂姆·克林纳。现在,斯蒂姆·克林纳终于浮出水面了,并且主动与他直

---

① 爱尔兰地名。因为科琳是爱尔兰人,这里暗指律师知道杰克与科琳的关系。

接联系。用不了多长时间，游戏中的斯库拉——现实中的詹森——将会从电脑屏幕背后走出来，进入现实世界，然后看到并参与一些真实的行动。

在接下来的三个小时里，佩尔森像机器人一样地工作，尽管他的上司——一个他心目中的疯女人——因为一个他甚至完全没有参与其中的提议而责怪他把事情搞砸了，他也没有丝毫的畏惧和烦恼。终于熬到六点了！他穿上自己的夹克走出办公室，结束了这一天的工作。

他驱车径直来到了位于好莱坞西城区的一家五金工具店。

店里的过道非常狭窄，两侧的物品拥挤不堪，堆得和天花板一样高。他取出了一条六英尺①长的电话线，一卷强力胶带，以及一双棉布手套，都是些很常见的东西。他在收银台付账时一直低着头，这样一来安装在收银机上方的监控摄像头就不会拍到他的脸。

他感到内心无比的激动和紧张，以至于手心一个劲地冒汗。

再过三天，这个意义重大的晚上就会来临，届时他将成为"执行者"。按照计划，他即将在星期六杀死一名身在洛杉矶某处的女孩。

二十一

这并不是真的睡觉，难道不是吗？这更像是每天晚上去到战场，然后在清晨时分被轰炸回了现实。

在这一次的梦境中，我奔跑着穿过了正在燃烧的战场，科琳躺在我的臂弯里，鲜血喷溅在我的鞋子上。我的心脏在胸腔里狂跳，因为我听到她说："救救我，杰克，我是你孩子的妈妈。"

迫击炮发出的炮弹在我身旁爆炸了，巨大的冲击力将我按倒在地

---

① 1 英尺 = 30.48 厘米。

……这时我的双眼突然睁开，一刹那间我有一种极其强烈的感觉——我仍然留在临走前的阿富汗战场上。

　　我还记得最后那天的大部分情景，但是一些至关重要的部分却遗失了。在我的记忆中有一个缺口：从直升飞机开始下坠，一直延伸到我认为自己已经死了的那一刻。

　　我感到那部分被遗失的记忆已经退缩到了我潜意识的深处，它们被隐藏起来了。

　　我得把它们挖出来，我得找出关于那一天的真相。

　　如果我能找回那段记忆，也许我就能睡个好觉。

　　我继续寻找和抓取那些梦和记忆的碎片，突然我的手机在床头柜上响了起来。

　　我想看来电人姓名，但是手机显示的内容是"未知号码"。

　　我任由它在床头柜上响个不停，自己迅速跳下床，打开了别墅的安防监控系统。

　　我仔细查看着六个监视器上的画面，没看出任何不对劲的地方。接下来，我离开安防系统，透过窗户看了看外面的场景。我家前门外是太平洋海岸高速公路，汽车在那里川流不息。我的别墅和我两边邻居家的别墅之间有很高的栅栏，翻越起来很不容易。别墅背后是海滩，那里空无一人。

　　很明显，我的庄园里除了我之外，别无他人。

　　手机铃声终于消停了，清晨的阳光透过玻璃射了进来，太平洋的海浪在卧室窗外发出阵阵涛声。

　　这是我和朱斯蒂娜一起买下的房子。

　　每当谈起回忆，烦恼和忧愁总是萦绕在心。在这所房子里，我仍然可以看到朱斯蒂娜的身影，她那黑色的长发在白色的枕头上披散开来，她正用那双带着爱意的眼睛看着我。

　　我洗了个淋浴，然后穿上了斜纹休闲裤和蓝色的牛津纺衬衫，就在这时手机再次响了起来。我将这个该死的小玩意儿拿到我同时用做书桌的餐桌上，继而把心一横打开了翻盖。

　　"你死了。"机械化的声音再次传来。

"至少现在还没有。"我说。

我沏了一杯浓咖啡,在接下来的一个半小时里,我打了好几个电话,确认好了一些预约安排。

快到上午十点时,我抵达了圣塔莫妮卡机场,德尔里奥已经在这里等我了。

是时候起飞了。

二十二

我们登上了一架赛斯纳①天鹰 SP②,这是一架造型时髦并且性能稳定的单引擎飞机。德尔里奥坐在我身旁,这种感觉就像是回到了从前。

我看着德尔里奥,他也转过头来看着我,我们的思想游离在相同的轨道上:阿富汗,那些在事故中死去的战友们,德尔里奥帮助我重新恢复了心跳,还有我欠他一条命。

我想知道他能否告诉我更多的关于最后那天发生在加德兹③的往事。尽管我因将丹尼·杨扛出燃烧着的直升飞机这一"英勇举动"而获得了一枚战争勋章,但是我无法忽略那些让我不得安宁、难以摆脱的梦魇。我不知道是不是我自己的思想在跟我玩障眼法:一方面是为了保护我,不让我去碰触那些让人不堪回首的往事,但与此同时另一方面又在促使我去寻找回忆?

"德尔里奥,再给我讲讲加德兹的最后一天,怎么样?"

---

① 赛斯纳(Cessna)飞行器公司是一家位于堪萨斯州的飞机制造商,以制造小型通用飞机为主,其产品线从小型双座单引擎飞机到商用喷气机,目前在世界私人飞机制造商中排名第二。
② 又名 172 型空中之鹰,是历史上最成功,生产量最多的小型飞机,单引擎四座位结构。首架飞机于 1956 年交付,至今仍在生产。
③ 阿富汗东部城市。

"你是说那起事故吗？为什么问这个,杰克？"

"请再描述一下那天的具体情景。"

"我已经把我能回想到的所有事情都告诉你了。"

"对我来说依旧不是很清晰明了。有什么东西被遗漏了,我总觉得自己忘记了一些细节。"

德尔里奥叹了口气,"那时是晚上,我们正将部队转移到坎大哈[①]。你是小组长,而我是副驾驶员。因为天很黑,所以我们不可能在空中看到一个裹着穆斯林头巾的人正躲在一辆卡车背后,操作着地对空导弹。你和我都没能看到他,接下来我们的飞机的腹部被导弹击中了。这不是任何人的错,杰克。

"你让 CH-46 下降,最后终于平稳着陆了。"德尔里奥说,"飞机从里到外都着火了,这个你还记得吗？我是从侧门跑出去的,而你却往后面的货舱跑。队友们都在货舱里,生死不明,而那儿恰恰是被导弹击中的部位。我到处寻找你,后来看到你扛着丹尼·杨,从后门蹒跚着走出来了。杰克,你总是那么英勇,每时每刻都是够意思、讲义气的哥们。再后来,迫击炮的炮弹打中了飞机残骸。"

"我觉得自己还能看到一些片段,但是不完整。"

"你昏死过去了,这就是原因。我重重地击打你的胸腔,为你做心肺复苏,直到你醒过来。这就是我能告诉你的全部。"

那些画面并不是连贯的,而且也不完整。我看见了坠毁的飞机,看见了将丹尼·杨扛在肩上奔跑的我,看见了刚被德尔里奥唤醒的我。

一定有什么东西被遗漏了。

还有什么是我不知道的？在那个战场上还发生了什么别的事情？

我仍然注视着德尔里奥,他冲着我笑起来,"亲爱的杰克,你准备告诉我你爱我吗？"

"是的,你这个混蛋,我真的爱你。"

德尔里奥笑得前俯后仰,片刻之后他将自己的太阳镜从帽子顶部拉了下来,而我则忙于检查飞机的仪表盘。

---

① 阿富汗第二大城市,位于阿富汗南部。

几分钟后,我得到了机场控制塔的授权。我推动油门,驾驶"赛斯纳"沿着跑道滑行。像往常一样,由于螺旋桨的缘故,飞机在前进时会自动向左偏离。我适时地操作右舵,同时让飞机加速,使得它沿着跑道中线滑行。我盯着空速指示仪,当时速达到六十英里①以后,我拉起了操作杆。机头向上倾斜,飞机开始爬升,我们进到了湛蓝而晴朗的天空,俯瞰着逐渐远去的洛杉矶城区。

飞机很平稳,四周的空气和云朵就像奶油一样平滑。

在随后的一百分钟里,我驾驶着这架飞机,如同它是我身体的一部分。飞行是一项程序化作业,除了程序化还是程序化,对此我再清楚不过了。从机场发出来的无线电广播在我的头戴式耳机里喋喋不休,这从某种程度上清除掉了那些使我备受煎熬的想法。

我忘掉了那些噩梦,让自己沉浸在飞行的奇妙之中。

二十三

刚过中午,我们的飞机在旧金山海湾的大都会机场着陆了。

我们租了一辆车,结果运气不好,在港口湾的林荫大道遇上了交通拥堵。当我们抵达"奥克兰突袭者队"的训练基地时,已经比我们与弗雷德约定的时间晚了三十分钟。

我把我的名片交给值守大门的保安人员,他很快就放行了。我和德尔里奥来到了一块种植着天然草坪的训练用球场,一群职业橄榄球运动员正在里面练习传球和追逐,远处还有两名专门踢定位球的队员站在三十六米线附近进行三分球训练。

弗雷德站在球场中部边线附近观察和指挥,他一看到我们就立刻迎

---

① 1 英里 = 1.6 公里。

了上来。我把德尔里奥介绍给他,并告诉他德尔里奥将协助我办理假球案。

我的舅舅挥手招来了几名"突袭者队"的知名球员,他们是布朗库西、利普斯科姆,以及进攻型后卫穆罕默德·纳金斯。这些家伙都是年薪数百万美元的超级巨星,不过此时更让我感到震撼的是他们的身材,天哪!这些人太大个了!我们简单地谈论了即将到来的与"西雅图队"的比赛,然后将注意力转移到了"突袭者队"最有才能的四分卫——杰梅恩·贾维斯身上,他正在球场里练习抢球。

我说:"他对球速以及球的运动轨迹了如指掌,这种能力是我无法理解的,就好像他在球上面安装了一颗只有他本人才能连通的感应器,而且他精确知道前方的接球员何时会转身。"

弗雷德说:"杰克,其实你在'布朗大学队'的表现非常出色,你本可以继续练下去的,并把橄榄球作为自己的职业。不过,你放弃了橄榄球,没有变成一名职业运动员,这对你个人来说的确是更好的选择。"

事实上我知道我不可能变成职业球员,我的体格不适合这项运动,尤其是我的臂膀不够强壮。再说,我所就读的常春藤盟校[1]在橄榄球方面的造诣远不及美国十大名校联盟[2],最终能够被选为职业球员的学生寥寥无几。

我发现弗雷德的眼里突然掠过了一丝光彩,紧接着他对我说:"这样吧,杰克,也许你和德尔里奥现在想和我的球员们玩上一局?"

我立即抗议道:"你是不是疯了?我还以为你真的很在意我的想法呢。"不过,我身旁的德尔里奥看起来就像一个刚刚在音像店的抽奖活动里中奖的孩子。

他和我一同来到球场内,轮流进行折返跑练习,这是赛前热身的一种方式。与此同时,杰梅恩·贾维斯已经准备好了发动攻击。

---

[1] 常春藤联盟是指美国东北部八所院校组成的体育赛事联盟。常春藤盟校以体育结盟而起,但因为该联盟成员均具有一流的学术水准和教学质量,所以享有很高的声誉。
[2] 同"常春藤盟校"一样,最初也是因体育结盟而产生的大学结盟联合会,目前由十一所中西部名校组成。作为美国最顶尖的公立大学团体,十大盟校完整地代表了美国最大的教育体制——州立大学体制。

热身结束后,我感觉自己已经找回了大学时的状态。然而,当我伸出手去想抓住贾维斯的一记精准的投射时,我和德尔里奥撞到了一起,紧接着我们俩相继摔倒在地。弗雷德一路小跑过来,将双手按在膝盖上,笑得上气不接下气,"真是精彩啊!杰克,你上演了一出动态的旋律。好了,现在我想给你看些东西,它们可就不那么有趣了。"

我们走出球场,穿过一条长长的混凝土走廊,以及几扇锁着的门,来到了弗雷德的办公室。他用钥匙打开文件柜,取出了一个大型文件盒,里面装满了DVD光盘。他告诉我们,过去二十八个月里所进行的全国橄榄球联赛的录像都在里面。

"我已经将那十一场问题比较严重的比赛标记出来了。你先拿回去核实一下,然后我们再交换意见。"

接下来他又和我交流了一阵,并针对调查工作应该从哪里入手这一问题提供了他本人的建议。

"杰克,以前我从来没有向你要求过什么,但是这次不同,我真的很需要你的帮助。"

二十四

当我回到我的庄园时,天已经完全黑了。越过高耸的大铁门,我看到了被上弦月照亮的别墅屋顶。

我正打算将"兰博基尼"开进车库,突然我通过后视镜看到了另一辆汽车的车头灯。

灯光在我的右后方有节奏地闪烁着,很明显是有人正朝我打信号。我停下车,关掉引擎,走到外面,发现一辆黑色轿车正缓缓地驶进我家庄园外的私人车道。这到底会是谁呢?

我站在"兰博基尼"旁边等待着,没过多久,黑色轿车的一扇前门打开了,司机从里面走了出来。只见他一边解开外套的纽扣,一边大步朝我走来,嘴里问道:"你就是杰克·摩根先生吗?"

在我给出肯定的答案之后,他说:"多西亚先生想和你谈谈,他有很重要的事情找你。"

"我现在不想和任何人谈话。"我毫不犹豫地回答道,"请回吧。还有,返回高速公路的时候得当心点,不要在岔口被其他车辆撞上了。"

"你确定你想让我把这番话转述给他吗?"

我当然非常确定。我站在别墅门前,目送司机返回黑色林肯轿车。我继续等待着,想看到他驾车离开,然而取而代之的却是副驾驶座的车门被打开了。第二个男人走了出来,然后他为第三个男人打开了后座的车门。

三个人一起朝我走来,我认出了雷·多西亚。

他穿着一件灰色运动夹克,在月光下他的头发和皮肤也都是灰白色的,高高的鼻子在脸颊上投下了阴影。无情的现实击打着我:一个黑手党头目,一个有社会地位的人,一个曾多次命令手下展开杀戮行动的老魔头,此刻正站在我家门外的私人车道上。现在是晚上,没有人看见他进来,也不会有人看见他离开。

他向我伸出右手,"我是雷·多西亚。"他说,"很高兴见到你。"

我始终将手揣在外套口袋里,直到他将自己的右手缓缓放下。我看到他的脸上掠过了一丝阴影,就好像我打了他一记耳光,或者在他的鞋子上撒了一泡尿。

短暂的沉寂之后,多西亚笑了,"你父亲和我曾经有过一些业务上的往来。"他说,"这就是我让我的律师前来找你谈话的原因。显然他们在某些方面冒犯了你,而我该向你道歉,所以现在我亲自过来了。"

"我不需要任何形式的道歉。"我说。

他的笑容变得很僵,没有一丁点幽默。

"好吧,我想知道的是你愿意为我寻找贝丝吗?我明白游戏规则,既然你不报价,那么我会在你的官方收费标准的基础上外加一笔不菲的奖金,只要你能帮我找到她。我不会再去找其他人,因为你是最优秀的。"

我想,是时候让我来结束这一切了,不论是关于现在还是关于未来。

"我相信你手下的人知道她在哪里。别再浪费你的钱了,你最好先问问他们。"

接下来又是长时间的沉寂,空气中弥漫着阴郁的气氛。多西亚的视线一直没有离开过我,当他再次开口说话时,他的言语几乎被车流的噪音和海浪的涛声给彻底盖过了。

"你受过的教育比你父亲要好得多,然而你的聪慧程度还不及他的一半。"多西亚说,"你再想想他的结局吧。"说完,他转身朝自己的车走去。

如果说我一点都不担心,那肯定是在说谎,但是我依旧让自己不去在乎。雷·多西亚已经说出了对我来说最糟糕的东西——那就是他和我父亲曾经有过合作。

当我将钥匙插进大门的锁孔时,我感到自己的手在颤抖。我真的希望我再也不要看见或听到关于雷·多西亚的任何消息。

但这是不可能的。

第二部
第十三名女生

二十五

晨曦映照在一片垃圾山丘上,为其覆盖了一层玫瑰色光芒,一群海鸥朝它们的早餐俯冲过去,嘴里还发出了饥渴的尖叫声。这里是阳光峡谷垃圾填埋场,堆积成山的垃圾绵延了数英亩①土地。

朱斯蒂娜将她的捷豹轿车开到路边停下,然后盯着车窗外的景色。我转动着安装在车里的警用车载收音机的调谐钮,直到我们听到了清晰的说话声。她打开自己的保温杯,继而将它递给我,我接过保温杯,喝了一小口。

纯正的黑咖啡,没有加糖,这符合朱斯蒂娜行事为人的一贯方式:干净利落,不拖泥带水。

"进展如何了?"她问我。

警察们正在街对面的垃圾场里挑拣着,我们可以通过车载收音机听到他们与警察局总部的对话内容。

我说:"安迪·库什曼有二十个充满怨气的前客户,他们当中的任何一个都有办法,有机会,更重要的是有动机杀死他。但是为什么死的人是谢尔比呢?对此我目前还一无所知。"

"这真让人难过,杰克。不过我不是问这个,你自己的事进展如何了?"

我当然明白她的意思,她是问我和科琳的进展如何了,而我很不愿意同她谈论这件事。于是我转移了话题:"我接了一起新案子,责任重大而且非常棘手,你还记得我的舅舅弗雷德吗,我想我应该向你提到过。"

"你是说那个橄榄球老板?"

---

① 1英亩=4046.86平方米。

"没错,你记性真好!他怀疑有些比赛被'注水'了,如果事实真是那样,将会导致巨大的丑闻,甚至是继棒球界的'黑袜事件'之后整个体育界最大的丑闻。"

"哇哦!"朱斯蒂娜发出了一声惊叹。

"我又开始做噩梦了。"我再次转移了话题。

朱斯蒂娜顿时扬起了眉毛,我真的很想把自己的困惑告诉她。但是,与此同时我难免有些担心,将自己的噩梦讲给精神病医生听,那就如同一只小猫被系上了绳子,不是吗?

"你的噩梦是关于什么的?"她问道,"每次的梦境都是相同的吗?"

既然她这么问,我也就决定"和盘托出"了。我讲述了那些发生在梦里的活生生的爆炸,我将我所爱的人扛在肩上,奔跑着穿过战场,然而从来没有哪一次将他们成功救出。

"很可能是幸存者的罪恶感在作怪,这是我的看法。你是怎么想的呢,杰克?"

"我只希望那些噩梦不要再来了。"

"你还是那么的幽默,"她说,"而且言简意赅。"

我打开了一个原本塞在扶手旁边的文件夹,然后看着那张打印出来的照片——今天早上鲍比·裴提诺用电子邮件将该照片发送给了朱斯蒂娜。照片里是一名可爱的十六岁女学生,名叫赛琳娜·莫西,她昨天晚上被报告失踪了。赛琳娜居住在洛杉矶回声公园——洛杉矶东部的一个小区,那里被朱斯蒂娜称为危险区域,因为那个小区是女学生的死亡地带。

在赛琳娜的父母打电话报警之后,又过了两个小时,一个匿名并无法追溯的电话打给911,称赛琳娜的尸体就在这个垃圾填埋场里。

收音机里突然传出了一些异样的声音,其中一个男声比其他声音更加尖利也更加响亮,引起了我们的注意。

"我找到了一些东西,应该是一个人。噢,天哪……"

"我们走。"我边说边打开了我这侧的车门。

"别这样,杰克,我得独自处理这件事。如果你和我在一起,那会影响我的信誉。你就待在车里等我吧,我很快回来。"

我答应了,然后看着朱斯蒂娜穿过空旷的街道,朝着警察已经用警示带封锁起来的那一片臭气熏天的区域走去。

二十六

朱斯蒂娜朝诺拉·克罗宁警官挥了挥手,后者露出了她惯常的厌恶表情,然后将注意力重新移回到放在她脚下的一个黑色建筑垃圾袋上,它看上去就像一个坠落的大气球。

朱斯蒂娜顿时心头一紧,她想起了另一个女学生的惨状。一年前,那名女学生的尸体被装在一个类似的黑色塑料袋里,丢弃在这里的垃圾山上。她叫劳拉·李·布兰科,她的心脏被刀刺透了。

克罗宁用小刀割断了袋子上的绳结,紧接着袋子被打开了。

一条手臂弹了出来,动作很慢,接下来手掌和手指也缓缓地伸展开了。此情此景使得朱斯蒂娜几乎心跳停止,继而花了好长时间才弄明白自己看到的东西是什么。

"这他妈的是怎么回事?"克罗宁边说边将袋子进一步打开,然后露出了一个百货商店里常有的人体模型。另外两名警察走上前来,费力地将这个人体模型从袋子里拉出来。

克罗宁将这个女式人体模型翻转过来,仔细检查,上面没有字迹,黑色塑料袋里也没有附任何字条。

"这说明什么呢?"克罗宁对着空气问道,"你是个心理学家,不是吗?"

"这个行为已经说明了他想表达的含义。"朱斯蒂娜说,"这是个人体模型,对不对?这中间的含义就是我们被人戏弄了。"

克罗宁说:"为什么会这样?不过还是要谢谢你,朱斯蒂娜,你真聪明。该死!浪费我们的时间,这正是他想要的。很明显,这当然不是赛琳娜·莫西。"

朱斯蒂娜感觉到一丝欣慰,但又迅速地被悲哀所取代。赛琳娜·莫西仍然下落不明,不是吗?他们依旧不知道她在哪里,也不知道她是死是活。

她回过头看着克罗宁:"那么赛琳娜在哪里呢,警官?我想你们还得继续寻找,我希望你和你眼中的自己一样棒。"

二十七

朱斯蒂娜微笑着朝芭芭拉·哈特费尔德校长点了点头,感谢对方介绍自己的身份,然后快步登上了学校礼堂的讲台。

这所最近才翻新过的罗伊博尔高中一共有五千名学生,但是今天下午只有十一年级和十二年级的女生被允许前来聆听朱斯蒂娜的演讲。校长告诉朱斯蒂娜,她的演讲内容过于清楚和具体,对于低年级的女生来说过于可怕。

朱斯蒂娜能够理解校长的苦衷,但是她认为使女孩们受到一定程度的惊吓不算什么,那不过是将消息告诉她们所产生的副作用而已。再说,大多数被杀害的女生都是低年级的。然而,对此校长坚决不肯让步。

"我是一名心理医生。"朱斯蒂娜对礼堂里的学生们说,"但是同时我也在调查女学生谋杀案,相信你们已经通过互联网和电视或多或少看到过一些。"

前排有人打了个喷嚏,引发了一阵紧张不安的笑声。朱斯蒂娜等待了片刻,人群彻底安静下来以后她才继续发言。

"首先,我想让你们知道赛琳娜·莫西是安全的。她遇到了交通事故,被送到一所医院。当她今天早上苏醒过来后,她将自己的名字告诉给了医生们。她的一只手臂骨折了,但是总体来说情况还好,应该很快就能回到学校。"

人群中迸发出了掌声和欢呼声,朱斯蒂娜也露出了短暂的笑容。但是,尽管赛琳娜现在安全了,可这里又出现了一个新问题:杀手为什么会想到以她为主角打匿名电话呢?难道他一直在监视这个女孩?或者说,他们一直在监视她?

"这是一个很大很大的安慰。"朱斯蒂娜感到自己的眼眶已经湿润了,"不过,我们现在还是得谈谈那些住在这个地区,并且没那么幸运的其他几名女孩。"

朱斯蒂娜朝台下的助教点了点头,后者正在帮她操作幻灯片演示。

礼堂里的灯光熄灭了,一名十多岁女孩的脸庞跃入了大屏幕,她很可爱,而且正在微笑。

"这是凯拉·布鲁克斯,十一年级,就读于约翰·马歇尔中学,理想是成为一名医生。但是,在她还没来得及高中毕业的时候,她就无缘无故地被四颗子弹击中了。

"她的生命,她的未来,她也许会生的小孩,她也许能成为的医生……一切就那样瞬间结束了。"

凯拉的尸体的照片出现在大屏幕上,礼堂里的女孩们开始哭泣,那凄惨的呜咽声几乎将朱斯蒂娜的心撕碎,但她不得不继续讲下去。下一张照片是贝瑟妮,然后是珍妮——一名就读于本校的学生,接下来是其余的名字、照片和故事,包括五天前刚刚死去的康妮·于。

"我们已经知道,杀害这些女孩的凶手掌握了她们的联系人信息,从而获得了她们的信任。"

朱斯蒂娜向大家解释了他们如何找回康妮·于的手机,以及由一个未登记的手机号码发出的短信。

"同学们,康妮·于的朋友琳达并没有给她发过短信,所以这是一条伪造的短信,这是一个诡计,一个陷阱,遗憾的是它生效了。现在我想问问大家,假如你们再遇到类似的情况,你们有能力辨识它吗?

"如果有人发送了类似的短信,想让你们单独去到某个地方,不管对方是谁,总之千万别去。请把这个情况告诉给低年级的女孩们,不要单独去任何地方,你们听明白了吗?"

讲台下方传来了女孩们齐声说"是"的"唑唑"声。

"现在请每个人都站起来。"朱斯蒂娜说,"我想让你们跟着我重复一些东西。"

紧接着,朱斯蒂娜听到了上千名孩子齐刷刷地站起来的声音,然后是座位板立起来时拍打椅背的声音,还有书本碰撞地面的声音。

大小不一、参差不齐的说话声复述着朱斯蒂娜的话语:"我保证,我不会单独去任何地方。"

朱斯蒂娜认为她已经将指示准确地传达给了台下的所有女孩,而且她们应该都听明白了。然而,她仍然感到很害怕,而且放心不下。她担心有些女孩会抱侥幸心理,自认为与众不同,自认为比朱斯蒂娜更了解情况,自认为不可能是运气不好的那一个。

二十八

朱斯蒂娜走出学校,来到了洛杉矶西二街。她刚打开手机,突然一辆黑色轿车开到她身旁停下了,紧接着她听到了摇下车窗的"嗡嗡"声。

"嗨!需要搭车吗,美女?"

"鲍比!你在这儿干什么?"

"当然是为了照看我的小甜心啦,快上车吧,朱斯蒂娜,我开车送你去公司。"

"我正准备叫一辆出租车的,真是太巧了,谢谢!"

她绕到他的宝马车的副驾驶座位那一侧,然后进到车里,并弯下身子迎接了鲍比的热吻。

"你和那些孩子们的交流顺利吗?"他边问边将车挤进了车流中。

"非常好,至少在我看来是这样的。我想她们应该很愿意听从一个三十多岁的大姐姐的忠告。"

"你看上去才二十出头而已,宝贝。你没有哪一天,没有哪一分钟看上去像超过三十岁的人。"

"你到底想说什么,鲍比?是不是还有别的什么事?"

"没错,又被你猜中了。确实有一些事……嗯,朱斯蒂娜,我觉得我应该在这件事正式公开之前先告诉你。我在考虑竞选州长,民主党全国委员会的人已经开始和我联络了。如果我决定这样做,那他们会为我提供财政上的支持。这将会是一场异常艰难的比赛,但是我有必要去放手一搏。他们都认为我获胜的概率很大,连前总统也给我打过电话。"

"这有点突然,不是吗?"

"我考虑此事已经有一段时间了,在我下定决心将其提上议程之前,我不愿意谈论它。"

尽管自己并没有表现出来,但是朱斯蒂娜因为这个消息而感到极度震惊,甚至有些不知所措。她嘴上告诉鲍比,他会成为一个了不起的州长,而且她相信他可以成功。然而,她的心却开始迅速下沉。她对鲍比有感情,他是她自从与杰克分手之后所遇到的第一个值得信赖的男人。假如鲍比真的成为州长,那他将会搬到萨克拉门托①去定居,接下来会发生什么事?她会跟着一起过去吗?

"如果我们能够找到杀害女学生的那个人渣。"鲍比说,"当然这是必须做到的,那样一来,对他进行定罪将会对我的竞选起到非常实际的帮助。"

"的确如此。"朱斯蒂娜回答道。她感觉到空调传来了一阵寒意,于是她将空调调小了一些。很明显,鲍比即将告诉她一些具有潜台词的话语,那么他真正的意图是什么呢?

如果鲍比顺利当选,他会不会想让她跟他一起移居到萨克拉门托?如果答案是肯定的,正如黛安·基顿②在电影《赤色分子》中问亨利·沃伦·比蒂③的一句经典台词——"以什么身份?"朱斯蒂娜还记得很清楚,当鲍比决定雇用国际私人侦探公司的人前来协同办理女学生谋杀案时,

---

① 美国加利福尼亚州首府,临萨克拉门托河的港市。
② 美国影坛20世纪70年代的代表女星,她的知性与感性颇能反映嬉皮风尚流行的那个时代,属实力派多产性格女星。
③ 美国著名男演员、导演、编剧和制片人,曾获得过奥斯卡奖和金球奖。

他从警察局局长那里承担了很大的压力。她没有一刻怀疑过他这样做的动机,即使真有动机,她也认为那是因为该案子对她来说非常重要,所以鲍比才引入了国际私人侦探公司。

但是现在的各种征兆却表明,他之所以对这起案子如此上心,完全是因为这对他自己的仕途来说非常重要。

鲍比在一个交通灯前刹车停下:"你今天有些安静呢,朱斯蒂娜。"

"我在想象你成为裴提诺州长以后的样子,你会做得很出色。"

鲍比搂着她亲吻了一下:"宝贝,你真是魅力十足。你知道吗?你是个魅力十足的女人,而我则是一个无比幸运的男人。"

"对此我没有任何异议。"朱斯蒂娜漫不经心地回答道。

二十九

我们工作到很晚——我是说科琳和我,我们对安迪·库什曼的文件和财务报表进行分类处理,将重要的部分用红色标记出来,以便进一步调查。

今天科琳穿了一件蓝色羊毛衫,里面是有花边的贴身背心,腿上是中性化的休闲裤。当她弯下腰将一叠文件摆放在茶几上时,我看到她的黑色长发在脸颊旁边轻轻摇摆。

"你为什么还不回家?"我说,"都快九点了,余下的工作我自己可以完成。"

"让我们一起把它们做完吧,杰克,留到明天的话会更糟糕。"

"那好吧,请坐。"我边说边轻轻地拍了拍我身旁的沙发座位。

她坐下来,倒在靠背上,打了个哈欠,懒洋洋地说:"再坚持一个小时就可以完成了。"

我情不自禁地用手臂搂住她的肩膀,然后将她拉近我。

"别胡闹了,杰克。'草原上有好多好多的帽子,却没有人去捡它们。'"

"这话是什么意思,我怎么听不懂?"

"这是爱尔兰谚语,说明麻烦来了,我祖母教我的。"

她命令我把手拿开,但是语气并不是十分坚定。最终,她将头靠在我的胸膛上,我可以闻到她身上的玫瑰香味,那是她最喜欢的香水。我将手放进她的头发里,而她抬起了自己的脸。

我开始亲吻她,与此同时她也在回吻我:"好吧,杰克,现在我是你的……"

我抱住她,将她放在我的身体和沙发靠背之间,但我感觉她有些难过,"你怎么了,宝贝?发生什么事了?"

"我已经二十五岁了。"她低声说道。

"你不会是说……今天吧?"

她点了点头,独自哼唱起来:"祝我生日快乐,祝我生日快乐……"

"你为什么不告诉我今天是你的生日?"

"我以前说过。"

"不会吧,难道是我忘了?"

"这不要紧,真的。我不是一个看重生日的人。"

"这当然很要紧。"我说,并且抬起了她的下巴,"这很要紧,我会补偿你的。"

她耸了耸肩,然后伸出手将我推到一边。片刻之后,她走下沙发,温柔地看着我。

"我不该说这些的,杰克,我以后不会再说了。"

我已经回过神来,没有生日礼物,没有鲜花,没有烛光晚餐,只有沙发上的云雨……我对她说:"你还是继续说吧,你值得拥有比现在更好的。"

"不光是我,任何人都应该如此。"科琳最后说道。

三十

当我早上抵达公司时,两对名人夫妻正在接待区等我,对此我并不感到意外,他们的财富经理人先前曾帮他们预约过。

在这四个人当中,最引人注目的是摇滚偶像简·霍克,她的鼻子穿了孔,身上有文身,脸上画着五种深浅不一的紫色眼影。她的丈夫——动作电影明星伊桑·托恩正坐在她右边,从头顶的帽子到脚上的卢切斯牛仔靴,他浑身上下都是牛仔打扮。

坐在他们对面的两个人是网球界的金童玉女——珍妮特·科尔顿和拉尔斯·伦德斯特姆,后者一头金发,身材健壮,皮肤是棕褐色的,保持着欧洲裔洛杉矶人的风格。

当我进到自己的办公室就座后,科琳领着这两对夫妻走了进来,并询问他们是想要咖啡还是茶水。接下来,她冷淡地朝我笑了笑,"你还需要什么别的吗,杰克?"

"不必了,这样就很好。"我回答道。但是我和她呢?好还是不好?

她关上了身后的门,它发出了极其细微的"咔哒"声。

"我能为你们提供什么帮助呢?"我问道,然后坐直身子洗耳恭听。

珍妮特·科尔顿率先开口:"这件事有点难以启齿。"在她说话的同时,她面无表情的丈夫——瑞典网球冠军将双手交叠,放在膝盖上。

简·霍克往自己的咖啡里加了一些糖,然后说道:"说下去吧,珍妮特,在我们四个人当中,由你开头比较合适。"

珍妮特·科尔顿的脸上掠过了一丝痛苦的神色,我不论如何也想象不出她究竟想说什么。这四个人一起来公司找我,到底是为了什么事?

"伊桑和我相爱了。"她提到了简·霍克的丈夫。

我赶紧朝着摇滚明星看过去,只见她正不慌不忙地啜饮着自己的咖啡,端着杯子的手没有丝毫颤抖。我一直都努力避免离婚案子,不过很多私人侦探却非常热衷于此,而且他们比我更擅长窥探隐私。

拉尔斯·伦德斯特姆接过话头继续说道:"这只是故事的一部分,摩根先生。更加有趣的是,简和我也想在一起。"他的口音很重,但是我非常肯定我听懂了他的话。

简·霍克的眼睛在紫色眼影下闪闪发光:"我们两家做了好几年邻居,现在我们想要改变一下。"

一直没有开口的伊桑·托恩突然大笑起来:"看来你很不容易被震惊,摩根先生,我喜欢这点。"

"差不多吧,也许的确如此。"

托恩继续说道:"我们都想交换配偶。简将和拉尔斯一起生活,而我将和珍妮特开启崭新的人生。但是,我们并不愚蠢,至少不像你现在看到和想到的那样愚蠢。我们希望你能对我们四个人的背景进行彻底的调查,我们希望将一切都公开,不能出现什么意想不到的事。毕竟,孩子们也都被牵涉进来了。"

"我懂了。"我说,"不过我得说声抱歉,我们这边待处理的案子已经排满了日程,可能得等上好几个星期才能腾出人手。真的很抱歉。"

我的确感到很抱歉,甚至对我自己以及公司来说也是如此。照理说,我应该很喜欢这样的肥差:没有血腥,没有炮火,不需要勇气,只需要做背景调查和监视。唯一不容易的地方在于监视工作很繁忙,负责该项工作的侦查员或许需要七天二十四小时一刻不休。

我把海伍德·普兰蒂斯的电话号码告诉给这个有趣的四人组,然后向他们解释我不仅仅是为普兰蒂斯工作过,而且我所知道的一切都是他教授给我的。接下来,我送这四个人离开了公司。

我还有另一个约会,而且我不想迟到。

三十一

我走过六个街区,来到了一栋位于洛杉矶市中心的楼房跟前,地址是我的舅舅弗雷德告诉我的。这栋楼房一共有三层,外表看起来有些破败,粉红色的油漆已经开始从灰泥墙上层层剥落,前门的上方安装了一个绿色雨篷,被太阳晒得有些褪色。

一楼的左边是一家自行车商行,右边是一家小型杂货铺,中间的入口可以通往二楼。不过,入口处立着一扇金属栅栏门,而且上了锁。

门上有个通话器,我对着它说出了自己的名字和一串数字密码,还声明我是由弗雷德·克罗泽尔引荐的。片刻之后,一个男声通过通话器传来,让我先等一下,他马上就下来开门。

一分钟过后,一个瘦长结实、肤色黝黑、脸型颇似黄鼠狼的男人打开了金属门,然后对我说:"我是邦尼·赛伯克,很高兴见到你,摩根先生。"

我跟着赛伯克沿着楼梯向上走,一直来到了三楼。接下来,他打开了一扇新近刷过油漆的门,带着我走进了一个有很多小隔间的屋子。我粗略数了一下,大概有二十个小隔间,每一个隔间里都坐着一个男人或一个女人,他们都戴着耳机,面前的办公桌上放着一台电脑和一个便笺簿。

他们正在帮客户进行押注。

这个地方看上去就像是警察局的指挥中心,或者电话销售办公室,但事实上这里是一家赌注登记公司的分部,每年能赚好几千万美金。好几千万美金!而且还只是这一个分部的业绩而已。

体育赌博在美国每个州都是非法的,只有内华达州是例外。结果,这项活动反倒演变成了黑手党集团的一棵摇钱树。这个行业非常特殊,普通人很难涉足。邦尼·赛伯克很可能是该黑手党集团的家族伙伴之一,如果不是,那他必然被强制性地收取了一大笔押金,接下来再从中逐渐

"返还"他所挣的劳务费和奖金。

赛伯克的办公室在角落里,透过窗户可以俯瞰街道。他对我说:"克罗泽尔先生给我打过招呼,要我信任你。他还让我给你看一些东西,但是任何东西都不能带出这间办公室。"

"我明白。"我回答道。

他打开抽屉,从一个文件夹里取出了一张打印的电子表格,然后将其放在办公桌上。

"我是从加密网络上提取到这些数据的,下注者都有自己的代号和密码,所以我昨天晚上帮你破译了一部分。"

"我肯定这会对我有很大的帮助,谢谢你,邦尼。"

我拖过来一把椅子,在办公桌旁坐下,开始浏览这份表格。熟悉的名字跃然纸上,他们都是美国橄榄球联赛中的球员。

"这些是他们在过去一年中的赌注金额。"赛伯克边说边用自己的手指在表格里的某一列上划动着,"发现什么了没?"他问我。

"有的人在单场比赛中的下注金额是五万美元。"

"还有别的吗?"

"嗯……对了,没有一个球员在自己参与的比赛上下注。"

赛伯克点了点头,"所以,如果球员在比赛中掺假,我也无法看出来。"说完,他将那份表格扔进了放在他办公桌旁边的一个装满水的水桶。

这名博彩经纪人的办公室里的所有表格,以及其他文件,都是印在米纸上的。我看着刚刚被扔进水桶的表格,上面的墨迹连同米纸本身很快就溶解在了水中。

赛伯克说:"克罗泽尔先生是你舅舅,对吗?"

我点了点头:"事实上,他更像是我父亲。"

"还有一些东西,是他认为应该让你看到的。我们遇到了一个比较特别的客户,他和我们扯上了复杂的关系,原因是六十万美元。他碰上大麻烦了,很可能会产生致命的后果。"

"他也是一名橄榄球运动员吗?"我问道。

赛伯克拿出一叠纸,在第一页上写了几个大写字母,然后将它们转过来,这样就使得我可以看到他写了什么。接下来,他将那一页撕下来,继

而像处理刚才那份表格一样,将其扔进了水桶里。

米纸很快就溶解了,但是那几个大写英文字母的余像依旧在我眼前清晰可见。

赛伯克刚刚写下的是我孪生兄弟的名字。

汤米·摩根。

汤米欠下了该黑手党集团六十万美元。

三十二

我对邦尼·赛伯克表示了感谢,然后在狂怒中离开了他们的营业网点。我并不是因为赛伯克而生气,他告诉我汤米的事,完全是出于好心。很明显,弗雷德舅舅想让我知道汤米遇到麻烦了,而他自己是不可能帮助汤米的。

弗雷德和汤米已经十几年没有说过话了,我不知道他俩之间的症结是什么,不过我知道汤米是个衔仇记恨的人,而且他对弗雷德有很深的怨恨。我猜测,弗雷德曾经试图制止汤米陷入某种困境——也许就和今天的困境一样,而我的孪生兄弟自然会对此怀恨在心。

我对汤米的所作所为感到异常愤怒,而且我本就十分讨厌他。此时此刻,我真不知道下一步该怎么做。

正是通过汤米,使得我对赌博的弊病和其运作流程变得熟悉起来。起初,赌客出于冲动参与赌博,然后从冲动变成了上瘾。如果他们赢了,必然会再次下注;如果输了,最可能出现的结果是,他们的心情从兴高采烈变得灰心丧气,紧接着他们会再次下注,以图弥补或挽回损失。总之不论如何,他们都将继续赌下去,永不消停。

赌客们的损失自然不可能随风飘散,博彩经纪人会将账单寄送给他们。如果债务没有及时支付,那么黑手党旗下的放高利贷者往往就会见缝插针地参与进来。贷款利息高得无耻,而且每周必须支付一次。比较常见的一种情况是,赌徒无法筹集到足够多的钱来偿还债务本金,只能勉强支付利息。接下来,一旦他拖欠贷款利息,那他就会受到人身威胁,甚至被拳打脚踢。再往后他会发现,一名来自黑手党的成员接管了他的企业,甚至他的一切。

汤米有一家公司,他本来经营得还算不错,但是高利贷的利息是百分之二十,这就意味着他每周需要支付十二万美元,直到他有能力偿还或减少债务本金为止。

汤米会不会用他的房子作抵押?抑或用他的公司作抵押?他现在是不是正用自己的指尖悬挂在深渊边上?还是他早已落入了一个无底黑洞?赛伯克曾对我说过,后果很可能是致命的。

我沿着蜿蜒的楼梯一路小跑,来到了公司五楼。在进到自己的办公室之前,我吩咐科琳,接下来的时间里不允许任何人来打扰我。

我花了好几个小时的时间到处打电话,最后我拨通了汤米办公室的号码。接电话的是他的助理,我说:"别跟我耍花招,凯瑟琳,快让他听电话!"

片刻之后,汤米的声音从电话那头传了过来。他听起来很不情愿,而且有些生气,但他最后还是同意在午后一点跟我一起吃午餐。

三十三

汤米一直以来都是个典型的控制狂,所以这一次的见面地点也是由他挑选的。克拉斯特西餐厅位于圣塔莫妮卡大道,离汤米的办公室很近,中间只隔了几个临街铺面。这是一家越南风格餐厅,不过却是欧洲人开的。

刚才我在电话中告诉汤米,我会在二十分钟之内抵达目的地。结果正好是在二十分钟之后,我走进了餐厅的大门。

我把自己的名字报给门口的女招待员,然后她领着我穿过了一条覆盖着玻璃水族馆的通道,五彩的锦鲤在我们头顶上游来游去。接下来,她把我安置在喷泉附近的一个雅间里,据说这里是"汤米先生专用席"。女招待员离开之后,我看到桌上摆放着一份菜单。

我拿起菜单研究了片刻,接下来当我再次抬起头时,看到我的孪生兄弟已经现身了。只见他在餐厅里故意迂回前进,一路上一直都在跟别人握手,就好像他是个正在参加公职竞选的热门人物似的。

如果要问在比佛利山庄最重要的事情是什么的话,答案必然包含了在公共场所抛头露面,而在这方面汤米总是保持着无可争议的曝光率。

"喂!兄弟。"他走到桌边向我打招呼,我站起来,两个人谨慎地拥抱了一下,紧接着他拍了拍我的后背。

"你最近还好吗?"我问道。

"好得不能再好了!"汤米边说边滑进了自己的座位,"我不能待太久,让我来点菜吧。"

女侍者撅着屁股走了过来,发现我们是双胞胎之后,她先是吃了一惊,然后与汤米打情骂俏起来,显然他俩早就熟识了。点完菜之后,她拿着我们的订单走向厨房。在整个过程中,我的脑子里一直都在盘算,试图分析出何时才是与汤米谈及我刚刚得知的内幕消息的最好时机。

结果他率先发问:"我听说你的朋友库什曼杀害了自己的老婆,但他现在还若无其事?"

"那不是他干的。"

"你敢为此下多大赌注?"他随即问道。

汤米的公司叫国际私人警卫公司,专为社会名流和商人提供保镖服务,这些人之所以雇用保镖,无非出于两种原因:要么就是真的需要被保护,要么就是想要通过保镖来彰显自己的身份和地位,当然也有可能是二者兼而有之。汤米的客户众多,这得益于父亲的"遗产"——父亲最终将他的客户名单交给了汤米而不是我。这时,汤米环顾了一下房间,然后对我说:"老爸实在是太龌龊了,没有了他的存在,你和我的生意都蒸蒸日上。"

"这么说,看来你小子现在混得还蛮不错的嘛,汤米?听到这话真让人高兴。"

"那当然!光是这家餐厅,里面至少有一半人都是我的客户,真他妈的太爽了!"

女侍者端来了大闸蟹和蒜蓉通心粉,然后问我们还有没有什么其他的需要,在这期间汤米一直用怀疑的目光打量着我,并将身子靠在椅背上。

"没有了,甜心。"他对女侍者说。待她走了以后,汤米立刻板着脸问我:"说吧,你找我是因为什么事?"

"我听说你还在赌博?"我开门见山地说。

"谁告诉你的?是安妮吗?那个小……"

"我最近没和她说过话。"

"婊子。"他还是将刚才那句话说完了。安妮是他那过于宽容、过于富有耐心、过于慈悲的妻子,同时也是他儿子内德的母亲。"你为什么跟她打电话,杰克?"

"圣诞节过后,我就再也没跟安妮说过话。"

"她应该对我心存感激,因为我让她过上的幸福生活。"汤米一边说,一边用双手将一只大闸蟹掰成两半,"衣服、汽车,她想要什么就有什么。不论她走到哪里,人们都像对待王室成员一样对待她。前不久我打了她一记耳光,而我还得找机会向她解释清楚。"

"她知道你因为六十万美元而和黑手党扯上关系的事吗,汤米?我敢打赌你没有把这件事告诉她。"

"这事与她无关,多管闲事的大亨。再说,这事也与你无关。不论我被牵扯进什么事,我都可以自己摆平的。你要相信我可以做到这一点。"

"但愿如此。"

"见鬼!别再给我打电话了,好吗?圣诞节时寄张卡片聊表心意就可以了,不过如果没有圣诞卡的话更好。"

汤米将自己的餐巾扔在桌上,离开座位迅速朝大门走去。

三十四

我将两百美元放在桌上,然后跟着汤米来到了外面的圣塔莫妮卡大道,这是一条拥挤的公路,两旁是一座座高耸的办公大楼,一楼有各式各样的商铺:一间杂货店,一所美国电话电报公司营业厅,一家时髦的咖啡馆,还有一些贵族银行的网点。

"汤米!"我在他身后喊道,"跟我谈谈好吗,汤米?让我们把事情说清楚。"

他突然停下脚步,转过身来,脸上挂着不满的表情,两只拳头在他身体两侧紧握着。我曾经与我这位孪生兄弟一对一较量过,不过此刻的事态看上去要严重得多。

"别多管闲事,杰克。我说过我能处理,我了解那些人。"

"你有足够多的钱用来偿还债务吗?据我所知,黑手党的人在催债时会打断人的骨头,你明白吗,汤米?接下来他们还会让你坐电椅,并且接管你的公司。"

"即使他们把我杀了,他们也不会得到任何报酬,难道不是这样吗?"汤米假笑着说,"别干涉我的事,杰克。我不想再说第二遍了。"

"毫无疑问,我一定会干预这件事,因为这件事会关系到安妮和内德的幸福。"

"喔唷!我感觉此时此刻的你浑身散发着人性的光辉,不过,这一套是不是已经有点过时了?"

"这么说,你宁愿拒绝我的帮助,宁愿成为一个自私、失控并具备强烈求死愿望的王八蛋,并且在这个过程中毁灭你的家庭,是这样吗?"

汤米盯着我,不怀好意地笑了笑:"那你会提供什么呢?一笔过渡性的贷款吗?以此来暂时中断我和我的博彩经纪人的联系?你脑子有毛病!"

他转过身,大步离开我,但我追了上去,并将一只手按在他的肩膀上。

我和汤米打过很多次架,所以我能够在他有所动作之前就提前预知到他的大弧度抡拳。

我顺利地躲开了,紧接着我用自己的肩膀撞向他的腹部,使他失去平衡,然后我们俩一起倒在人行道上。当然,我的情况比他好得多,我的身体正好压在他那营养过剩、大腹便便的躯干上。

他伸出一只胳膊,试图夹住我的脖子,但是我抢在他前面将他的身体翻转过来,继而拉住他的右手腕,将其抵在他后背的两块肩胛骨之间。

"哎哟!"他发出了一声痛苦的号叫,但紧接着又咕哝道:"如果我手下的人看到你这样做,他们会把你的脑袋打成肉酱,而我……我是不会阻止他们的。"

"我带你去一个地方。"我说,"你跟我来,然后成为一个输得起的人。"

"你疯了!哎哟……"

"我是你最好的机会,混蛋,一直以来都是这样。"

"王八蛋!"他咕哝道,"我真希望你死了。"

刹那间,我突然悟到了什么。为什么我没有注意到这个呢?或者说,我怎么会忽略这么明显的事情?"你每天都在给我打电话,是不是,汤米?白天打,晚上也打,不停地打,然后咒我死。"

"什么?哦,该死,从来没有。我他妈的从来就没有给你打过电话,你这个白痴!"突然,他的情绪急转直下,咄咄逼人的气势消失了,居然开始哭喊起来,"那些王八蛋杀了我的狗。"

"谁?是谁干的?你的狗?对了,是不是内德养的那条狗?"

"那些黑手党的打手们。"

我说:"好了好了,汤米,对此我很难过。现在请你立刻站起来,不要再和我打架了,好吗?"

"你想让我感谢你吗?别做白日梦了!"

"我只想让你跟我来,还有,别再给我添麻烦就好。"

"好吧,那我听你的。"

直到这时,我还没有松开按住他的手。

"拉钩发誓?"我边说边用自己的左手小拇指绕住了他的。他愣了几秒钟,然后弯曲自己的小拇指,和我的小拇指勾在一起。

"好好好,拉钩,发誓,妈的。"他有些不爽地说。

三十五

玛格丽特·埃斯佩兰萨对自己的祖母说:"我几分钟后就回来,这样总可以吧?"接下来,她"砰"地一声关上身后的纱门,离开了这栋由棕色灰泥粉刷、有着红瓦屋顶的小房子。她的家位于圣佐治街,距离她想去的音像商店只有五分钟的步行路程。

她转过一个弯,来到了罗威纳街,一路上她一直在听自己的 iPod。罗威纳街是一条四车道公路,因为临街的店铺众多而显得热闹非凡。这里有必胜客、百视达①,以及惠斯勒韩国料理餐厅……这条街不仅热闹,而且相当安全。

在这种地方不可能遇到任何问题,即使遇到了,那也一定是她自己可以处理的小问题。在玛格丽特心中,这是毋庸置疑的。

玛格丽特向几个她认识的孩子招了招手,然后继续朝街道尽头的百思买商城走去。突然,她的手机响了,提示她收到了一条新短信。

她没见过这个号码,但是地球上只有一个人叫她虎妞,他叫拉马尔·伦德尔,是一个帅气潇洒的高中毕业班学生。拉马尔热衷篮球,曾经当面以及通过手机与玛格丽特调过情。她经常在放学后与拉马尔一起出去玩,不过是和一群同学一起,玛格丽特一直期待着他俩的关系还能更进一步。

---

① 全球最大的影音租售连锁店,是全球电影租售业的领导品牌。

拉马尔：**你在做什么呢，虎妞？**

玛格丽特：**我去买影碟，《新月》[①]。我爱看吸血鬼。**

拉马尔：**你在百思买影音天地吗？**

玛格丽特：**是的。那里离我家很近，不是吗？**

拉马尔：**待会儿我想请你吃比萨。**

玛格丽特：**恐怕不行。**

拉马尔：**来吧，没关系的。**

玛格丽特斜靠在一个邮筒上，心里权衡着自己该如何选择。祖母与拉马尔的较量，这对她来说几乎没必要进行复杂的考虑。必胜客就在下一个街区，现在天色尚早，外面甚至还没有开始变暗。

她发短信告诉拉马尔：**好吧，一会儿见。**

接下来，她拨通了家里的电话，然后对祖母说："我想在外面吃点比萨，再喝点可乐。你从厨房的窗户探出头来就可以望见我所在的位置。我会让拉马尔陪我走回家的，好吗？"

玛格丽特在心里预演着自己的态度，她绞尽脑汁地设想在自己见到拉马尔时，两个人相互之间所说的每一句话。约会结束，待她回家以后，她就可以把这一切讲述给自己的死党汤娅——想到这里玛格丽特忍不住偷笑起来。

她为吸血鬼电影付了账，然后走出百思买，又蹦又跳地朝着必胜客小跑而去。

[①]《暮光之城》系列电影中的第二部。该系列电影由同名小说改编，共分五部，目前已全部上映。

三十六

一辆黑色的现代厢式货车正在卢斯菲利斯街区①巡游,车身上有一个很明显的康卡斯特公司②的标志。

"我已经把你的鸽子放在烤架上了。"莫比德对同他一起坐在厢式货车后座上的人说,"她刚刚离开家,现在已经中计,正在过来的路上。"

"我准备好了。"詹森·佩尔森——游戏中的斯库拉简短地应答道。斯库拉是希腊神话中的海怪,有六个脑袋,十二只手。"让我来完成这一切,她整个人都是我的,对吗?"

莫比德将电脑键盘递给斯库拉,后者注视着屏幕上代表玛格丽特·埃斯佩兰萨所在位置的跟踪图标,只见它正在 GPS 地图上穿行。

斯库拉在键盘上轻敲,发出了一条短信,署名是拉马尔·伦德尔——此人在过去的几周里一直在给玛格丽特发短信。

同时,玛格丽特也会回复他的短信。

在几轮对话之后,玛格丽特终于改变主意,同意与"拉马尔"会面,地点是必胜客餐厅。

斯库拉感觉到自己的发际线上渗出了汗水。他轻轻地拍了拍上衣口袋,并戴上了新买的手套。

他窃听到了玛格丽特打给她祖母的电话,当她对祖母说过再见之后,斯蒂姆·克林纳将厢式货车停在罗威纳街,离比萨店大约有二十米远。一切都已经准备就绪,激情的夜晚即将开幕。

斯库拉一直盯着屏幕,根据 GPS 网格地图的显示,玛格丽特的图标

---

① 洛杉矶市内一片富有的山地型社区,以豪宅和明星著称。
② 美国一家主要的有线电视、宽带网络及 IP 电话服务供应商,是美国最大的有线电视公司,亦是美国第二大互联网服务供应商,仅次于美国电话电报公司之后。

与厢式货车的图标越来越近了。他透过厢式货车侧窗的深色玻璃向外看去,女孩模糊的身影已经进入视线。与此同时,女孩正行走在一家文具用品商店外的人行道上。

"她是我的小宝贝。"他情不自禁地说。

"她整个人都是你的,斯库拉。她当然是你的小宝贝,不过你认为你能行吗?"莫比德问道。

斯库拉没有答话。

玛格丽特来到了干洗店和厢式货车之间,看上去就像是月食时的地球。

"斯库拉,行动。"莫比德说,"立即出发。"

斯库拉打开了厢式货车的侧门,然后第一次看清楚了自己的目标,这个女孩的个头比他想象中的要大得多。

她至少有五英尺十英寸[①]高,而且看得到明显的肌肉线条。时间紧迫,容不得多想,斯库拉跳上人行道,跟在女孩后面。他趁她不备,迅速将一个布口袋罩在她头上,然后拉紧了袋口的拉绳。

她大声尖叫,而且反抗的力气出奇的大。

斯库拉感到浑身充满了肾上腺素,他用一只手捂住女孩的嘴巴,然后不假思索地与莫比德一起将她从人行道上抬起来,继而飞快地扔进了厢式货车的货厢。

莫比德"砰"地一声关上车门,紧接着拍了拍车内隔板,示意斯蒂姆开车出发,而他则和斯库拉联合起来,紧紧地摁住奋力挣扎的女孩。

"你给我听好了!"斯库拉狠狠地说,"现在你最好老实点,做个乖乖女。"

莫比德也朝女孩喊道:"你他妈的快给我闭嘴,我们会给你一个赢的机会。"

斯库拉感到口干舌燥,而且有点喘不过气来,他很清楚他现在已经无路可退了,反悔或放弃都是不可能的。

"你是什么意思?"女孩问道,"给我一个机会来赢得什么?"

---

① 1 英寸 =2.54 厘米。

三十七

伴随着一阵尖利刺耳的刹车声,黑色厢式货车猛地停了下来。车后门被打开了,斯库拉和莫比德分别握住女孩的四肢,鬼鬼祟祟地跳下车,然后迅速地闪到街道外侧,最后将她扔在地上。

当他们取下罩在玛格丽特头上的布口袋时,有那么一瞬间,她感觉眼前一片模糊。待她视力恢复后,突然以惊人的速度站了起来,紧接着一阵乱踢乱打,就好像在清理她周围的空间。斯库拉蹲伏在她面前,那架势颇像摔跤运动员,两人之间的距离大概有六英尺。

尽管他在笑,但是他的大部分脸都被一个滑雪面具遮住了。这个女孩与他在网游《毁灭突击队》中所面对的战士截然不同,她的真实性令人无比兴奋和吃惊。最重要的是,这对他来说是一次真实的挑战。

"嘿!虎妞,快过来。我倒要看看你到底是老虎还是凯蒂猫。"他对女孩说道。

"你是谁?"玛格丽特尖叫着问道。

"我是前来测试你的人。"斯库拉说,"确切地说,是我向你挑战,玛格丽特。"

女孩环顾着四周,与此同时斯库拉认为她已经明白了眼前的处境。他们还在罗威纳街旁边,但是这里远离商业区,旁边是一个水库,整个地方如同月亮的阴暗面一样荒凉。一道长长的栅栏将水库所在的地区与公路分隔开来,汽车在栅栏的那一侧川流不息,飞驰而过。

莫比德和斯蒂姆在玛格丽特身旁手舞足蹈,执行"军事佯攻",这是斯库拉在《毁灭突击队》游戏中使用过无数次的战术。这样做不仅可以让目标失去判断力,同时还阻挡了她逃跑的路线。

其他女孩在这种时候都会乞求和哭喊,然而眼前这个却向前猛冲过来。她使劲挥动手掌根,正好击中了斯库拉的鼻子,在场的每个人都听到了清脆的骨裂声。

斯库拉痛苦地哀号着,他后退了几步,并用两只手捂住了自己的鼻子。接下来,他眼睁睁地看着那个女孩转身逃跑,一路上灵巧地闪避其他人,就好像她正在篮球比赛中穿过后卫,然后准备带球上篮。

斯蒂姆伸出长长的手臂,一把抓住了女孩的头发,继而将她猛地拉倒在地。

不过他没有继续进攻,而是将她放开,自己退到了一边。这一次不是他的游戏。

斯库拉认为他自己已经知道下一步该干什么了。他径直走向女孩,假想着将她扔在地上,然后用手臂卡住她的脖子,使她窒息……但是她的动作比他快得多。

她迅速转过身来,使出了一个柔道动作,用手掌猛地向他砍来,紧接着她又用脚尖踢向他的腹股沟。他看清了这一踢,提前躲闪开来,结果女孩还是踢到了他的大腿,而且痛得钻心。他还没来得及回过神来,又有一记重拳打到了他的前臂,他顿时感觉自己的前臂已经骨折了。

他不停地左躲右闪,躲过了她的好几次击打,即使偶尔被她打中,他也硬撑着,没有跪下或倒下。他浑身都感到疼痛,刻骨铭心,这真是一场生死攸关的"游戏"。莫比德和斯蒂姆也没有闲着,他们仍然在她身旁手舞足蹈,并用搞怪的表情嘲弄她,这些行为显然激起了她的愤怒。

"我会记住你们的!"她朝他们喊道,俨然一个凶猛的战士,一个坚不可摧的对手,"你,你,尤其是你,混蛋!"

玛格丽特一边喊话一边转身,目光在三个男人之间游离,这时斯库拉意识到自己的机会终于来了。他猛地冲上前去,用手掌的侧面击打她的后颈,同时使劲踢她的双腿,使她站立不稳跪倒在地。

她跌倒后开始哭泣,"为什么……为什么?"但是接下来她再次以惊人的速度站了起来。

她大步走向猝不及防的斯库拉,一脚踢向他的脖子,他呻吟着倒在地上。这时,女孩发现了一个可供逃跑的缺口。

斯蒂姆对莫比德说:"对他来说,她太强了。"然后大笑起来,不过与此同时女孩眼看就要逃走了。他不慌不忙地从腰间拔出了一把手枪,迎面射中了她的胸膛。女孩猛地向后一仰,继而倒在地上,倒在斯库拉的脚下。

她静静地躺在那里,而斯库拉则失魂落魄地站在她身旁。

"你很出色。"斯蒂姆喃喃地说,接下来他又朝女孩的脸部开了一枪。这第二枪是为了保证女孩再也不可能醒过来。

莫比德走了过来,他看着脚下的女孩,小声说道:"太刺激了,她真的很出色。"

三十八

詹森·佩尔森——游戏中的斯库拉很想抬起头来号哭,他的疼痛从鼻子开始扩散,沿着他体内的每一根神经向外传输,最后击打在他的左大腿和右前臂上——他的右前臂十有八九已经骨折了。如果疼痛是可见的,那么他一定会像歌舞厅里的旋转灯一样闪个不停。

但是结果还是很公平的,既然这个女孩已经死了,那么就得由他负责处理她的尸体。

他取出事先准备好的电话线,拿起其中的一个端头,将这一段线路牢牢地捆扎在她的一只手腕上。接下来,他拿起电话线的另一头,在她的脖子上环绕了好几圈,最后再打上一个结,这样一来就好像是她自己勒死了自己。

在斯蒂姆开枪打死她之前,斯库拉还没有对这个夜晚——准确地说应该是傍晚——彻底失望。尽管他早先期待的精彩没能出现,但他依然不愿意提前"缴械"。

如果他没有受伤,情况还可能逆转,这本该是相当有趣的,可现在一切都过去了。他取下了女孩的运动鞋,将它们扔进了厢式货车,因为他想为自己留下一些战利品。这双运动鞋很大,或许连他自己都能穿。不论如何,这是很好的纪念品,不是吗?

他正打算把这句话说出来,但当他抬起头看见莫比德和斯蒂姆时,刚到嘴边的句子又缩了回去。客观地说,他俩是极端残暴的野蛮人。斯库拉确信他们之所以喜欢杀人,是出于跟他自己一样的理由——为了寻找那种无与伦比的兴奋感,就好像吸毒一样。除此之外,他们足够聪明,而且受过足够多的训练,甚至能在居民区一类的地方圆满完成任务,就好比今天发生在这里的一切。

妈的!他——斯蒂姆,刚刚杀死了一个女人,而且就在车水马龙的公路旁边。

斯蒂姆·克林纳最终说道:"斯库拉,你的表现可真不怎么样啊,伙计。"

詹森很不喜欢斯蒂姆脸上的表情。他明白,受伤使得他的表现大打折扣。该死!她竟然将他放倒了。憋了许久,詹森说:"你在开玩笑吧?她可是一个很强悍的柔道行家。"

"伙计们,上车。"斯蒂姆·克林纳说,"斯库拉,你还会有一次机会,也许下次你就能获胜。"

三十九

在比佛利山庄酒店的大门外,德尔里奥和克鲁兹将奔驰车交给泊车员,然后穿过大厅,来到了"保罗"酒廊。酒廊管家告诉他们,洛林斯女士正在外面的露台等待。克鲁兹卷起外套的袖子,跟着德尔里奥走出房间,进到了明亮的阳光下。

在克鲁兹眼里,雪莉·洛林斯看上去大概三十岁。尽管如今在这座城市里,辨认女人的年龄变得越来越困难,但克鲁兹依旧很自信。她戴了

一顶软沿帽,穿了一条黑色紧身连衣裙,上面有白色的点缀物。乍一看,她的派头很像某间艺术工作室年轻的执行总监。

他们陆续与她握手,并且报出了自己的名字。金发女郎将自己的狗从旁边的椅子上抱了下来,继而请他们在对面坐下。

"你们饿了吗?"她问道,"这里的大龙虾沙拉非常美味。"

"也许我们想喝点东西。"德尔里奥回答道。

女侍者一路小跑,拿走了酒水单,接下来克鲁兹率先发话。

"洛林斯女士。"

"叫我雪莉就好了。"她说。

"雪莉,我们正在调查谢尔比·库什曼的死因。我想你应该听说过这件事。"

"有人非法闯入了她的家,是这样吗?一个窃贼破门而入,然后射杀了她。"

"事实上,这不是真的。"德尔里奥说,"所有迹象表明,谢尔比·库什曼是被谋杀的。屋子里的东西都没被带走,一个也没有少。"

"这真不可思议。"女人回答道,"我确定我听说那是一起抢劫案,否则为什么会有人想要杀死谢尔比呢?"

"你对她的了解有多少?"克鲁兹问道。

"我认识她有些年头了。"她说,"但我算不上是一个亲密朋友。"

"但是她过去常常为你工作,不是吗?她是你手下的陪护工作者之一。"

雪莉·洛林斯很谨慎,没有错过任何一个节拍:"但自从她结婚后就没在我这里干了。过去那几个月,她一直在为其他人工作,当然这只是我听说的。她的死让我很难过,这真令人烦恼和不安。"

"如果你能跟我们谈谈,一定会好受些。"克鲁兹说,"而且请不要隐藏任何事情,努力控制住你自己的悲伤情绪。"

"我知道的事情已经全都告诉给你们了。"

"你在撒谎,雪莉。"德尔里奥的声音一本正经,没有一丝戏谑和开玩笑的成分,"你知道的比你说出来的要多得多,让我来告诉你一些事情吧。如果你在这里帮助我们,那么我们就不会再去找警察。我们不会告诉他们为什么我们认为你是谢尔比·库什曼谋杀案的嫌疑人之一。"

"嫌疑人？这真荒唐，我为什么想要杀死谢尔比？"

"现在我也不知道为什么，但是警察也许会问你相关问题，当然还有其他更多的问题。"

这个戴帽子的女人冷冷地看了他一眼，但是德尔里奥知道他已经完全吃住她了。

有时候，德尔里奥真的很喜欢自己的工作。

到目前为止，他认为自己这一天的工作可以打满分。

四十

暮色渐渐降临，孱弱的太阳斜挂在青灰色的天空中，就像一个苍白的圆盘。水库里覆盖着藻类植物，周围的树丛高低起伏，好似一座座山丘杂乱地挤在一起，乍一看很像一头长毛猛犸象。此时此刻站在此地，犹如置身于一处史前公园。

如果你只是随意扫视，那么你完全无法看见洛杉矶的影子。映入你眼帘的只有罗威纳街上奔流不息的汽车，与此同时你还能感受到刺骨的寒风。

朱斯蒂娜沿着公路旁边的一个斜坡，走向一片被犯罪现场警示带围起来的区域，这一路上她的高跟鞋多次陷入地面。警示带在树与树之间拉得很直，远远看去就好像一个躲藏在雾气和阴影中的明亮的黄色圆环。

诺拉·克罗宁警官帮朱斯蒂娜抬起了警示带，这一次没有刻薄的评论，她只是说了一声"嗨"。很明显有些东西已经改变了，朱斯蒂娜认为最重要的原因是克罗宁现在对这起案子感到非常绝望，一向自大的她会接受任何帮助。

哪怕是来自国际私人侦探公司的帮助。

哪怕是来自朱斯蒂娜的帮助。

"菲斯克局长一直在找你。"克罗宁说,"现在他也在这里。"

朱斯蒂娜点了点头,继续朝着在尸体旁边挤成一团的警察们走去。米奇·菲斯克的身高大约有六英尺三英寸,站在那里显得比其他警察略高一些。警察局局长亲自出现在犯罪现场,这种场面在以往是极其罕见的,因此朱斯蒂娜相信菲斯克局长一定也是压力巨大。

仅仅两年时间,就有十三名女孩陆续死亡。菲斯克在这次谋杀狂潮显露端倪时被提拔晋升为局长,然而现在接连不断的坏消息已经缠上了他,使他陷入困境。被谋杀的女孩的父母们自发组成了一个行动委员会,每天晚上都会出现在电视新闻里。公众非常害怕,而且愤怒如狂。

朱斯蒂娜拍了拍警察局局长的手臂。

菲斯克转过身来,面无表情地说:"朱斯蒂娜,很高兴能在这里见到你。快过来看看吧。"他递给她一双医用橡胶手套:"情况还在不断地升级,越来越糟糕了。"

朱斯蒂娜在玛格丽特·埃斯佩兰萨的尸体旁俯下身来,看到一根电话线紧紧地缠在这个十七岁女学生的脖子上,电话线的另一端在她的手腕上牢牢地打了一个结。

几乎与电话线连为一体的左手以一种非常奇怪的姿势举在头顶上方,然而真正怪异并且可怕的地方是这个女孩至少被两发子弹击中过——胸部和面部各挨了一枪。

显然这个场面是有意为之的,使得这个女孩看上去好像是自己勒死了自己。这究竟想表达什么意思呢?朱斯蒂娜再一次感觉到杀害女学生的凶手似乎不止一人。

她问菲斯克:"有没有目击者?还有其他线索吗?"

"看上去她就是在这里被人杀害的。"菲斯克说,"地面有损坏的痕迹,很可能发生过一场打斗。我们在一堆树叶上发现了一些血迹,也许是她的,也许是凶手的。也许她曾用自己的手指甲抓过那个人渣,总之我希望是这样,好给我们一个突破的机会,改变停滞不前的局面。"

"她的手提包呢?找到了吗?"

"很遗憾,我们没能找到,而且她的鞋也不见了,或许这中间传达了什么。几个孩子发现了她的尸体,然后给我们打电话,他们说当他们一个多小时以前来到这里时,罪犯已经消失得无影无踪了。"

朱斯蒂娜摸了摸女孩冰冷的脸颊。玛格丽特非常漂亮,而且看起来十分强壮,她的两只手臂和脸颊上都有瘀伤,看来她在死去前曾受到过可怕的殴打。

"这个姿势显然是有意做作的。"朱斯蒂娜对菲斯克说,"这一次的谋杀方式和前几次都不一样,然而不幸的是这恰恰是这起连环谋杀案的重要特点。我很想知道她的遇害时间为什么与康妮·于如此接近,还有凶手为什么要在射杀她以后又故意将尸体摆放成自缢的假象?"

四十一

斯库拉的豪华公寓位于洛杉矶伯顿大道,那里有一排高档公寓楼,一共四栋,每一栋都是六层楼高。

詹森的家在顶楼,有一个全景露台,可以纵观远方的丘陵。他这个人从来都没有真正的朋友,但是这个寓所帮助他找到了一些肤浅的酒肉朋友,甚至还有临时约会对象。

詹森站在露台边缘,看着纷繁的城市灯光融合在了广阔无垠的夜空里,与漫天的繁星交相辉映。这里的景观实在是太美轮美奂了,但至少这一次,良辰美景并没有引发他内心的涟漪。

他回到客厅,打开电视机,"波士顿凯尔特人队"正遭到"洛杉矶湖人队"的猛烈攻击。他根本不在意谁赢得了愚蠢的 NBA 比赛,在他看来,诸如此类的体育比赛只会被那些生活单调、精神空虚、毫无想象力的乏味人士推崇备至。

尽管止痛药令他的精神有些亢奋,但是此时的詹森还是心事重重。他不知道自己是否有能力把事情解释清楚。他得向同事们解释缠绕在他鼻子上的胶带,还有淤青的眼眶,以及被绷带包扎起来的手臂是怎么一回事。他绞尽脑汁地思索着自己应该如何讲述,如何编造一个滴水不漏的谎言。

与此同时,他还知道莫比德正在前来找他讨论并为他安排第二次机会的路上。此前他们曾通过短信沟通过,莫比德表示自己处境相当尴尬,因为招募斯库拉入伙正是莫比德的主意。

这中间隐约暗藏着某种未被点破的威胁,但很明显对于斯库拉来说这无疑是一个弥补的机会。莫比德倾尽全力帮助斯库拉,并说服斯蒂姆同意再为斯库拉安排一个计划外的"都市之夜",这样一来斯库拉就可以清除掉自己的不良记录。

莫比德已经告诉詹森,他们已经重新为他选好了一只"鸽子",而他将会在今天夜里负责照料她。

"这么快?"詹森对此感到非常惊讶。

"你有什么问题吗?"莫比德官气十足地问道。

"没有,今晚就很好。"

门铃响了,詹森离开沙发,一瘸一拐地朝门厅走去,继而按下了对讲按钮。

"是我。"莫比德说,"斯蒂姆也来了。"

"快进来吧。"

他即将杀死另外一名女孩,但不知怎的这一次看起来并不像一场有趣的游戏。

四十二

斯库拉打开家门,斯蒂姆·克林纳率先走了进来,莫比德紧跟在他身后。两名来客看起来严肃而认真,此时詹森觉察到他俩应该是长期伙伴,甚至也许不只是游戏中的搭档。事实上,他们能够让他加入就已经让他感到受宠若惊。

"你的鼻子怎么样了?"莫比德问道,紧接着他坐到了一把皮革躺椅上,并伸开四肢平躺着。斯蒂姆查看着靠墙的书柜,似乎对里面的藏书很感兴趣。

"还好,没什么大碍。你们想喝啤酒吗?"詹森问道。

"我不需要,谢谢!这地方不错,斯库拉,景色很好。"斯蒂姆边说边朝通往露台的滑动门走去。

"让我来帮你开门。"詹森说。他跟了上去,取下门闩把门拉开,"站在露台上,你可以看到三十英里以外的景色。"他介绍道。

斯蒂姆·克林纳吹着口哨:"喂!莫比德,你也应该过来看看。出来吧,伙计,这里简直跟电影里的场景一样。"

詹森将一把室外金属椅移到旁边,这样一来他们三个人就可以在露台的矮墙边站成一排,分享洛杉矶的美景。

斯蒂姆·克林纳对詹森说:"看到那个了吗?"他指着停在街对面的那辆厢式货车,上面有一个康卡斯特公司的标志。"这是你弥补的机会,伙计,而今天晚上的交通工具就是它了。你确定你愿意接受这第二次机会吗?"

"当然!"斯库拉斩钉截铁地说。

"看来你想错了,笨蛋。你就是今天晚上的'鸽子'。"

斯蒂姆·克林纳迅速弯下腰,抱住了斯库拉的双膝,与此同时莫比德将斯库拉的上半身使劲往前一推……詹森还没有反应过来,就发现自己的身体已经横着趴在了矮墙上。他的头和肩膀悬在露台外,距离地平面有六十英尺。

"别这样!"詹森哭喊道,"求你们了,快把我放下来,好吗?"

"别再制造噪音了,你这个讨厌的小家伙。快张开翅膀飞吧。"

詹森的身体又被向前推挤了几英寸,在这个过程中他的肚子蹭了一些矮墙上的水泥。他可以看到汽车在下面的街道上飞驰而过。血液涌进了他的大脑,他的思绪飞速旋转,意识无比清晰。他还能说什么呢?这会不会是所有游戏中最不可思议、最难以置信的那一个?

詹森的脑海里出现了一些不连贯的画面：他的父亲握着一支笔正在写字；神父为他举行了第一次圣餐仪式；玛格丽特·埃斯佩兰萨拼死挣扎时的脸部表情……

他自己的声音在他的头脑里反复回响。

我可不想就这样死去。

我他妈的根本就不想死。

当他越过矮墙开始下坠时，他非常害怕，以至于不能发出任何声音。但是，他清楚地听到了斯蒂姆的喊叫声："鸽子！"

四十三

老实说，我那反复出现的梦境有时候显得比现实还更加真实。它们更加专注，更加夸张，而且通常都具有鲜明清晰的色彩。

我奔跑着穿过破败的地面，来到了CH-46的后舷梯旁边。这架强大的军用直升机事实上是最容易被阿富汗人击落的机型——他们的红外线跟踪式导弹很容易锁定飞机的引擎，尤其是在夜晚，因为没有太阳的干扰。战友们痛苦地尖叫着，迫击炮发出的炮弹的爆炸声在我耳边回响。我站在后舷梯的边缘，感到无比恐惧，但是我必须往飞机里面看去……

谢天谢地，一阵响亮的"嗡嗡"声将我从梦境中撕离，这个噩梦就这样戛然而止了。

我睁开眼睛，看到我的手机正躺在距离我的脸还不足两英尺的地方振动着。

我伸手去拿手机时，感觉到自己的心脏还在胸腔里怦怦直跳。现在是早上九点三十五分，打电话的人是瑞克·德尔里奥。

我接通了电话，并将手机拿到耳边。

"德尔里奥，我居然睡过头了，我从来没有这样过。"

"没关系,我得告诉你一些事情,伙计。恐怕它们会让你感到不太舒服。"

这时我已经坐了起来,并将双腿悬垂在床沿上。我发觉自己的双膝还在颤抖,就好像我真的在碎石地面上跑了很久,而且我的嘴巴里还有浓浓的火药味。

"往下说吧,我听着呢。"

"是关于谢尔比的。"德尔里奥说,"她和你心目中的那个人不一样。"

现在我完全清醒了:"这话是什么意思?你发现什么了?快告诉我,德尔里奥。"

"她是个妓女。"德尔里奥脱口而出,"更确切地说,是一个高级交际女伴,当然还有其他一些称谓。我还想告诉你的是,杰克,她在同库什曼结婚之后重拾旧业。"

"简直是太疯狂了!这是谁告诉你的?"

"杰克,杰克,你冷静点。我不会对你撒谎,克鲁兹和我通过一些可靠的消息来源打探到了比较确凿的线索。现在快穿好衣服,我会在十五分钟之内赶到你家门外。我们需要去拜访一名证人。"

十分钟过后,我将我的公文包扔进一辆奔驰 S 系轿车的后座,然后坐到前排的乘客座位上。驾驶座上的德尔里奥拍了拍我的肩膀,然后递给我一罐咖啡。

"谢尔比绝对不是妓女,我敢肯定她不是。那一定是胡说八道!"我义愤填膺地说。

"那你认为我是在撒谎吗?我为什么要对你撒谎,杰克?"

"我不是这个意思。"

"系好安全带。"他说,"让我们去把整件事查个水落石出。让我们找出杀害她的凶手,以及他们的动机。"

德尔里奥驱车穿过比佛利山晨间氤氲的雾气,一路向山上驶去。随着海拔越来越高,窗外的社区也越来越昂贵。

我们经过了很多富丽堂皇的庄园,每一座的价值都高达数百万美元。庄园里的植物苍翠繁茂。没过多久,德尔里奥踩下刹车,将奔驰车停在一扇高大的铁门前。透过铁门远远望去,可以看到一座壮观的别墅。

从 20 世纪 40 年代早期开始，这处毗邻本尼迪克特峡谷路的豪宅曾属于一位声名狼藉的八卦专栏作家，后来被卖给了一位曾获得过奥斯卡奖的电影导演，尔后又几经转售。曾经有一段时间，这里还住着一位沙特王子。

如今，这处乡间豪宅被装修成地中海风格，外墙植物蔓生，对外的名字是"本尼迪克特温泉浴场"。

不过我知道，洛杉矶警察局知道，还有世界各地的有钱人也知道，这个充满悬念的神秘大宅其实就是一个披着光鲜外衣的青楼，现在由格伦达·崔特——明星和明星制造者的鸨母——使用和管理。房东不是别人，正是雷·多西亚。

我听到自己对德尔里奥说："你不会是说，谢尔比生前曾在这里工作？"

德尔里奥点了点头。

"崔特女士不知道我们会来。"他说，"我们得找她询问关于谢尔比的情况，直接从她口中获得第一手消息。我建议你充分施展你在这方面的出众魅力，帮助我们实现目标。"

"现在我觉得自己的状态不好，恐怕没什么魅力可供施展。"

"得了吧你。"德尔里奥说。

四十四

在所谓的温泉浴场的正门外，沿着山坡向下大约二十米的地方，有一扇没有锁的小门，我们走上前去并打开了它。我在树丛中开路，穿过了格伦达·崔特的侧院，向房子背后的游泳池走去。一路上我不停地用手推开挡路的树枝，而德尔里奥不远不近地跟在我的身后。

我在游泳池边的石板路上停下脚步，等着德尔里奥跟上来，与此同时我看了看周围的景色。

各种身材苗条、年轻漂亮的女人躺在粉蓝色的沙滩椅上,她们的脚都对着中间那个圆形的游泳池,这种场面让我瞬间联想到了一道餐前菜——什锦冷盘。

"就是她。"德尔里奥边说边用下巴指了指一个四十岁左右的女人,她的一头金发在脑后扎成了马尾,帽檐遮住了她的双眼,乍一看很像拉斯维加斯赌场里的发牌者。

我的目光刚对准格伦达·崔特,她也正好抬起头来,看到了我和德尔里奥。

几年前,我曾在电视新闻里看到过崔特女士,我还记得当时的新闻标题是"黑手党头目的女人"。让我惊讶的是,她看上去一点也没变老。当年因拉皮条而被捕后,她曾威胁要将她手里的客户通讯录交给媒体:那是一份长长的名单,上面有很多知名男演员、权力掮客以及政府官员。最终,她避开小报,默默地服完了五年刑期。当她重获自由后,故事又开始继续。为了感谢她的坚定和沉着,雷·多西亚将这个地方的钥匙交给她,作为回报。

我试图想象谢尔比、雷·多西亚以及格伦达·崔特聚在一起时的场景,然而我实在无法设想那一幕。谢尔比不是一个缺钱的人,而且她也不是一个庸俗、低级的人,总之我所认识的谢尔比不具备这些特征。在我心目中,谢尔比在各种场合都很吃得开,性格幽默,语言丰富,而且总是不遗余力地帮助别人……我突然意识到,也许她那样的特质就是问题所在。

格伦达·崔特优雅地从沙滩椅上站了起来,走向我和德尔里奥。一路上她都在打量着我们,而我也在用同样的方式回敬她。她显然对自己的整容手术很满意:绿色的眼睛被拉紧了,身材和好莱坞当红女星一样苗条,胸部柔软而丰满。我很想知道她是否还能在游泳池里游泳,或者说,那些填塞在她体内的人造漂浮物会不会使得她像救生圈一样漂浮在水面上。

她露出了她那著名的胜利式微笑,但不知怎的这种微笑在我看来总是有一点可悲。

很明显,她把我们当成嫖客了。

我报出了我和德尔里奥的名字,接下来将我的名片递给她。

"对不起,我没戴眼镜。"她说。

我告诉她我们来自国际私人侦探公司,她马上说她知道这家公司。这并不奇怪,事实上每个人都知道我的公司,而她甚至还听说过我的大名。

"那么先生们,我能为你们做些什么呢?"格伦达的微笑依旧,但光彩少了许多,"修剪指甲,还是海藻按摩浴?"

"我想获得一些关于谢尔比·库什曼的信息。"

她脸上残余的微笑消退了,取而代之的是回忆与思索时的凝重表情。

"我听说她死了。"这位女士说,"很抱歉。"

她弯下腰,对着一个站在泳池边上的二十岁左右的浅黑肤色女人耳语了几句。片刻之后,这个浅黑肤色女人拿起手机,走到一旁打电话去了。

格伦达转而对我说:"我得请你们离开我的地盘,这里是私人住宅。"

"就给我一分钟时间,好吗?"我说,"严格来说,这可以算做我的私事。我为谢尔比的丈夫工作,同时她曾经也是我的朋友。"

"摩根先生,谢尔比是一名优秀的女按摩师。她一天可以做四到五次按摩,然后会让每一个客人都感到与众不同,而且心满意足。她是结婚以后才开始在这里工作的,我记得她曾说过她对整天独自在家感到非常厌烦。关于她最近遇到的事,我所知道的全部就只有从《洛杉矶时报》上读到的新闻。当然,我们都知道那是一份垃圾小报。"

"有人想要伤害谢尔比吗?"我问道,"有人曾威胁过她吗?"

"她很受欢迎。"格伦达说,"她是这里的人气女王,每个人都喜欢她,而她也认为自己是所有人的朋友。"

在她说出最后那句话时,我发现她的视线越过了我的右侧肩膀。我一转身,结果看见三个男人正从别墅的落地玻璃门里走出来。

他们的穿着都很随意,但腋窝下有明显的鼓胀。我认出了其中两个人,那天晚上雷·多西亚前来找我时,他们在我家庄园外的私人车道上与我见过面。

其中一个人是领头的,他穿着黑色衬衣、黑色裤子和黑色夹克,没有戴领带。他将目光停留在我身上,与此同时我看出他也认出了我。

"你在这里干什么,摩根?难道你预约了按摩吗?"

我举起双手,掌心向前,表明我并不是来找麻烦的。但是我这样做没有用,麻烦已经找上我了。

"我看起来像是来做按摩的吗?"我问道。

四十五

在黑手党头目拜访我的那天晚上,眼前这个穿着一身黑衣的男人一直站在雷·多西亚的身后,如影子般存在。他肌肉发达,而现在我可以将他看得更加清楚:接近四十岁;如果你喜欢他那型的,那么他还算英俊;他的身体略微有些发福,而且看得出是全副武装过的。

格伦达微笑着盯着他,然后对我说:"你认识弗朗西斯·莫斯考尼吗,摩根先生?他从事的行业好像跟你有些类似。"

"我们见过面。"我说,"弗朗西斯。"我边打招呼边朝他点了点头。

我还认出了站在莫斯考尼身后的男人,他是多西亚的司机,五十岁上下,曾经看似精明地建议我不要拒绝同他的老板谈话。现在我知道他的名字了,他叫约瑟夫·里奇,是黑手党头目的侄儿。

第三个男人走在最后,他很年轻,有一头金发和棕褐色的皮肤,穿着橙黄色的马球衫和卡其裤,看起来很像是一名泳池救生员。

莫斯考尼开始搜我的身,几英尺之外,救生员在德尔里奥身上做着同样的事情。德尔里奥推开他的双手,严肃地说:"把你的手从我身上拿开,马上!"

救生员不予理会,继续我行我素,他将德尔里奥转过身去,然后抵在墙上。我认为这不是一个好主意。

这孩子比德尔里奥年轻,而且很可能更加强壮,不过这些都无关紧

要。德尔里奥挥出一记重拳,猛地击中了救生员的鼻子,然后紧跟着又是一记凶狠的上勾拳。金发小伙子立即跌倒在地,而我认为我应该为此欢呼和鼓掌。

然而里奇突然冲向德尔里奥,接着从后面抱住了他,并将他的两只手臂反扣在身后。与此同时,我看到莫斯考尼将一把贝瑞塔①手枪抵在了德尔里奥的太阳穴上。

"住手!"我高喊道,"我们放弃抵抗。"

我举起双手,而且举得很高,这样一来就更容易被正朝我走来的莫斯考尼看见。接下来,他用那把贝瑞塔手枪的枪柄猛击我的头部,我突然意识到我放弃抵抗的想法是错的……

但是我身不由己地倒下了,我们不得不放弃抵抗。

四十六

几秒钟后,我的神志逐渐恢复,莫斯考尼站在我面前,他的身体遮挡了一部分阳光。我尝到了胆汁的味道,同时在头脑里分析着我们此刻的处境。我绝望地发现没有人知道我们在哪里,而德尔里奥和我则寡不敌众,丢盔弃甲。这里真像是全盛时期的道奇城②,胜利的天平显然倒向坏人那边,他们占尽优势。

莫斯考尼的说话声很柔和,甚至有些亲切,"刚才那一下,是为了回敬你在面对多西亚先生时的说话方式。"他说,"现在快站起来,摩根。"

我挣扎着站了起来,当我刚刚站直身体,莫斯考尼又挥拳重重地击打我的下巴。我踉跄着后退了好几步,然后再次跌倒在地。我压坏了一把

---

① 美国一家著名的枪械制造买卖公司。
② 美国堪萨斯州西南部城市,当开发西部时牛仔汇集,以械斗出名。

沙滩椅,撞翻了一张桌子,坐在地上眼冒金星。

"这一拳是为了惩罚你擅自闯入。"莫斯考尼说,"而且居然叫我弗朗西斯,我的名字是可以随便叫的吗?"

接下来,他将枪口抵进了我的耳朵,我感觉到了冰冷的金属枪管。不远处,另外两个人正在殴打德尔里奥,他们一边诅咒,一边放声大笑。

"你得学会什么叫尊重,摩根。你和你的朋友都是如此。"

"我知道了。"我说,"我会注意的,我道歉总行了吧,现在请拉我起来。"

莫斯考尼发出了轻蔑的笑声,同时向我伸出左手,而我则立即握住了他的手。紧接着,我猛扭他的手腕,痛得他尖叫起来,甚至恨不得钻到地里去。

贝瑞塔手枪"咔哒"一声掉在石板路上,我趁它弹起时将其一把握住,然后将枪口抵在莫斯考尼的太阳穴上。现在公平了。

"把你们的枪放在地上。"我朝里奇和救生员喊道,"把枪放在地上,然后离开。"

约瑟夫·里奇立刻把自己的枪扔在地上,紧接着救生员也做了同样的事。

"摩根。"莫斯考尼冷笑着说,"结束了,这次你赢了。"

"还没有结束。"我说。

我不想被人尾随,更不想背后中弹,所以我命令他们三个人进到游泳池里。

里奇脱掉自己的鞋子,取下手表,然后像绅士一样从泳池的边缘沿着阶梯向下走去。莫斯考尼脱掉外套,以一个标准的跳水姿势入水。救生员站在原地没有动,德尔里奥干脆一把将他推了下去。

"别忘了你们的东西。"我朝他们喊道。

接着我将他们的枪扔进泳池。

周围的应召女郎涌了过来,其中一个人将自己的双手放在膝盖上,用厌恶的表情怒视着莫斯考尼。她身材娇小,却有一双炽热的大眼睛。

"现在我们应该如何在泳池里游泳呢?"她大声问道。

"拍打手臂,然后踢腿。"德尔里奥对她说。

格伦达·崔特站在一扇被葡萄藤覆盖的窗户旁边目睹了整个过程,当德尔里奥和我离开她的庭院时,我朝她挥手告别。不出所料,她对我竖起了中指。遗憾的是,这差不多就是我从本尼迪克特温泉浴场得到的全部。

四十七

"现在我们扯平了?"德尔里奥问道。他正用一叠纸巾捂住出血的鼻子,而我则开着车往办公室驶去。

"你在说什么?"

"你在那里救了我的命,我一直都在等待这一天。"

"差得远,完全不能相提并论。今天这帮人只不过是在和我们捣乱而已,看来你已经神志不清了。"

"妈的。"德尔里奥喃喃自语。

"谢尔比为什么要为格伦达·崔特工作呢?"我问道。

"她是你的朋友,杰克,而我几乎不认识她。"

一阵柔和的铃声从我放在后座上的公文包里传来,我让德尔里奥帮我拿一下手机,他照做了。我翻开手机屏幕,还没来得及接通,就看到上面有十几个未接来电。现在这个电话是科琳打来的,我按下了接听键。

"你在哪里,杰克?我一直在不停地找你。"

"我知道你很着急,刚刚我看到那些未接来电了。我去了温泉浴场,你那边发生什么事了?"我说话的时候感觉到自己的下巴还在抽痛,脑袋也疼得厉害,而且脑子里一片混乱。

"朱斯蒂娜想和你通话。"

"好的,把电话转给她吧。"

"我会提醒她,说你现在有些暴躁。"

"转给朱斯蒂娜吧,科琳,现在我的心情好得不能再好了。"

朱斯蒂娜的语速很快,声音听上去激动不安,"市长又收到了一封邮件,是那个王八蛋发来的。"她告诉我,"他说他将玛格丽特·埃斯佩兰萨的运动鞋放在拉布雷亚大道的一个邮筒里。现在我们已经找到了那双鞋,实验室正对其进行彻底的检查。杰克,你这家伙究竟跑到哪里去了?"

我说:"等等,先别挂。"

在洛杉矶日落大道和费尔法克斯大街的拐角处有一个加油站,我将车开到那里停下。

"我们的油箱差不多还是满的。"德尔里奥纳闷地说。

"德尔里奥,你先去洗手间把脸上的血洗掉吧。朱斯蒂娜,你还在听吗?"

"血?德尔里奥怎么了?你们遇到了什么事?为什么你们不在办公室?你刚才说的温泉浴场又是怎么回事?"

我走下车,然后来到了加油站里的一处隐蔽角落。我把我们在温泉浴场所经历的可怜的泳池派对的详情告诉给了朱斯蒂娜,并且告诉她格伦达·崔特已经确认谢尔比曾在那里工作,但不知道原因是什么。

"你是个心理学家,帮我解释一下吧。"我说,"她为什么要做妓女?"

"我不了解她,所以没办法对她进行分析评论。"

"那么假设你正在对一位新人做心理评估,简要发挥一下吧。"

朱斯蒂娜暂停了片刻:"谢尔比是个喜剧演员,对吗?"

"是的,她是个很不错的喜剧演员。"

"那么好的,如果你把自恋和自我憎恨等量地结合起来,你也许会想到一个单人喜剧演员,你也可能会想到一个妓女。"

我一定发出了某种悲叹的声音。

朱斯蒂娜说:"我这样说是不是有些粗鲁,杰克?"

"谢尔比一定发现了一些她不该知道的东西,也许是关于多西亚家族的内幕。"

"我很难过。"

"这事还没有完。"

"这我知道。对了,杰克,你还在吗?"

"我在听。"

"你会来办公室吗？西摩和我就女学生案产生了两种不同的思路,我需要你的观点。"

"听上去我们已经取得了一些进展。"我说,"我很快就到。"

四十八

当我和德尔里奥走进战情室时,四双眼睛齐刷刷地看着我们,惊慌而且沮丧,甚至写满震惊。

"没有人送命。"我说。

"因为那里有太多的目击者。"德尔里奥加上了一句恰到好处的注解。

我向大家讲述了我的推测,那就是谢尔比·库什曼与多西亚家族有着某种尚不可知的关联。我刚发完言,科琳就走进了战情室,想要登记每个人的午餐订单。她看到我时惊愕万分,眼睛瞪得像铜铃一般。我的下巴青肿得很厉害,脸上有一道严重的划伤,而这些还只是她看得见的伤势而已。

"我们寡不敌众。"我说。

"你还是要通常的午餐吗?"她问我。

"加份薯条。"我说,"再加一杯冰淇淋。"

当科琳离开后,我示意西摩博士讲话。

"杰克,我已经和莫琳深入探讨过,并且达成了共识。如果女学生杀手用假冒的短信来诱捕受害人,那么他一定可以通过某种手段,实时地无线接入她们的手机。"

莫琳穿着无袖上衣,露出了一个华美的文身。她讲话的声音很高亢,很难想象她竟然在哈佛大学获得了自己的博士学位。她取下双光眼镜,然后说道:"西摩的话还有另一层意思,我们认为这个人渣应该是躲在某个十分隐蔽的地方等待猎物,很可能是在一辆不会引起注意的车里,我们猜测也许是一辆厢式货车。

"这个人渣捕捉到了空气中的手机信号,然后访问目标人物的移动设备,接下来又快速地复制设备里的隐私内容。这就解释了他为什么能够冒充受害人的某个朋友,并以其名义发送短信。"

"如果他可以这样做,"西摩接过了莫琳的话,"那他应该就能拦截受害人的其他短信,包括收到的和发出的。据我所知,还没有一款软件可以无线拦截手机短信。"

"但这是可以想象的。如果你可以想象一件事,那么它往往就能实现。"莫琳补充道。

四十九

"你在想心事吗,朱斯蒂娜?"

朱斯蒂娜的双眼有些浮肿,眼袋也比平时更明显了,可她今天依旧十分好看。但是,我真的想不起来上一次看见她露出笑容是什么时候了。棘手的女学生谋杀案已经攫住了她,令她无法放开。

"有些想法折磨了我好几天。"她说,"直到今天早上,它们才最终明朗化了。五年前,另一个女孩死在康妮·于的尸体被发现的同一条小巷里。我专程去翻找了《洛杉矶时报》的档案,找到了当时的报道。

"她的名字叫温蒂·伯尔曼,时年十七岁……"朱斯蒂娜继续说道,"和康妮·于一样,她离开家只是为了去很近的地方——海波里恩大街,然而她再也没有回家。她的尸体在第二天早上被路人发现。"

"温蒂·伯尔曼的案子还没有被侦破吗?"

朱斯蒂娜点了点头:"她是被扼颈勒死的,她的一侧耳朵背后有青肿

和挫伤,看上去来自某个重物的震荡性打击。没有目击者,没有性侵迹象,也没有任何法医证据。对你来说,这听上去是不是有些熟悉?

"还有,她的手提包和手机都被带走了。此外,她一直都戴着一条项链,上面挂有一枚手工精制的纯金五角星吊坠。当人们发现她的尸体时,项链已经消失了。据她母亲说,她的项链从来都是不离身的。"

"这太明显了,凶手想让她看上去像是死于一起抢劫谋杀案。"

"这件事让我联想到了一些新问题:那些女学生被连环谋杀,最初究竟是从什么时候开始的呢?这个病态的王八蛋到底杀害了多少女学生?杀手用了多少种不同的方法和手段?在温蒂·伯尔曼之前还有其他受害者吗?"

午餐时间,我们认真地审查和评估待处理任务以及相关工作量。这个房间里的每一个人都持有昂贵的调查项目,但我并不关心这些,显然朱斯蒂娜也是如此。

我对大家说:"所有的项目都暂停,只留下库什曼、全国橄榄球联盟以及朱斯蒂娜手头的女学生谋杀案。在这三起案子结案之前,我们得把全部精力都投入到它们上面。我相信我们一定能顺利破案的。"

我一瘸一拐地走上楼梯,前往我的办公室。科琳跟在我身后,一直来到了我的办公桌前。

"今天早上有个电话是找你的。"她说,"也许是个恶作剧,但它听起来很不友善。杰克,你应该听一下它说了什么,真的。"

她拿起座机听筒,进入到答录机模式,然后按下了免提键。

怪异可怕但又无比熟悉的电子人声通过扬声器响彻整间办公室,我本人并不感到意外,但我很遗憾让科琳也听到了这个声音。

"你死了。"打电话的人说道。科琳看上去很震惊,而且她有充分的理由感到震惊,因为这声音听起来完全不像是恶作剧。

我将科琳抱在怀里,让她的头紧贴我的胸膛。她发出了小猫般的喘息声,然后有些自嘲地笑了笑。

我应该对这个可爱的女人做些什么呢?

我对她说:"至少现在还没有,科琳,我现在还没死。"

第三部
佛瑞克之夜

五十

我与科琳并排站在一个"U"字形吧台旁边,这里隐约可以嗅到经过一整天诚实辛劳后的放松气息。"在下班后的大多数晚上,我都会来到这里。"科琳所说的"这里"是迈克·多纳赫开的一间酒吧,也是我们此刻所在的地方。今天她穿了一件粉红色的紧身夹克,里面是一条印花连衣裙。她长长的头发垂落下来,在肩部形成了一圈波浪。科琳每天努力工作,以期成为一名美国公民,不过我可以看出这间阴暗的爱尔兰酒吧为什么能够使得她感受到家的温暖和舒适。爱尔兰式的酒桶,古老而有趣的爱尔兰吧虫,不仅可以喝酒,还可以用餐……这里处处充满了爱尔兰风情,完全不像在洛杉矶。

对于我俩之间正在发生的事情,我隐约感到有些担忧。科琳和我约会已经差不多有一年之久了,而我们正以两种截然不同的态度看待这一事实。在科琳看来,这意味着"给出承诺的时候到了"。

点好的食物还没有送上来,科琳和我一边喝"黑与褐"[1],一边玩投射飞镖的小游戏。我们采用的游戏规则叫"围钟转",很多初学者都喜欢这种玩法。因为不久前刚和莫斯考尼打过架,我用来投掷的那只手仍然有些不灵便,所以科琳轻而易举地击败了我。

"你不应该让我赢的。"她说,"我知道你的水平,你这样就不好玩了嘛。"

"你该不会认为我是故意输给你的吧,莫洛伊?"

"快,你试试打八环。"她边说边拍了拍我的屁股。

不出所料,我的这一镖又没能打中目标,但是我在自嘲中欣赏着科琳

---

[1] 一种鸡尾酒的名称。

摆好姿势准备投射的样子——她的指尖和手掌根形成了一个非常可爱的角度。她的第一镖就击中了二十环,以满分结束了这局游戏。

"看来今天的晚餐得由我请客了。"我说。

她笑了,亲吻着我的脸颊,这时她的朋友多纳赫正好从厨房里走出来。多纳赫今年三十六岁,留着胡子,科琳曾说过他现在已经开始饱受痛风的折磨。

"这么说,这就是那位把你的心从我们这里夺走的男人咯?"多纳赫问道。

"迈克最喜欢油腔滑调了。"科琳边说边用手臂环抱着我的腰。我们跟着多纳赫来到了酒吧背后一个非常舒适的角落,那里只有一张桌子。在我们吃完之后,侍者端着一个插满蜡烛的蛋糕走了过来。

当四周的掌声和口哨声结束之后,我前倾身子,越过桌子亲吻了她,"迟到的生日祝福,莫洛伊。"说完后,我把一个裹有金色包装纸的小盒子推到她面前。当她剥落外层的系带和包装纸时,我看到她的脸上绽放着光芒。接下来,她缓缓地打开了小盒子的上盖。

"谢谢你,杰克,它很可爱。"她边说边取出了一只女式金表。

"它与你很相配,科琳。"

"然后呢,杰克?你不至于会说它还具有什么其他的重要意义吧。"科琳说。

我收到了响亮而且再清楚不过的信息:这不是一枚戒指。

五十一

科琳租住的小屋位于卢斯菲利斯,周围是一个舒适并且充满艺术气息的小社区,低矮的平房和小型独栋别墅错落有致地挤在迷人的小街上。我们坐在我的车里,而我正向她解释为什么今晚不能留下来陪她,即使今天是她的生日。

人们在街上遛狗,孩子们相互喊叫着从我们身旁跑过,真是一派田园诗般的氛围。科琳低头看着她交叠在一起的双手,同时看着那块崭新的金表,它正在街灯的映照下微微发光。

"德尔里奥和我在一个小时之内就得飞往拉斯维加斯。"我告诉她。

"这你不必解释了,是我为你们预订的前往麦卡伦国际机场①的航班,杰克。"

"只是为了谈生意,科琳,我不是去赌博和消遣的。"

"这很不错,是吗,杰克?总之我今晚得学习,这可不是什么好玩的东西。对了,再次谢谢你为我举办的生日庆祝会,还有你的礼物。它是我到目前为止拥有过的最好的手表。"

她匆匆吻了我的嘴唇,继而伸手去拉车门把手。

"我送你到家门口吧。"

她坐了回去,直到我走下车为她打开车门,然后她才装出一本正经的模样走下车来。我同她一起走向通往她家的小径,经过了一片由八仙花、薰衣草以及蔷薇丛组成的狭窄小花园。她在门外摸索着自己的钥匙,有些木然地说:"祝你一路顺风。"

"明天早上我们在公司见吧。"我与她道别后,沿着芬芳的小径往回走去。我感到很难受,因为我今晚没和她在一起,但是我不得不这样做。

小屋里的灯亮了。

我借着科琳的影子,注视着她的一举一动。她从玄关走到厨房,然后又进到客厅,在那里她很快就会沏上一杯茶,奋发图强地读书,同时打开收音机来陪伴自己。

我在头脑中设想着她盯着自己的新手表时的样子,设想着她本该在今晚告诉我的所有事情,当然还有她明天早上会对我说些什么……我发动引擎,驶离了她的小屋。没过多久,我趁着等红灯的间隙,拨通了德尔里奥的电话。

"你现在怎么样?"我问他。自从经历了发生在格伦达·崔特的浴场

---

① 服务美国内华达州拉斯维加斯市和克拉克县的主要空港。

的事件之后,他一直都情绪低落。德尔里奥是我所认识的最顽强的男人,可他对被殴打这件事还是感到耿耿于怀。

"我马上就出门。"他说,"我应该在二十分钟之内抵达机场,如果交通顺利的话。"

"我是想提醒你一件事,"我说,"带上你的枪。"

"好的,杰克,你也一样。"

五十二

卡麦·多西亚的家距离麦卡伦国际机场大约有半小时的车程,如果从他的住处驱车去拉斯维加斯大道,也只需要十五分钟。我将租来的汽车停在一扇高大的铁门外边,里面是一个非常高档的社区,居住着很多社会名流、赌场大亨以及神秘的超级富豪,碰巧的是这些人通常都是国际私人侦探公司现在或曾经的客户。

德尔里奥走下车,对着通话器报出了我俩的名字。片刻之后,大铁门缓缓地打开了。

我沿着曲折的道路驶到了另一扇铁门外面,门上有一块锻铁标示牌,正是多西亚家的门牌号。德尔里奥再次走下车,按响了门铃并通报了姓名,这扇铁门也打开了。

我刚把车驶进私人车道,立刻就听到了一阵难以置信的水流声。我们的车越过了一座建在人造河流上的小桥,经过了网球场和马厩,继而来到了一栋西班牙风格豪宅的前院,这里种了很多枣椰树,在地灯的照耀下五光十色。

我确实很难相信,在不毛沙地拉斯维加斯,居然还有如此穷极奢侈之能事的水景豪宅,但是这一切却实实在在地发生了。

一个穿着牛仔裤和开领红衬衣的男人打开了巨大的别墅前门,示意我和德尔里奥进到门厅,然后命令我们将双手放在墙上。他先拿走了我们的枪,接着又对我们进行搜身,试图寻找监听设备。

我看到德尔里奥的脸阴沉下来,知道他的怒气就要爆发了,不过我用眼神提醒他不要冲动。

穿着红衬衣的家伙说道:"走这边。"他领着我们穿过了一系列的拱门和几个天花板很高的房间,在其中的一个房间里,一群人正在打台球。最后,我们来到了一间巨大的客厅,透过玻璃门可以看到外面的泳池。

卡麦·多西亚坐在壁炉前的一把椅子上,手里捧着一本精装书。

他身材中等,尽管才四十六岁,可他的头发已经开始变得灰白了。他穿着灰色的真丝针织衫和宽松的休闲裤,虽然是便装,但面料和裁剪显然都很不一般。他的模样的确与他的身份相吻合:富有的黑手党分支机构头目,西海岸最显要的黑手党家族的子孙,一个每周都能将数百万非法收入纳入囊中的男人。

我相当了解卡麦·多西亚的背景。他以荣誉毕业生的身份从斯坦福大学毕业,然后又在加州大学洛杉矶分校获得了市场营销学硕士学位。毕业之后,他不遗余力地在父亲面前展现自己,为家族事业添砖加瓦。在过去的十年里,他不仅从事拉皮条的生意,甚至很可能还参与过贩毒。这个黑手党头目的儿子从来没有因为谋杀而被指控,但是曾经有一些在他手下工作的妓女被人发现陈尸于垃圾桶,还有一个过去帮他从俄罗斯进口女孩的中间人莫明其妙地人间蒸发了……想到这儿我感到有些紧张,因为我和德尔里奥的枪都被没收了,现在它们被放在门厅里一个古董柜的顶部。

我们刚走进客厅,多西亚立即站起身来,并示意我们坐下。德尔里奥和我坐在皮沙发上,侧对着他的椅子。

多西亚开门见山地说:"要帮助你的兄弟摆脱困境,你的钱带够了吗?但愿如此,否则你应该知道你此行只是在浪费我的时间而已。"

我拍了拍外套的口袋,同样直奔主题,"我在其他事情上还需要你的帮助。有人杀死了谢尔比·库什曼,看上去像是专业手法,洛杉矶警察局也是这么认为的。如果你知道是谁杀了她,请告诉我,她是我的一个朋友。"

在我说话的时候,德尔里奥站起身来,开始在这个大房间里溜达,并查看着房间里的照片以及挂在墙上的步枪。他对多西亚说:"刚才我看到你的马厩里养了很多赛马,你会骑马吗?"

"我不知道是谁杀了谢尔比。"多西亚向我回答道,但他的视线一直跟着德尔里奥,"我能告诉你的是我们都很喜欢她。她是个不错的女人,非常聪明,非常幽默。"

我从上衣口袋里掏出一个薄薄的信封,将其递给多西亚。他打开信封,凝视着那张银行本票,六十万美元丝毫不差。

汤米的赌债已经全部付清了。

"我会把这个交给合适的人。"多西亚说。接下来,他把信封夹在他正在读的书页中,那本书是《无畏的希望》①。真有趣,我很想知道他到底是赞成还是反对巴拉克·奥巴马。

"如果我听说了关于谢尔比的任何消息,我都会给你打电话的。"他继续说道,"你今天晚上给我留下了非常深刻的印象。你为你的兄弟做出了正确的事情。"

五十三

第二天早上,在我的办公室里,安迪·库什曼正坐在我的办公桌对面的椅子上。他的脸色绯红,戴墨镜的位置有两个很明显的亮白色圆圈,表明他前几天花了很多时间待在泳池边晒日光浴。他的头发梳理得非常整齐,看得出刚刮过胡子,而且一身衣服整洁干净。他现在的样子与刚坠入深渊时已经完全不同了,然而我知道在接下来的几分钟里他又会回到低谷。

---

① 本书全名为《无畏的希望:重申美国梦》,是美国现任总统巴拉克·奥巴马的自传。

"你说你有消息要告诉我。"他说。

科琳为我送来了红牛,为安迪准备了浓咖啡,我们都对她表示了感谢。

"安迪,我得告诉你一些事情,但恐怕是你不愿意听到的。"

"别担心,杰克。不管是什么,我都可以接受,再说这本来就是我来这儿的原因。"

我点了点头,就好像我认为他承诺的都是真的。接下来,我告诉我的老朋友,我们已经找到了谢尔比在被谋杀前曾经工作过的地方:本尼迪克特温泉浴场。

安迪立刻跳了起来,他的食指颤抖着戳向空中,"你他妈的在跟我说些什么?她怎么可能在那种地方工作?这百分之百是胡言乱语,是天大的谎言!有人想在你面前诋毁她,杰克,难道你没看出来吗?"

我静静地等待着,直到他完成自己的即兴咆哮,继而略微冷静地坐了下来。我当然能够理解他为什么会如此难以接受。"但是安迪,如果我们没有进行过调查和核实,我是不会把这个消息告诉你的。我很难过,但这的确是事实。"

安迪已经气得脸色苍白,他的呼吸短而急促,我开始担心他会不会在我的办公室里突发心脏病,甚至也许会因此而猝死。

"那么请告诉我原因,杰克,告诉我原因何在!她拥有她想要的一切。天啊!再说我们的夫妻生活一直都很和谐。"他用力推了一把桌子,使他的椅子往后退了一段距离,"我想要证据,而且我需要证据,这正是你的工作——查明事情的真相,不是吗?证据,杰克,我要证据。"

"昨天晚上,德尔里奥和我飞到拉斯维加斯与卡麦·多西亚见面了。"

安迪怔住了,好长时间才回过神来,接着他纳闷地说:"他和这件事有关系吗?这完全没有任何意义嘛,杰克。我认为他们之间一点关系都没有。"

"他是本尼迪克特温泉浴场的主人。他认识谢尔比,而且并不否认她曾经为他工作。但是他不知道是谁杀死了谢尔比,当然这只是他自己说的。"

"你的意思是,我的妻子是一个妓女,一个骗子,不仅如此,她还为黑手党工作?为什么会这样,杰克?她并不需要钱啊。"

我再次说道:"我很难过,安迪。"

"这么说,任何一个拥有枪支的坏蛋都有可能杀死她?这就是你要告诉我的东西吗?"

"我们还在继续调查,公司的所有人手都参与进来了。我们一定会找到凶手的。"

安迪的拳头重重地敲在我的办公桌上,"你知道吗?我现在根本就不关心是谁杀了她。"他说,"我不想再在她身上花一分钱。我靠!去他妈的!杰克,去他妈的!"

我摇了摇头,"请你三思而后行。如果我们没能找到杀害谢尔比的凶手,那么警方就会把焦点集中在你身上。"

"随他们去吧。他们没有指控我的证据,而且永远不可能有。你现在不需要再管这件事了,杰克,你被解雇了。"

安迪站起来时,将身后的椅子打翻在地。他无暇顾及,怒气冲冲地径直走出我的办公室,还差点撞倒了刚刚走进来的科琳。

"我没听错吧?"科琳问道。她的双手反叉在腰上,我看见她戴着我送她的新手表。"他把我们解雇了?"

"那怎么可能……嗯,确实是这样的,你没说错。他很难过,但他是我的朋友,所以我打算把库什曼的案子纳入公共服务的列表。"我说,"我们会继续为此工作,只是从今往后是无偿的。"

"我会安排好的,杰克。"科琳一边说一边关上了身后的门,"我现在还是你的朋友吗,杰克?"

五十四

克鲁兹将自己的车停在本尼迪克特温泉浴场的门口，观察着里面的动静。没过多久，他看见一个漂亮标致的年轻金发女郎从正门出来，然后沿着山坡走向克鲁兹的方向。

她的身高大约是五英尺出头，体型娇小，有一头剪得很短的男式发型，穿着黑色自行车裤、绿色氨纶上衣和平底鞋。她来到一辆雷克萨斯轿车跟前，就在这时克鲁兹靠了过来。

"嗨！我能占用你几分钟时间吗？"克鲁兹边说边朝她走去，但是她没有理会，迅速钻进车里，并锁上了车门。

克鲁兹从裤子后面的口袋里掏出自己的工作证，在女孩眼前晃了晃，然后比画了一个充满警味的示意对方摇下车窗的手势。

"你是谁？干什么的？"她紧张地问道，"联邦调查局吗？"

"我是私人侦探。"他微笑着说，"我只需要耽误你很短的时间。你在这家温泉浴场工作，对吗？我的问题非常简单，我保证。"

"不好意思，我不能告诉你。请你退后一点，免得我碾到你的脚趾头。"

"我叫埃米利奥·克鲁兹，你呢？"

"我叫卡拉。如果你要找我，请先预约，好吗？下次见面时，在温泉浴场里面我会把你想知道的一切都告诉你。只要你愿意，我们待几个小时都没问题。"

"卡拉，你就待在车里好了，不用开门。我只问两三个问题，爽快点，别再推脱了。"

卡拉转动点火开关的钥匙，启动了引擎。克鲁兹赶紧绕过车头的引擎罩，来到了副驾驶座位旁。卡拉伸出手去，想要关闭那一侧的车窗，但是克鲁兹抢先一步将手伸了进来。

克鲁兹拉起门把手,打开车门钻进了汽车。

"快出去,不然的话我会尖叫的。我还可以给浴场保安打电话,很快就会有人出来把你暴打一顿。伙计,他们可不是一般化的穷凶极恶。"

"我不是来惹是生非的,我并不想给你制造麻烦。"克鲁兹说,"我只是想询问一些关于谢尔比·库什曼的事。"

"让我再看看你的工作证。"

克鲁兹举起了证件,"我有调查许可权限。"他说,"但我不是警察,我来这里是为了调查谢尔比的死因。"

泪水突然从这个女人的眼里喷涌而出,这一幕让克鲁兹非常吃惊。

"我很喜欢她。"她说。

"我听说了一些关于她的可怕事情。"

"当你难过时,她会为你哭泣。她会尽一切力量帮助别人,即使你并不需要她这样做。还有,她非常幽默。"

"那么她到底遇上什么事了?"

"我也是听来的,不知道是不是事实。她在卧室里被人射杀了,而且是两枪。"

"你怎么知道她是在卧室里被人枪杀的,卡拉?"

"这件事早就在浴场里传开了。等等,我想最早应该是格伦达说出来的。"

"是谁告诉格伦达的?这很重要。"

"我不知道,而且我也不知道什么人会对谢尔比做出那样的事。"卡拉说,"但是我感到很欣慰,因为你正试图找出杀害她的凶手。"

克鲁兹说:"现在这里就只有你我两个人,你认为多西亚家族和这件事有关联吗?"

卡拉将双臂交叉在胸前,看上去有些欲言又止的样子,"那你是这样认为的吗?"

"我只是在问你。"

"谢尔比是一棵摇钱树,而且绝不会卷入任何是非。我认为不应该是这样。"

然而此刻卡拉明显变得有些不安和紧张，克鲁兹朝她笑了笑，"我基本上已经明白了。她的常客都是些什么人？有没有谁给你留下了特别深刻的印象？比如情绪不稳，独占欲强，或者喜欢记仇？"

"这倒不见得，但是的确有几个人经常预约她。"卡拉说，"有两个人每周都会来好几次。还有，谢尔比只在白天工作。"

"他们是谁？这很可能非常重要。谢尔比有没有说起过他们，她有没有谈论过自己的老主顾？"

"他们是好莱坞的人，一个是电影导演，另一个是演员，专门演反派角色的那种。我不能告诉你他们的名字，但也许你自己可以想出来。你喜欢看电影吗？"

"当然！谁不喜欢呢？"

"那你看过《地狱蝙蝠》吗？"

"谢谢你，卡拉，你真是太好了！"

"别客气。"她踩下了油门，"千万别告诉任何人。请你别再回来找我了，不论是在浴场里还是这儿。我已经冒过一次险了，不希望再有第二次。宝贝，我可不想遭遇谢尔比那样的结局。"

五十五

克鲁兹和德尔里奥并排着走进我的办公室。克鲁兹用手指将自己的头发捋到脑后，重新扎紧了他的马尾辫。德尔里奥扶正了被安迪打翻在地的椅子，然后坐了上去。

"安迪炒我们鱿鱼了？你一定是在开玩笑吧？"

"我把谢尔比和温泉浴场的事讲给他听了，他无法接受。"

"喔哦。"克鲁兹说，"我真同情他。"

"我也一样。"我说，"有时我甚至希望是我们弄错了。"

"他解雇我们的理由就是你把真相告诉给他了,是这样吗?"德尔里奥问道。

"用不了几天,他就会改变主意的。"

"你确信吗?"克鲁兹有些怀疑。

"是的,所以我想问一下你俩的工作进展如何了。"我对他们说,"我们会继续办理这起案子,明白吗?我们一定要找出杀害谢尔比的凶手。"

克鲁兹将手伸进衣服内袋,掏出了一个狭长的记事本,开始汇报工作。他说他曾询问过一个在格伦达·崔特的温泉浴场工作的女人,她向他提供了两个谢尔比·库什曼的常客的名字。

"他们都是娱乐圈人士。"克鲁兹说,"我做了一些调查,而且还跟纽约分公司的同事核实过了。其中一个人叫鲍勃·桑坦格罗,来自布鲁克林①,你认识他吗?"

"我听过这个名字,而且我想我应该在很多电影里看到过他的身影。"

"他是个典型的好斗的美国东部人士,一个不接受电视采访的演员,喜欢仗势欺人。"

"他经常见谢尔比?"

"没错,一周几次。另一个人叫扎夫·马丁,他是一线导演,经常为华纳兄弟电影公司拍片。人们说他总是认为当前的主流大片都狗屎不如,很明显他是个相当自恋的家伙。"

"《地狱蝙蝠》是经典恐怖片。"德尔里奥说,"真他妈是个杰作!我看了六遍。这部电影是马丁执导的,桑坦格罗在里面饰演一个反派角色。"

"他们都是已婚人士。"克鲁兹继续说道,"均无犯罪记录。"

"他们持有枪支携带许可证吗?"我问道。

"都没有。"克鲁兹说。

"你更倾向于调查哪一个?"

"我无所谓。"

"你先去找桑坦格罗。"我对克鲁兹说,"我们保持联络。"

---

① 美国纽约市行政区。

五十六

德尔里奥和我驱车来到了华纳兄弟电影公司设在伯班克[①]的工作室。我在门卫处出示了我们的工作证,然后告诉他们可以去找工作室的老板核实我们的身份,因为此人就是我们的客户之一。几分钟过后,我们的车沿着宽敞明亮的道路在电影制片场里穿梭,经过了一个大型食堂和几间有声电影摄影棚。最后,我将车停在制片场外面的一排平房旁边,这里的建筑风格看上去很像大学校园。

我们看到扎夫·马丁正在一栋白色小屋的侧面摆弄着他的摩托车,他的房子暴露了他的身份,因为钉在房门上方的木牌刻有他的大名。他是个小个子男人,三十来岁,胡子修剪得非常整齐,手臂上有一圈刺钢丝文身。

我走上前去,介绍了我们的身份。马丁眯着眼,用怀疑的目光打量着我和德尔里奥,"你们有什么事?"

"我们正在调查谢尔比·库什曼的死因。"我回答道。事实上,截至目前,这句台词总是会让对方拒绝与我们继续谈下去,这一次也不例外。

"你和她每周都会见好几次面。"德尔里奥不愿放弃,继续说道,"地点是本尼迪克特温泉浴场。你们在那里会面时,她有没有跟你提起过某些会给她带去麻烦的人?"

马丁站了起来,在一块肮脏的破布上擦拭着双手,"我去见那样的女孩,难道是为了倾听她们的问题和麻烦吗?这可真是相当有意思的想法,太搞笑了。这就是你想做的事情吗?"马丁对德尔里奥说,"你付钱给女

[①] 洛杉矶附近的卫星城,毗邻好莱坞,是大洛杉矶地区的组成部分之一。伯班克被称为"世界媒体之都",许多媒体与娱乐公司的总部或重要部门都设在这里。

人们,然后让她们谈论她们自己的私事?那你不如干脆找个女人结婚算了。"

德尔里奥脸上的伤还没有痊愈,青一块紫一块的,看上去就像一头棋逢对手、即将爆发的斗牛犬[①]。

"我从不花钱找女人。"德尔里奥说,"到底是什么样的人会那样做呢,我倒是非常好奇。"

"德尔里奥。"我说,"请你去车里等我。"

然而他已经听不进我的话了。他冲过去抓住马丁的衬衣,用一只手捏紧了导演的领口,摩托车也被撞翻在地。

"我们不想跟你废话。"德尔里奥对着马丁的脸大声喊道,"把谢尔比的事情告诉我们,否则我会打爆你的头,或者亲自把你去温泉浴场泡妞的丑闻告诉你那不幸的老婆。"

"喂!你这人是怎么回事?"马丁尖叫道。

我听到一辆保安巡逻车正沿着水泥道路朝我们驶来,它的警笛声很响亮,但与普通的警车不同。

在德尔里奥的逼问下,马丁面红耳赤地吐出了几个字:"谢尔比和某人恋爱了,不是她的丈夫,行了吧?"

"德尔里奥。"我边说边从后面抓住了德尔里奥,"放下他。"

"她爱上谁了?"德尔里奥使劲摇晃着导演的身体。

"我不知道,这只是其他几个女孩间的传言罢了,谢尔比本人从来没有提起过这件事。"

我用力将德尔里奥从扎夫·马丁身上拉开,并向后者表示了歉意。德尔里奥一言不发,抬头挺胸地朝我们的车走去。

"你还好吗?"我问马丁。

"妈的!当然不好。"他边说边用手摩挲着自己的脖子。

"德尔里奥是退伍军人。"我对马丁说——在这种时候我当然不会提

[①] 一种毛短脖子粗、身体壮实的狗。

及德尔里奥坐牢的经历,"他患有创伤后精神紧张性障碍症①,对此我非常抱歉。"

"我可以控告他人身侵犯。"马丁忿忿地说。这时,电影公司的保安巡逻车已经在路边停下了。

"也许我的想法是错误的,但是我认为你应该并不希望这件事吸引更多人的注意。"我说。

我避开保安的目光,低着头走回自己的车,并关上了车门。

"最好别告诉我谢尔比爱上的那个人就是你,杰克。"德尔里奥咕哝着,"哼!亲密的朋友,我记得你曾经是这样形容你俩之间的关系的。"

我发动了引擎,对德尔里奥说:"伙计,你到底是哪根筋出毛病了?你忘记吃药了吗?"

他蜷缩着身体靠在副驾驶那侧的车门上,看上去有些萎靡。"让我问你一件事。"他说,"你有过梦游的经历吗?"

"没有,从来没有。"

"有时候,我醒来后发现自己躺在沙发背后,或是储藏室里,偶尔甚至是外面的草坪上。我不知道那一切是如何发生的。我常做噩梦,非常可怕的噩梦。"

"德尔里奥,今天余下的时间让你休假。快回家去歇着吧,在你害死我们之前。"

---

[1] 又名:创伤后压力心理障碍症,指人在遭遇或对抗重大压力后,其心理状态产生失调的后遗症。这些经验包括生命遭到威胁、严重物理性伤害、身体或心灵上的胁迫等。有时候,该症还被称之为创伤后压力反应,以强调这个现象乃经历创伤后所产生的合理结果,而非患者心理状态原本就有问题。

五十七

朱斯蒂娜握着一个纸杯,小口地喝着温热的咖啡。

马克·布鲁诺警官——朱斯蒂娜千方百计找出来的重要人物——此时正坐在自己的办公桌后面,站在他的办公室里可以俯瞰整个重案组的工作大厅。布鲁诺大约四十岁,健壮结实,是一个周到体贴的人。五年前,他曾是负责办理发生在洛杉矶东部的温蒂·伯尔曼谋杀案的刑警之一。

"当温蒂的尸体在小巷里被人发现时,她已经死了一整天了。"布鲁诺说,"而且下过雨,为这出惨剧雪上加霜,有可能留在她尸体上的所有痕迹都被雨水冲进了下水道。"

"你们对这起案子的推测是什么呢?"朱斯蒂娜问道。

"何止是推测,我们还找到了一名目击者。"他说,"有人目睹了绑架的经过。"

朱斯蒂娜大吃一惊,赶紧坐直了身体,"等等,资料上说这起案子没有目击者。"

"事实并非如此,只是官方的资料上没有记录。当时我们那样处理是有原因的:首先,这个目击者当时才十一岁,是个女孩,名叫克莉丝汀·卡斯蒂利亚。其次,她的母亲不让她和我们交谈太长时间。再说,她看见的东西其实也没什么太大的价值。"

"我正在拼命寻找线索。"朱斯蒂娜说,"不管你们发现了什么,我都很想知道,无论它看上去是多么的无关紧要。"

布鲁诺说:"从来没有人将温蒂·伯尔曼的案子和目前正在发生的女学生连环谋杀案结合起来。你可以成为一名好警察,当然前提是如果你可以忍受收入骤降的话。"

"谢谢!"朱斯蒂娜说,"但是我从这个角度考虑也有可能是错的。"

"没关系,你继续冒着风险完成你的调查吧。"布鲁诺说,"我不是那种对你们持有成见并且怀恨在心的警察中的一员,史密斯医生。"

"叫我朱斯蒂娜吧。"

"朱斯蒂娜,我并不在乎最终是谁抓住了那个王八蛋。事实上,现在我很愿意支持你的工作。很明显,警方也需要多种途径的支持和帮助。"

朱斯蒂娜笑了,"请告诉我一些关于克莉丝汀·卡斯蒂利亚的情况吧。"

布鲁诺将自己的椅子转了一百八十度,打开他身后的文件柜,从中取出了一个厚重的记事本。记事本的封面上用粗体字写着"伯尔曼"三个字。他转回椅子,开始浏览自己的笔记,与此同时他还用右手按摩着自己的额头,嘴里时不时地吐出"哦"、"这样啊"、"嗯"之类的叹词。看完后,他再次抬起头来看着朱斯蒂娜。

"好了,现在我已经回忆起这起案子的大部分情况了。有几个要点:当时克莉丝汀和她的母亲——佩吉·卡斯蒂利亚在一家咖啡馆里用餐,那家咖啡馆位于罗威纳街与海波里恩大街交界处的角落里。女孩所坐的位子面对着海波里恩大街,她看到两个男人把一个女孩扔进了一辆厢式货车……"

"两个男人?"

"这是她自己说的。她无法确定那个被绑架的女孩是不是温蒂·伯尔曼,我们也无法准确地判定温蒂死亡的具体时间,所以目前没有足够的证据将两件事情联系起来。"

布鲁诺叹了口气,"但是她看见了两个男人。事实上,这差不多就是我们通过调查所获悉的全部信息了,再没有其他东西被找到。"

"克莉丝汀能否对那两个男人的外貌进行描述?或者其中一个?"

布鲁诺浏览了一下笔记,然后翻找到了一张容貌拼图,上面是一个年轻男人,有一头卷发,戴着眼镜。他的长相非常普通,可以说对调查几乎毫无帮助。

警官将这幅人像旋转了一百八十度,让朱斯蒂娜看。

"这幅画像告诉我们,克莉丝汀并没有看清楚他的脸。"布鲁诺说,

"疑犯有深色卷发,戴着眼镜,她看到的就只有这些了。"

"这可真糟糕,不是吗?"

"没错,而且我现在想起来了,克莉丝汀还看到了第二个男人的背影。同第一个男人比起来,他个头更小,头发更长,并且是直发。这是个好消息,难道不是吗?这几乎排除了所有人,除了洛杉矶登记在册的几百万男性公民。"

"你们让她看过档案库里的罪犯照片吗?"

"没有,我们无权逼她这样做。再说,她的母亲不断地催促她离开这里,就好像自己的头发着火了一样。不论我们怎样劝说,都无法改变她母亲的想法。"

"案发时她十一岁。"朱斯蒂娜说,"那么她现在应该十六岁了,理论上是十一年级的学生。"

"我从来没有彻底停止思考温蒂·伯尔曼的案子。"布鲁诺说,"喏,这是我们目前所知道的卡斯蒂利亚一家的住址。"

朱斯蒂娜说:"谢谢你,马克,这东西对我来说也许非常重要。请你再帮我介绍一名警察好吗?最好是那种擅长办理尘封案件的高人,两个人聚在一起的力量要大得多。"

他缓缓地点了点头,"没问题,这事包在我身上。"

五十八

克鲁兹利用今天余下的时间去接近电影明星鲍勃·桑坦格罗,现在已经是深夜了,而他截至目前所能做到的就只有在泰迪酒吧外面徘徊,就好像一个痴傻的追星族,正苦苦等候自己倾慕的明星在随从的簇拥下来到大街上。

看到时机差不多了,克鲁兹缓慢地穿过拥挤混乱的人群,来到了一名保镖的身后。这时,一辆停在路边的珍珠灰色奔驰车启动了引擎,正准备出发。克鲁兹一个箭步冲上前去,将自己的工作证按在奔驰车的挡风玻璃上,车猛然停了下来。

后车门被打开了,一个保镖走了出来,他是个体格健壮的亚洲人或萨摩亚人①。"你想干什么,先生?"保镖问道。

"我只是想咨询一些问题,问完后桑坦格罗先生就可以离开了。"

车里传出了一个声音:"好吧。"

桑坦格罗坐在后座上,他皮肤黝黑,留着棕色短发,刚刚刮过胡子。他穿了一件招人耳目的棕色皮夹克,与他在电影《大风暴》中穿的那件一模一样。演员挪到一边,让克鲁兹坐到他身旁。

灰色轿车再次启动引擎,驶离了原地。

克鲁兹说:"我叫埃米利奥·克鲁兹,是一名私人侦探。"

"什么?"桑坦格罗说,"我还以为你是警察。"

"不好意思让你失望了。"克鲁兹说。

"这他妈的是怎么回事?是爱伦让你来跟踪我的吗?"

"我不认识你的妻子。"

"可你知道她的名字叫爱伦。快告诉我你有何贵干,等我们到了前面的高尔街,你就得下车。"

"我在调查谢尔比·库什曼的死因。"

"哎!可怜的谢尔比。我是认真的,当我听到噩耗时简直无法相信。"

"你认识她有一阵子了吧?具体是多长时间,鲍勃?"

"就只有几个月而已。你见过谢尔比吗?她是个甜妞,而且很滑稽,常常引人发笑。现在我结婚了,拥有了一切,可我真正想要的就只是和谢尔比在一起。我发觉自己爱上她了,我已经彻底陷进去了。"

"当她遇害时,你在哪里?很抱歉我必须得问这个问题。"

"我正和肖恩一起飞往纽约。"他边说边指了指坐在前座的保镖,"那天晚上我和茱莉亚·罗伯茨在墨丘利餐厅共进晚餐,如果有必要,你可以

---

① 太平洋中部萨摩亚群岛的民族,属南方蒙古人种和澳大利亚人种的混合类型。

亲自去核实。"

"我会的。那么如果要你说出一个也许会想要伤害谢尔比的人,这个人最可能是谁?"

"我不知道,伙计。也许是贩卖毒品给她的人?叫奥兰多还是什么的。曾经有一次她找我借了一些钱支付给那家伙,但事实上我从来没有见过那个叫奥兰多的人渣。听说他和温泉浴场的很多女孩做生意,售卖毒品给她们。"

桑坦格罗俯身对司机耳语了几句,吩咐后者靠边停车,接下来他对克鲁兹说:"你该下车了,嗯……克鲁兹先生。"

克鲁兹微笑着摇了摇头,"请把我送回'泰迪'酒吧,我的车还停在那里,再说我们现在已经是这么好的朋友了。"

"那就去'泰迪'酒吧吧。"桑坦格罗对司机说,"可是我再也不想见到你了,克鲁兹先生。"

"但我还能在你的电影里看到你,老兄。"

埃米利奥·克鲁兹仰坐在豪华舒适的皮革座椅上思索,这起案子终于开始有些眉目了,谢尔比·库什曼,这个有着金子般的内心和富有老公的女人,还具有另一个身份——吸毒者。也许她之所以卖身,就是为了满足自己购买毒品的开销。

安迪不会喜欢这一点,杰克也不会。没有人会愿意接受自己所爱的人是一个瘾君子的事实。

五十九

当我走进自己的办公室时,看到弗雷德舅舅正握着手机打电话,他靠在房间角落里,背对着门。自从他、戴维·迪克斯和埃文·纽曼一起将我席卷进这个以人情和高额奖金为诱饵的大型调查项目,到今天差不多已经过去一个星期的时间了。然而到目前为止,我感到我们所完成的工作量仅仅够得上换取预付聘金。

上次见到弗雷德时,他看上去有些担忧,但今天的他眉头紧锁,心事重重。他的表情让我想到了哈巴狗。橄榄球不仅仅是他的生计,也是他的爱好,更是他在人生中最看重的东西。关于这些,从我还是孩子起,他就已经告诉过我十几次了,甚至有可能比这更多。如果比赛真的被人为操纵了,那么他的世界将变成一个污水坑。

我听到他对着手机说:"他刚刚进来了,我稍后再打给你。"

当我还是个孩子时,这个大个子男人常常弄乱我的头发。此时此刻,他跛行着朝我走来,不仅暴露了他膝盖的病痛,同时也表明他已经不再年轻了。他用双手同我握手,然后重重地坐进一把软垫椅子。

"我还以为我们应该在星期五见面的。"我说。

"昨天晚上我接到了一个电话,杰克。我认为我不应该通过电话把这件大事告诉你。"

他把手伸进上衣口袋,掏出了一包香烟,紧接着又把它塞了回去,"我正在尝试戒烟,这东西对我来说一点帮助都没有。"

科琳走进办公室,先问候了我和舅舅,然后对我说:"我把莫雷诺先生的电话号码放进你的公文包了。明天早上七点钟,你和罗马分公司有一个电话会议,主题是关于菲亚特汽车公司预付聘金的细节问题。还有其他需要我做的吗,杰克?"

"谢谢,没有了。晚安,莫洛伊。"

她走出办公室,关上了身后的门。

"关于我们的项目,你这边进展如何了?"弗雷德问我,"请告诉我,我们的调查进行到哪一步了?"

"我们正在努力,已经有收获了,我想德尔里奥发现了一些有趣的事情。不过,我们还需要几天时间做进一步的调查核实。现在请告诉我你接到的那个电话的事吧。"

"是邦尼·赛伯克打来的。"他说,"我认识他已经……我自己也不确定,总之大概有十五年了吧。在昨天之前,他从来不会在回家后再给我打电话。"

弗雷德再次伸手去摸香烟,但他再次忍住了,"他说我们在博彩业的朋友正四处打探,得出了和我们相同的结论。很明显,这个赛季有些东西不太对头。

"我本该早点来找你的,杰克,我只是不愿意相信这件事。现在我已经知道黑手党组织的成员正在找联赛的行政人员询问一些事情,目前还没有进展。不过,不管内幕是什么,我们都得赶在他们之前知晓。"

"我不会让你失望的,我们的调查肯定会密切配合你的工作。"

"这我明白,你是我的人,而且总是非常机灵。"

我将舅舅送到电梯旁边,然后看着电梯门缓缓关闭。

我站在原地,注视着逐渐变小的楼层数字。我的头脑里浮现出了黑手党成员的形象,他们正在调查那些可疑的比赛:在比赛的最后一刻,最终比分发生了戏剧性的变化。那些短暂但又重要的时刻很可能使得他们损失了数以百万计的美元,这中间必然有人得为此买单。

但是谁又会如此聪明,聪明得有本事操纵职业联赛呢?有那么多的摄像机无缝捕捉着比赛的每一寸画面;目击者超过千万,自然不可能放过任何一个值得怀疑的举动。我无论如何也想象不出这是如何实现的。

六十

西摩的住所位于一栋破败的公寓楼的顶层,那里曾经放置着一台大型印刷机——早先它在洛杉矶人还真正喜欢阅读的年代大有作用,不过世界已经今非昔比了。

这里是一处开放式空间,几根金属柱子支撑着很高的天花板。照片以循环幻灯片的方式投射在四周的白色墙壁上:夜晚的梵蒂冈,阿拉斯加州郊外的塔琴希尼河,哈佛大学里的四方院子,北极光,从以色列著名的五星级酒店——耶路撒冷大卫王大酒店很高的楼层拍摄到的耶路撒冷哭墙①……这些都是西摩最喜欢的画面。

一个十二英尺长的大尾虎鲨标本悬挂在天花板上,在夜晚阴森的房间里显得有些吓人。

特里克茜——西摩的宠物猴——正稳稳地站在笼子的顶端,贪婪地吃着香蕉片。与此同时,西摩坐在电脑面前,与他挚爱的网友琪凯特视频聊天。

她美丽的脸庞和丰满的身体充满了整个屏幕。

"你今晚很焦虑。"她说,"这起案子使你心烦意乱,不是吗?"

"我心烦的原因是我将病态的幻想融入到了真实的谋杀案中,然而看上去却八九不离十。"

"是啊,穷凶极恶的杀手实在是太坏了,世界各地到处都有这种坏人存在。"

"不过只有这一次,我们看不出他的模式。"

西摩知道琪凯特是一名生物化学家,他还知道她已经结婚,并且住在斯德哥尔摩,但他不知道琪凯特的真名。他们没有见面的计划,因为这会破坏现有的一切,不是吗?

"我呼叫你,是因为我发现了一些可能对你有用的东西,西摩。目前它们还只是传闻,我也不能确定到底是不是真的。据说,一种无线间谍机器人程序已经在美国出现了,它可以让使用者捕获到一部手机的信号及内存里的信息,然后对其进行复制,在操作的过程中不会被对方发现。"

西摩恨不得立刻唱起"哈里路亚"②,他时常设想这样的程序,而现在琪凯特却亲口告诉他这种程序的确存在。

"快把一切都告诉我,凯特,我的小甜心。"

小猴子特里克茜尖叫一声,扔下自己的点心,沿着绳线爬到西摩肩

---

① 哭墙又称西墙,亦有"叹息之壁"之称,是耶路撒冷旧城里古代犹太国第二圣殿护墙的一段,也是第二圣殿护墙的仅存遗址,由大石块筑成。犹太教把该墙看作第一圣地,教徒行至该墙例须哀哭,以表示对古神庙的哀悼并期待其恢复。千百年来,流落在世界各个角落的犹太人回到圣城耶路撒冷时,便会来到这面石墙前低声祷告,哭诉流亡之苦,所以被称为"哭墙"。
② 常用来表示期待已久的事真实发生时的喜悦。

头,然后蹲在上面,对着屏幕上的琪凯特啁啾地叫着。

"嗨!你好啊,美丽的特里克茜……总之,这个程序的功能看起来有些眼熟,西摩。所以,我找到了一个几年前开发的程序,功能相似,并且有类似的说明。那个程序是由一个叫莫比德的电脑游戏玩家开发的。亲爱的,你也不用太当真,这一切只是基于传闻的猜测而已,总之我还在四处搜索。"

"凯特,我真不知该如何表达对你的感谢。这是目前我所得知的最接近于线索的东西。"

"再过几分钟,我就得下线了。"琪凯特说,"不过我还有足够的时间……"

六十一

当天夜里晚些时候,西摩还坐在可怕而又奇妙的大尾虎鲨的阴影下面。他的手指放在键盘上,双眼紧盯着电脑屏幕。

结束了和琪凯特的视频聊天之后,他尝试在浏览器里搜索"莫比德"这个名字,结果先是搜到了一支垃圾乐队的名字,叫"莫比德天使",接下来的网页几乎全跟"莫比德"的英文字面意思——"发病率"有关,涉及到医学、伦理学等诸多范畴和领域,但都不是西摩想要的。

长时间地通过谷歌和必应[①]搜索使得他筋疲力尽,于是他开始登录各个极客论坛,并在每个论坛里搜索是否有一款间谍软件可以无线复制手机信息,以及是否有一个叫莫比德的程序设计员。

西摩搜遍了他所知道的所有论坛,可最终依旧是一无所获。无奈之下,西摩只好给他的好朋友——印度的达伦发了一封求助邮件。达伦在

---

① 微软公司推出的搜索引擎。

印度一家大型互联网服务运营商上班,他很快就回复了西摩的邮件,并提供了一些只对高级技术人员开放的专属网站的链接。帮人当然要帮到底,达伦还把自己的用户名和密码借给了西摩。

西摩沏了一杯咖啡,然后悄悄地以游客身份在达伦提供的网站里潜水。没过多久,他就在一个他此前甚至从未听说过的超级极客留言板上找到了极为丰富的信息,事实上,这个留言板的存在对西摩来说就是一个重要信息。他以"莫比德"为关键词在留言板里搜索,结果搜到了一个帖子,其标题是:**伟大的莫比德现身了**。帖子的内容看上去是未经证实的小道消息,说莫比德是一个现实生活中的战斗模拟游戏里的关键人物,这个游戏的名字叫《佛瑞克之夜》。

看到这里,西摩就像被钉在椅子上一般无法动弹,一方面他异常兴奋,与此同时他也很担心这条线索会无疾而终。尽管如此,这件事已经足以解释国际私人侦探公司为什么是业界最出色的:他们拥有最好的资源,而且他们不像警察那样在办案时被这样那样的条条款款所束缚,他们可以凭借自己的正义感和关系网,用尽一切可行的方法和手段。

西摩用朋友的账号登录留言板,发了一个关于《佛瑞克之夜》的询问帖。没过多久,他就收到了一条站内短消息,很明显这个人把西摩当成达伦了。

"达伦,让我来告诉你吧,《佛瑞克之夜》是非常病态的,但它同时又是登峰造极的。它把人的幻想带入了一个全新的层次——现实生活。"

"你是怎么知道的?"

"一个叫斯库拉的玩家在'极限战斗'板块发帖,而且不止一次,他说他被招募进了这个游戏。当然,他有可能是在打胡乱说,我自己也试图参与,但从来没有得到过答复。"

"我还是第一次听说这个。"西摩以达伦的身份回复道。

"哈哈,那是因为你住在孟买的地牢里。在世界的大多数地方,谋杀肯定不是一个游戏。即便如此,斯库拉在发出帖子时,他本人一定相当兴奋。"

西摩赶紧将这个网站加入到收藏夹,他认为对方说得在理,斯库拉的确会很兴奋,就像很多上瘾的游戏玩家一样,他不再将自己的真实生活和虚拟生活划分开来。或者说,他已经不再明确地知道二者之间的界限。他已经变成了自己的虚拟形象——斯库拉,无形而且不可战胜。

西摩点进了"极限战斗"板块,在里面挨个查阅帖子,最后他找到了一个斯库拉发出的帖子:**我们的游戏是勇士对抗浪女**。他在帖子正文里写道:**星期六晚上,看我的吧!**

接下来,西摩又看到了一个由网名叫特洛伊的网站成员发出的回复帖:**星期六玩得尽兴,当晚就付出代价。斯库拉飞出了他家的露台。飞行是一件很轻松的事,但撞上人行道就很沉重了。**

西摩打开了该网站的用户个人资料页面,发现斯库拉登记的真实姓名是詹森,住址在洛杉矶。

现在是洛杉矶时间凌晨四点,也许在这个时段上网显得不太正常,也可能是其他什么原因,总之网站的管理员在此时此刻突然出现,他指出"达伦"所用的 IP 地址是未经许可的,紧接着将"达伦"踢出了留言板。

西摩又为自己倒了一杯咖啡,他发觉自己手指僵硬,而且双手都在发抖。

他用双手握住咖啡杯,直到手指逐渐放松下来,然后他开始在合法的新闻网站上寻找他想要的新闻:在玛格丽特·埃斯佩兰萨遇害的当天晚上,一个叫詹森的人从洛杉矶的露台上坠落。

结果他真的找到了,在《时代周刊》的官方网站上,他看到了完全匹配的新闻。他接连看了两遍,然后赶紧拨通了莫琳的电话。

她对他咆哮道:"午夜电话是我最不喜欢的东西之一,西摩,仅次于胸部 X 光检查。"

西摩将自己的发现一五一十地告诉莫琳,她听完后问道:"那么这个莫比德是什么人?我现在真的太疲倦了,我马上给杰克打电话。"

"还是让他睡吧,我想这件事可以等到明早再说。"

六十二

我拿起手机,大喊一声:"我还没死!"然后将它扔回到床头柜上。

此前我一直在做梦,在梦里我凝视着被击落的CH-46,查看着货舱内部的境况。我几乎可以看到我自己潜意识中的心理活动,以至于清楚地知道我刚刚针对某个问题作出了什么决定。

现在这个梦消失了。

刚刚那个问题是什么?

我作出的决定又是什么?

手机再次响了起来,而我知道只要我接通并挂断电话之后,我那该死的死亡威胁者不会在同一天中打第二次电话。

这一次我看了看手机屏幕上的来电人信息,是西摩打来的。

他对我说:"女学生谋杀案有新线索了。"

六十三

半小时后,我在星巴克喝着一杯香橙芒果奶昔,西摩坐在我对面。今天他穿了一条蓝色沙滩裤,上面画满了笑脸符号,他的上身是一件写有"生活如此美好"的休闲T恤,胸膛正中有个粉红色的心形图案。他的头发看上去就像一个倒扣着的碗,显然是被他的摩托车头盔压成这副样子的。我本想嘲笑他的这身行头,但是我现在仍然很疲倦,而他又是如此的

紧张和严肃。

我用吸管搅动着杯子里的奶昔,努力将自己的注意力集中在他的话题上。

西摩告诉我:"事情是这样的,的确有个叫詹森的人从自家的露台坠落,时间正好是在玛格丽特·埃斯佩兰萨被发现死亡之后。根据洛杉矶警察局的说法,詹森是自杀的。"

"詹森是个程序设计员吗?"

"他生前在一家公共关系公司工作。"

"我不太明白,请把这当中的关联再给我讲一下。"

西摩叹了口气。他应该明白我跟他不一样,我知道如何操作电脑,但我不是一个极客般的怪才。

"你看。"西摩边说边从桌上抓起了一个肉桂调味瓶,紧接着他又用另一只手抓起了一个可可粉调味瓶。

"我们假设肉桂是一个无线程序,可以复制手机里的信息,可以吗?可可粉是一款在现实生活中进行的电脑游戏,被称作《佛瑞克之夜》。"

他将两个调味瓶靠在一起,然后说道:"这两个东西合在一起,就可以找出一个关键人物:一个网名叫莫比德的玩家。"

我说:"把电脑游戏那部分再跟我解释一下。"

"大多数真正受欢迎的电脑游戏都是在线战争游戏,莫琳也会玩其中的一个,叫《魔兽世界》。《魔兽世界》是一款大型多人在线角色扮演游戏,每天二十四小时都不会间断,据说它每个月的在线玩家数达到了一千一百万。"

"唔,电脑上的在线战争游戏……相信我,这一定比真正的战争好玩多了。"

"该类游戏的主题往往都是有军队参与的大型战争,玩家在游戏中可以接管国家甚至星球的过去、现在或者将来。它会使人上瘾,严重上瘾。它营造出来的氛围就像真的一样,你明白吗?现在你能听懂我的意思了吗?"

"是的。"我说。

"有些游戏是一对一的,玩家就像从前的武士或罗马战士一样在游戏中角斗。有的游戏则可以让玩家拥有队友或盟友,就好比战争伙伴。"

"我想你要告诉我的事情应该不止于此吧,西摩,否则你也不会在凌晨五点半就给我打电话了。"

"再坚持一下,好吗,杰克?我可是一整夜都没合眼。"

"我知道,我就在这里,和你在一起。"

"好的,接下来请想象一下,一个网名叫斯库拉的玩家,他在论坛里炫耀一个自己正在玩的真人角色扮演战争游戏,名字叫《佛瑞克之夜》。他将它描述成'勇士对抗浪女'。"

"并且是在现实生活中。"

"你终于开窍了,杰克。在玛格丽特·埃斯佩兰萨遇害的那天晚上,斯库拉——真名叫詹森——从他家的露台跳下楼房。我在《时代周刊》的官方网站看到了相关报道,当天晚上果真有个叫詹森·佩尔森的男人跳楼自杀了。"

"让我们来回顾一下。"我说,"一名程序设计员以莫比德的名义开发了一款无线间谍程序,目的是获取某个人的手机信息。"

"嗯,目前有证据表明这点。"

"与此同时,他还是一个线下游戏——《佛瑞克之夜》里的玩家?"

"线下的!你说得对极了!"西摩说。

我拿起肉桂调味瓶,"一个被称为斯库拉,事实上真名叫詹森·佩尔森的效力于一家公共关系公司的男人,在这个游戏里也是一个玩家,而他在星期六晚上自杀了……"

"这就是我目前了解到的信息,杰克。目前它们还是支离破碎的,但正在逐渐融合成形,有很多元素都是相互切合的。尽管詹森·佩尔森死了,但他依旧是一条重要线索。我想我们离真相已经越来越近了。"

"既然如此……我们得小心点哦?"

"得非常小心。"

六十四

从现在开始我们都变得非常小心。我们来到了位于比佛利山伯顿大道的詹森·佩尔森曾经居住的公寓大楼,在比佛利山地区,成排的高档公寓楼是十分罕见的,但是这片地方却是个例外。

在这些公寓楼面朝伯顿大道的这一侧都有露台,可以观赏比佛利山的美景。

我向上数到六楼的露台,看到那里面连接房间与露台的滑动门是关着的。我对西摩说:"詹森·佩尔森为什么要跳下来?"

"也许是因为懊悔吧?不过,我对此表示怀疑。"

在过去的几个小时里,我已经收集到了一些关于佩尔森的信息。他二十四岁,是一家公共关系公司的业务经理。他的年薪大概是一万五千美元,对于一个像他这样的年轻人,在经济如此不景气的艰难时期能够有这样的收入,算得上是马马虎虎还过得去。但是,凭他的收入不可能买得起这样的房子,我隐约嗅到了高风险高收益的对冲基金的味道——当然也不排除是富有的父母离异或去世后留给他的财产。

鲍比·裴提诺的车驶到路边停下了,轮胎与地面摩擦发出了"嗖嗖"声。今天他穿了一件价值三千美元的黑色丝质西装,走下车时他手里拿着一块牌子,继而将其夹在车前窗的雨刮器下面。牌子上的文字声明他来这里是为了办理公务。

他跟西摩和我打了声招呼,并设好了汽车报警器,然后对我们说:"终于实现了了不起的突破。干得好!西摩,杰克。朱斯蒂娜对此是怎么看的?"

"她正从另一个角度审视这起案子。现在我们需要从各个方面对案子进行分析,不能孤注一掷。"

"很好,我开始感觉到谨慎的乐观。"裴提诺说。

我们跟着鲍比·裴提诺穿过公寓楼的前门,走过一段黑色大理石地面,来到了一个摆放着巨大花束的安检台面前。裴提诺将我们介绍给公寓楼的看门人——山姆·威廉姆斯,后者是个老年男人,穿着制服,接下来检察官出示了自己的搜查证。

"除了警察之外,还有其他人去过佩尔森先生的住所吗?"裴提诺问道。

"六楼A座的科斯特纳女士去过,取回了属于她自己的一株热带榕属植物。在那之后,我被告知要锁好佩尔森先生的家门,等待他的母亲从温哥华赶来。"

我问道:"在詹森·佩尔森自杀的那天晚上,你有没有碰巧看到过他?"

"没有。当我来这里值班时,他已经回家了。不过,我接待了一个从药店来的送货员,说是要送药给詹森·佩尔森。后来,大概是晚上十一点左右,佩尔森先生给我打电话,说晚些时候会有一些朋友前来拜访他。"

"佩尔森的朋友们。"我说,"他提到过那些人的名字吗,你有没有看到他的朋友们?"

"没有,他只说了'朋友们'。他们一定是在我下班后才来的,午夜期间这里没有人值班,拉尔夫是从凌晨六点才开始上班的。"

"你们有监控摄像机吗?"我问道。

"那边有一台,它的工作原理是四十八小时循环录制,所以星期六晚上的录像应该已经被自动覆盖了。对了,这是怎么回事,你介意告诉我吗?难道你们认为他不是自杀的?"

"谢谢你的帮助。"鲍比对威廉姆斯说,"待会儿等我们下来的时候,很可能会再次找你谈话。"

看门人点了点头,"你们知道在哪里可以找到我。"

我突然想到了一个新问题,"威廉姆斯先生,你认为詹森·佩尔森是个怎样的人?说来给我们听听好吗?"

他略微点了点头,然后压低声音说道:"他是个混蛋,无耻混蛋。"

当我们走进电梯时,我对鲍比说:"我希望你能为我们扫除障碍,让我

们公司的人先搜查佩尔森的住所。如果我让西摩和他的团队不受约束地工作,那么我们会在明天的这个时候把一切都处理妥当,然后你可以在明天下班之前得到我们的工作报告。"

"交给我好了。"鲍比说,"让我们看看这个混蛋在做些什么。"

六十五

当我在海军陆战队担任直升机飞行员时,被训练出了一双锐利无比的眼睛,而现在的我依旧如此。我站在詹森·佩尔森的公寓门厅里,用广角镜头和特写镜头对房子里的各个角落进行拍照。我在拍照的时候尽量不妨碍到西摩他们的工作,并且确保自己远离证据——我们都假设这里真的发生过一起谋杀案。

西摩博士在工作时非常安静,他和他的团队成员相互之间都用极为简略的表达方式交流意见。他们拥有全公司乃至全美国最先进的法医取证设备,而我们在设备上所花的每一分钱都可以得到更大的回报。从我站立的地方看过去,任何东西都没有被扰乱的迹象——这恰恰很可能意味着一些诡异的事情。

时间过得很快,西摩告诉我他们的工作已经完成了,接下来我跟着他走进了客厅。詹森的房子不算太大,是一套有着时髦家具的单卧室公寓。

客厅里的沙发和扶手椅的靠垫都摆放得十分整齐,浴室的洗脸槽里没有眼镜,卧室衣柜里的衣服井然有序,床铺是整理好的。值得一提的是,我没有看到自杀遗书。

我还注意到了两个细节:一件西服外套搭在卧室里的衣物架上;浴室里的浴缸边缘放了一瓶碘酒和一卷绷带。

"验尸员说他的胃里有什锦坚果,一些马提尼酒①,还有止痛药。"西摩说,"也许他正准备同朋友一起外出就餐,当然他的朋友很可能就是杀害他的人。"这时西摩和我已经来到了外面的露台,西摩继续说道:"露台边缘的矮墙上有一些血迹和皮肤组织,这与他肚子上的擦痕相吻合。如果真的是他自己滑下了矮墙,那么从物理学角度讲那样的擦痕是不可能产生的,或者说至少是极其罕见的。"

"也许他是被人推挤着越过矮墙,继而悬空,最后坠落。"我说,"对我来说,这似乎更有可能。"

"我们找到了一些指纹。"实验室助理凯伦·帕斯夸里站在门厅对西摩说,"目前有三套指纹。"

"好极了!"西摩说,"对了,他的电脑在哪里?"

"那是什么?"我边说边指着一个被塞在办公椅和墙壁之间的公文包,它躲在阴影里,几乎无法看见。

西摩用戴了手套的双手拿起公文包,将它放在书桌上,然后解开了锁扣。

公文包自动弹开了。

里面有一台笔记本电脑和一条绳子,旁边的侧袋里塞着一摞纸。

还有一部手机。

"这些东西够我忙一阵了。"西摩说,"看来又将是个不眠之夜。"

"我们现在先看看手机,怎么样?"我提议道。

"没问题。"

西摩打开了手机,"他的电池快没电了,不过应该还能坚持一小会儿。"

我站在西摩身后,越过他的肩膀,看着他滚动手机里的短信。突然,他的手停下了,整个人就好像瞬间石化了一般。

"西摩?"

他将佩尔森手机上的一条上周三收到的短信展示给我看,内容很短,

---

① 马提尼酒原产于葡萄牙,是一种强化葡萄酒,即在葡萄酒酿制完成的后期加入烈性白酒和蜜糖,将酒质改变,从而成为另一种酒,因此有人也将其划入白酒类,属于略干辣的中性酒。马提尼酒在西方多作为开胃酒在饭前饮用,也可掺水加冰后饮用。

但却切中要害。

《佛瑞克之夜》即将来临,斯库拉。做好准备,这次你是执行者。

短信的署名是斯蒂姆·克林纳。

我对西摩说:"等等,难道这个不应该由莫比德来发吗?莫比德才是关键人物,不是吗?这个斯蒂姆·克林纳又是谁?"

西摩静悄悄地动了动下巴,"斯蒂姆·克林纳是谁?你和我想到一块去了,我查清楚后会在第一时间告知你。"

六十六

这家高档康复中心的收费达到了天文数字,汤米此时正在里面进行疗养。这家康复中心对外的名字叫蓝天医院,我想这很可能是营销人员想要营造的概念。

蓝天医院位于洛杉矶日落大道北面的布伦特伍德大道,占地十几英亩,选址非常考究,可以完完整整地观赏到圣莫尼卡山脉的景观。你可以站在医院的行政办公室里向下俯瞰大峡谷,还可以看到人们在小径上骑马,以及那些树木繁茂的原生态后院。

自从我帮汤米在蓝天医院办理好入住手续以后,我就再也没有见过他,现在我觉得有责任来查验一下他在这里是否过得很好。

我找到汤米时,他正躺在泳池旁边的一把躺椅上。他穿着一条孔雀蓝泳裤,外面罩了一件宽松的白色浴袍。

他看起来很健康,皮肤被晒得黝黑,神情有几分平和。看来休息对他很有益——总之我希望是这样。

当我的影子出现在汤米跟前时,他眯起眼睛,抬起头来看着我,并用一只手遮住太阳光,"别以为我会因为这个而感激你,现在我脑子里正在盘算如何穿着浴袍逃离这个鬼地方。"

我在他身旁的另一把躺椅上坐下,"那么我飞去拉斯维加斯找卡麦·多西亚,并递给他一张六十万美元的银行本票,对于这件事你打算感谢我吗?"

"那是当然的,谢谢!"

"那笔钱只是借给你的,汤米,你自己应该也很清楚。还有,我并没有告诉安妮,黑手党原本已经准备好了要炸掉你的车或你的房子。"

"你不会感到头疼吗?因为你的头上一直戴着光环。"

"事实上,我会。你应该让我有机会做一回恶魔亲兄弟,我喜欢那样。"

"弗雷德舅舅来过了。"汤米说,"他说有一些大事等着我去做,只要我改进我的行为。"

"那么你和弗雷德之间到底有什么过节?我从来都不知道。"

"在我小时候,他曾把他的手按在我的短裤上,摩擦我的小弟弟。"

"你在胡说八道,汤米。"

"这是事实,我可以对上帝发誓,杰克。我们的母亲也看在眼里。"

我站起身来,用左手抓住汤米浴袍的翻领,右手重重地一拳击中了他的下巴,震得我的手骨"嘎嘎"作响。汤米应声跌坐在地,连他的躺椅也被掀翻了。

泳池对面,一个穿着白色连身裤的高大健壮的男人抬起头来看着我们,紧接着他朝我们的方向跑了过来。

汤米举起一只手,示意情况已经结束了。几秒钟后,他笑着站了起来,声音因激动而有些颤抖。

"晃点你可真他妈的容易,杰克。就好像我摇晃着一个诱饵,然后你马上跃出水面,结果正好掉进我的小船里。别碰我,这会弄脏你天使般的翅膀。"

"你得收回刚才所说的话。"

"好吧,我收回。骚扰我的人也可能是爸爸,或者是你?"

"天!你怎么受得了这种样子的自己?"我问他。

"不过,我欠债的事情是胖子弗雷德告诉你的,是这样吗?"

我的指关节仍然还在抽痛。

"见到你总是很高兴,汤米。你自己好自为之吧。"

"再见,杰克。"

当他扶正自己的躺椅时,依旧还在发笑。

我走回医院的行政办公室,准备支付汤米本月的账单。柜台后面的女孩很善良,一个劲地问我的兄弟怎么样了。我什么都没说,只是把自己的信用卡递给她。等她刷完卡以后,我立即离开了那里。

这是一件很困难的事情——恨你自己的孪生兄弟。

六十七

我回到家中,换掉翅膀,擦亮光环,然后开车去比佛利山。

我需要为自己准备一些高品质的休闲时间,于是我来到了马斯特罗牛排餐厅——洛杉矶西部最好的牛排餐厅。马斯特罗牛排餐厅的氛围很复古,而这并不仅仅是因为餐厅里总是有人在钢琴边弹唱《我的路》[1]。

我看见约瑟夫·里奇在角落里与弗朗西斯·莫斯考尼交头接耳,好在他俩都没有看见我。于是我找到领班,说我想在二楼找一张安静的桌子。当我就座后,我先点了高杯酒[2],然后开始研究菜单上的特级牛肉食谱——这地方正是因此而闻名。

这里的酒也是一流的,可以使我"平静"下来。我带来了一本书,是很旧的平装本《我的语言梦》,作者是幽默作家大卫·塞德瑞斯,他过分诚实,从而令人捧腹大笑,而且他的家庭生活看上去也和我一样混乱和

---

[1] 《我的路》(英文名:My Way)是一首欧美著名英文流行曲,旋律源自法国名曲《一如往日》,法文原版由克罗德·法兰索瓦、雅克·赫霍及吉尔·提伯尔在1967年共同创作,随后由保罗·安卡改编成英文版,1969年首次收录进法兰·仙纳杜拉的同名大碟,自此风靡全球。

[2] 源自日本的酒名。相传在高尔夫球场的酒水台,一个人正在喝这种酒的时候,有一颗被打得很高的球飞了过来,此人立即喊了声"高球",高杯酒的发音在日语中与高球相同,因此得名。该酒由浓烈的威士忌冲入苏打水,配上冰块与柠檬片,男女皆宜。

复杂。

我接到了一个电话,是伦敦分公司的负责人打来的,我和他就关于副总经理人选的问题交换了意见,然后我又继续埋头看书。

我开始感到自己像个王子,是洛杉矶百里挑一的精英。我的眼睛一直没有离开书页,直到桌子上出现了我点的带骨肋眼牛排和花椰菜苗。

放下书以后,我的思想又回到了现实世界。

我想到了我的孪生兄弟,他只比我大三分钟。他非常像我们的父亲,而这正是我不喜欢他的原因之一。汤米很容易像父亲一样自恋——或者说自大,以至于认为自己有权按自己喜欢的方式获得自己想得到的一切,不过我认为他并非一开始就是那样。

从学前班到九年级,我和汤米一直都是形影不离的好兄弟,我记得我们甚至还掌握了只有我和他才能理解的手势信号和密语。我们完全将对方视作知己,并且相互支持,我们还在同一天获得了柔道黑带。但是,从九年级开始,我们的父亲让我们走向对立。我们开始相互竞争,接下来一切都改变了。

毫无疑问,父亲更宠爱与他同名[①]并有着相同的玩世不恭的世界观的长子,而我则倾向于接受弗雷德舅舅的思想。汤米开始以残忍的态度对待我们的母亲,就像父亲一样。我试图保护母亲,从那以后我和汤米就变成了真正的敌人。

侍者打断了我的回忆,问我是否还需要一些酒,我回答说"是的"。

一对情侣走了进来,坐在我旁边的座位上。显然他俩是第一次约会,我很容易看出这一点。他们长久地注视着对方,这表明他们的一切在对方眼中都是非常迷人的。即将到来的这个夜晚,他们很可能会在床上一起度过。

我又喝了一些酒,不知不觉间想起了科琳,她应该会喜欢这个地方。我开始思考自己是不是应该带她去我的别墅,那个曾属于我和朱斯蒂娜两个人的小世界。我从来没有带科琳去我的别墅过夜,因为这样做会让我感到尴尬局促。我非常喜欢科琳,而且我不愿意伤害她,不过我自己也

---

① 在英文人名中,"汤米"可以算是"汤姆"的昵称。

知道我难免有时会伤害她。

我曾对她说过,我的别墅并不是完全安全的,而且我还发现晚上在她那可爱舒适的安乐窝过夜,躺在她的怀抱中,则会更加令我放松。她知道我在和她保持距离,但是她一直在默默地承受,并且期待我作出改变。然而她这样做仅仅是增加了我的内疚,以及我俩之间的关系究竟该如何发展的迷茫和困惑。

我的手放在手机上,想要拨打科琳的号码,但是我最终轻轻地关上了手机,然后缓缓地喝下了余下的酒。我对她不公平,我想要结束我们的感情,但是我无法想象那样做以后带给她的痛苦,也无法想象失去她以后的自己会变成什么样。

我付了账单,留下了可观的小费,然后离开餐厅上路了。我的心里一直在絮叨:去你的,杰克,你真是个混蛋!

六十八

朱斯蒂娜无法让女学生谋杀案离开自己的头脑,尽管她拼命想这样做。

她走过一条很长很阴冷的走廊,天花板上的荧光灯将这里衬得更加阴森。当她找到门牌号是301的房间后,轻轻地推开了房门。这间巨大、潮湿的办公室里有四张办公桌,夏洛特·莫菲警司就在其中一张桌子上办公。这间办公室位于洛杉矶警察局内部一个隐蔽的侧翼,很多尘封已久的案件在这里往往都会水落石出。

"你好,我是夏洛特。"警司作了自我介绍,然后同朱斯蒂娜握手。

夏洛特·莫菲穿着深蓝色的长裤和有领尖扣的衬衣,她脖子上的项链正中有一枚金色的徽章。她的表情是小心谨慎的,但是神态的严肃却被特别漂亮的蓝眼睛和热情的笑容给抵消了。

莫菲将朱斯蒂娜介绍给自己的同事们,然后帮她拖过来一把椅子。待朱斯蒂娜坐下后,莫菲对她说:"我花了几个小时将温蒂·伯尔曼的资料从档案室里找了出来,你想看看这起谋杀案的卷宗吗?别着急,慢慢看吧。我还有很多无望的工作等着继续处理。"

莫菲警司把一个厚重的三孔文件夹推到朱斯蒂娜面前。

朱斯蒂娜迫不及待地想要查阅这本文件夹,但她并没有急于求成,而是仔细地慢慢研读,这样就能确保自己不遗漏任何东西。

纸质文件被套装在薄玻璃纸里,内容已经按照类目和时间顺序整理好了。

第一叠文件是照片集:温蒂·伯尔曼躺在海波里恩大街旁的小巷里,距离康妮·于的尸体被发现的地点只有几米远。她穿着整齐,头发被雨水浸透了,左手臂的上方堆放着几袋垃圾。

照片集后面是犯罪现场的草图,还有一份长达七页的验尸员报告复印件。温蒂·伯尔曼的死因是:扼颈勒死。

再往后是布鲁诺警官的案件记录复印件,这几页纸钉在一起,被塞进了一个单独的封套里。在这份案件记录之后,是警方与该案唯一的目击者——十一岁的克莉丝汀·卡斯蒂利亚面谈的录音笔记。

接下来,朱斯蒂娜开始查看被盗财物的清单——温蒂·伯尔曼背包里应有物品的明细账。记录还显示伯尔曼的一个手工首饰也被带走了,那是一条金项链,上面有一枚纯金五角星吊坠。

卷宗的末尾是一张温蒂·伯尔曼戴着那条项链的照片,站在父母中间的她已经比父母都高了,她用两只手臂分别搂着双亲的肩膀。温蒂曾是一个阳光灿烂的金发女孩,而且体格健壮,看上去哪里像是将死的样子。这多么令人悲伤啊!

"现在我已经准备好看证据箱了。"朱斯蒂娜说,"总之我相信是这样的。"

莫菲警司从自动分发器里取出一双乳胶手套,递给朱斯蒂娜,然后用一把随身小折刀划开了缠绕在一个普通纸箱上的红色胶带。打开箱盖后,她取出了一个很大的牛皮纸袋,并划开了纸袋上的封条。

朱斯蒂娜突然感到兴奋异常,一阵光明的希望正向她涌来,而这种感

觉是她自己无法控制的。正是这种感觉使得她进入了法医学领域，并且精通于此。纸袋子里的一些东西也许会为久拖未决的女学生谋杀案打开一扇窗。

也许还能揭露杀手的真面目。

她将手伸进纸袋，取出了一条紧身弹力牛仔裤，还有一件淡蓝色低圆领针织上衣。

她再次将手伸进纸袋，这一次取出了一双耐克运动鞋和一双淡蓝色短袜。

她铺开这些衣物，开始检查犯罪实验室是从哪里割下了布料作为样本。

"我认为这处血迹应该是受害人的。"

莫菲点头称是。

"我想借走她的衣物。"朱斯蒂娜说。

"菲斯克局长和地方检察官裴提诺已经批准了。"莫菲说，"你真牛！"

莫菲将一张表格递给朱斯蒂娜，然后又递给她一支笔。

"温蒂的左手臂被压在一堆垃圾袋下面。"莫菲说，"雨水并没有完全浸湿那里的袖子。我已经让你们的实验室对此进行检验了。现在的检验技术比五年前强大多了，尤其是你们公司的实验室。"

"让我们抱有一些希望吧。"朱斯蒂娜说。

"不，让我们逮住这个王八蛋。"莫菲警司说完再次笑了起来，但她同时也让朱斯蒂娜看到了她自己顽强而坚韧的一面。

六十九

"你还记得温蒂·伯尔曼的案子吗？"朱斯蒂娜问道。

空气中弥漫着煎鱼、炒洋葱和炸薯条的味道，朱斯蒂娜坐在一张方桌旁边，对面是克莉丝汀·卡斯蒂利亚。这里是贝尔蒙特中学的学生自助餐厅，温蒂·伯尔曼绑架案的唯一目击者现在已经十六岁了，她个头娇小，双手环抱在胸前，用一双被厚厚的棕色刘海遮住一半的大眼睛盯着朱斯蒂娜。

即使你不是一名心理医生，你也一定能看出写在克莉丝汀脸上的害怕情绪。朱斯蒂娜知道在这种情况下言谈举止都得格外小心，何况此时此刻连她自己也觉得不够镇定。她极度渴望眼前这名女孩能告诉自己一些跟女学生谋杀案杀手有关的东西，并且是赶在他再次行凶之前。

"当那件事发生时，我才十一岁。"克莉丝汀说，"这一点你是知道的，对吧？"

"是的，我知道。"朱斯蒂娜用一根吸管在装着冰块和健怡可乐的塑料杯里打旋，"无论如何，请你告诉我你所看见的一切，好吗？我想亲耳听你说。"

"你认为那些男孩——我想他们现在已经成为男人了——很可能还杀死了在这附近遇害的其他女孩们？"

这时，柜台背后的工作人员将一大盘新鲜出炉的菜品放在自助台上，金属盘与台面碰撞时发出了"哐当"一声巨响，把朱斯蒂娜吓了一跳。

孩子们欢呼着拥了过去，朱斯蒂娜等待了片刻，直到周围的噪音渐渐平复，然后她对克莉丝汀说："这是有可能的。在温蒂·伯尔曼和凯拉·布鲁克斯的案子中间有长达三年的间隔。正是基于这个原因，没有人想到要把二者联系在一起。所以，你看到的东西很可能非常重要。如果温蒂·伯尔曼是他们杀害的第一个人，那么他们在作案时也许犯了什么错误。"

"那是一辆纯黑色的厢式货车。"克莉丝汀说，"它停在海波里恩大街的路口上，当我再次往那个方向看过去的时候，两个年轻的小伙子已经抓住了那名女孩，就好像只花了一秒钟左右的时间。那个女孩看起来正在痉挛，而他们将她举起并扔进了货车。接下来，其中一个小伙子进到了驾驶座，然后他们就开车离开了。以前警察找我问话时，我向他们描述过司机的长相。"

"温蒂·伯尔曼被电击枪击中了，"朱斯蒂娜说，"所以你看到她在痉挈。那么,你的母亲什么都没看见吗?"

克莉丝汀摇了摇头,"连我自己都不敢确定我所看见的东西,它甚至有可能是存在我脑海里的一则商业广告——因为它实在是太短、太快了。当时我愣住了,我的母亲转过头,顺着我的目光看过去时,厢式货车已经开走了。她不相信我说的,也可以说她不愿意相信。

"但是,接下来当电视里开始铺天盖地地报道这件事时,她最终决定给警察打电话。我母亲相信电视里的报道,却不愿相信我。"

孩子们从桌子旁走过,一个身着职业装的女人和一个他们学校的女生进行如此长时间的对话,自然引来了很多人的侧目。

"再给我讲讲那个男孩——就是脸被你看到的那个人。"

"在警察和我一起拼出的草图上,他看起来有点像电影《超人》里的克拉克·肯特①,但是他事实上并不完全是那样的。他的鼻子更尖一些,而且耳朵是招风耳。"

"你看到厢式货车的车牌了吗?即使是一两个数字也会对我们有所帮助。"

女孩沉默了片刻,她的眼球向上和向左转动着,正在搜寻自己的记忆库。

上课铃声响了,尖利并且刺耳,孩子们不约而同地站了起来,纷纷将餐具带到回收处,然后离开了餐厅。其中有几个人从朱斯蒂娜身旁走过时过于匆忙,还撞翻了她的公文包。

克莉丝汀说:"在货车的后窗上有贴花纸,上面写着'捷威'②,和那家电脑公司的名字一样,但是却没有奶牛花斑盒的图案。"

"这一点你告诉警察了吗?"

"我想是的。当时我的母亲非常着急,她不想让我对警察说太多,但关于这一点我想我还是说过的。"

朱斯蒂娜凝视着眼前的女孩,女孩也迎着她的目光,就这样持续了好

---

① 在《超人》系列电影和漫画中,男主角在剧中的名字就叫克拉克·肯特。
② 捷威(英文名:Gateway)是一家世界知名的电脑公司,其产品在美国非常流行。捷威电脑公司的商标是别具一格的奶牛花斑盒图案,因为该公司是在美国中西部的一间农舍里创立的。不过,英文 Gateway 的意义较多,且并非单指捷威电脑公司,例如下文提到的学校就是一例。

久。"对了,你还能不能画出那个贴花?"朱斯蒂娜边说边将自己的掌上电脑和触控笔递给了克莉丝汀。

女孩重重地吮吸着自己的下嘴唇,粗略地画出了一个椭圆形,以及按一定弧度排列的一串字母。

"我想图案就是这样的,我也不知道自己为什么会记得这么清楚,但我的确记住了。"

朱斯蒂娜注视着这幅草图,女孩画的图案看上去很像是一所位于圣塔莫妮卡镇①、名叫"捷威"的私立学校的标志。当她以前在圣塔莫妮卡镇的精神病院工作时,她常常开车去加利福尼亚州精神病刑事罪犯医院开会,路上就会经过捷威私立学校。

她仍然清晰地记得她的那些病人:有些人烧毁了房屋,有些人杀死了自己的兄弟姐妹,有些人用猎枪射击他们的父母,还有些人用爆炸物照亮了校园……那真是一份极具毁灭性,并且令人无比沮丧的工作,使得她有机会洞悉了这个星球上最十恶不赦、最令人发指的惨剧执行者们的精神活动。

在那时,朱斯蒂娜曾将精神病刑事罪犯医院和捷威私立学校放在一起进行对比,它们在地理上只相隔一英里,但在其他任何方面都是两个截然不同的世界。现在她已经完全想起来了,克莉丝汀画出的贴花图案正是捷威私立学校的标志。

在温蒂·伯尔曼的谋杀案卷宗里,对捷威贴花的事只字未提。

对于朱斯蒂娜来说,这个贴花是一个新线索,面部特征是另一个新线索。如果凶手一直都是这两个男孩的话,那么也许她的工作能获得一些进展。

"如果让你再次看到这个男孩,你能认出他吗?"

"我永远不可能忘记他的脸。"

"克莉丝汀,谢谢你。"朱斯蒂娜将自己的名片递给这位十六岁的姑娘,"要是你想到了其他东西,请立即给我打电话。下回我们见面时就不再是陌生人了。"

---

① 美国著名海滨旅游胜地,紧邻洛杉矶。

七十

国际私人侦探公司之所以是朱斯蒂娜最喜欢的工作场所,之所以是调查谋杀案的最佳机构,还有另一个非常重要的原因:在洛杉矶警察局的实验室,进行DNA分析需要极长的时间,因为案件数量庞大,所有人都需要排队。在国际私人侦探公司,整个过程加起来还不到二十四小时,因为公司拥有自己的法医实验室,设备非常先进,而且温蒂·伯尔曼的案子又是目前全公司的头等大事。

现在是凌晨四点,地下室被人造光源照得灯火通明,西摩的团队已经持续不断地工作了二十个小时了。他们正用棉签擦拭温蒂·伯尔曼的衣物,而在这之前她的衣物被存放在洛杉矶警察局物证保管室长达五年之久。

这些衣物在伯尔曼的尸体被发现之后就立即进行了封装,但是雨水和垃圾已经污染了这些证据。不过幸运的是,近五年来,也就是在那起谋杀案发生之后,法医学领域出现了更敏感的新设备,以及一种捕获DNA样本的新技术,这种技术被称为"触碰DNA"。

西摩一直都相信美满的结局,正是他的乐观情绪驱使着他持续不断地进行枯燥乏味的重复性工作,与此同时还得时常面对不确定的结果,甚至消极、负面的结果。

他要求助手们用棉签拭抹运动衫左臂的外侧,以及袜子的褶皱处,这些都是没被雨水浸透的地方。

团队先将DNA从基质中分离出来,然后将其放入一台热循环仪进行复制。上述工序结束之后,西摩让样本通过了一台大小和形状与办公复印机差不多的仪器。这个过程叫做毛细管电泳,材料被送进一条很长的毛细管通路,然后将DNA染色后按照大小和电荷进行分离,最终以电泳图的形式输出并显示出来。这样一来,他们得到的结果就可以同国家DNA数据库里的资料进行比对。

西摩的办公桌上有好几台显示器,其中一台显示的是琪凯特的视频。西摩时不时地看一眼琪凯特,并将自己的工作进展告诉她。

"你就在这里陪着我,好吗,亲爱的?"

"你忘记我们的时差了,西摩。"她说,"再说我还有其他事要做。"

"什么事?说来听听?"

"随便什么事都比我现在正在做的事更有意义,亲爱的。比方说清理电脑硬盘的碎片,整理我的税收收据,与我鄙视的朋友海尔格共进午餐等等。西摩,快看你的打印机,那里有东西出来了!"

西摩看着打印机输出的资料,画面上出现了一个波峰,接下来又出现了第二个。真是难以置信的奇迹,这意味着两个单一来源的样本被识别了,而且两个样本都带有Y染色体,说明两个主人都是男性。

事实上,这算得上是一个爆炸性消息。

西摩将脸转向琪凯特,张大的嘴巴变成了一个微笑。

"两个男人都曾将自己的手按在温蒂·伯尔曼的衣服上。你相信吗,凯特?我们找到证据了!漂亮并且确凿的证据!"

琪凯特说:"一定是我给你带来了好运。"

"宝贝,宝贝,你真是我的幸运符。"

"不客气。既然你已经成功了,我也该走了。"

"你再等等好吗,我还得把数据放进系统进行比对呢。"

"你现在是在大海里捞针。"琪凯特说,"想想吧,大海无边无际,海水深不可测。"

"不管怎样,我们都可以在一起消磨时间。"西摩说,"我喜欢你和我在一起。"

琪凯特笑了,"行啊,那我们跳舞吧。"

七十一

国际私人侦探公司的每一个人都非常关注女学生谋杀案,而且他们都身体力行地参与其中。莫琳·罗斯的办公室在西摩的实验室的隔壁,是一个没有窗户的"黑洞",莫琳喜欢把这里称作"舒适的洞穴"。此时莫琳正在办公室里焚香,她用罩布将房间里的灯都覆盖起来了。她左边的一台显示器上正在滚动播放她的孩子们的照片,她的右手边是一个水族箱,里面有很多锦鲤正在欢快地游着。

她的正前方是詹森·佩尔森的笔记本电脑。

莫琳用一款由她本人开发的独一无二的解密程序——她称之为"万能钥匙"——攫取到了詹森的开机密码,现在她已经进到了操作系统,正在查看硬盘里的文件。

"我打开他的邮箱了。"她朝西摩喊道,"我是最棒的,对吗,西摩?"

"莫琳,你真是极客中的极客。"西摩大声说。

"你说得没错,现在看我的吧。"

詹森·佩尔森在电子通讯方面是个有收藏癖的人,他几乎不删除任何东西,莫琳轻易地通过电脑上的数据记录找到了詹森常用的几个网名和用户名。她先破解并登录了他的办公账号,将他与上司、同事之间的往来邮件统统审查了一遍。这些邮件没有透露任何有利用价值的信息,也没有任何特别的意义和指导性,因此莫琳转而寻找其他突破口。

佩尔森在游戏《毁灭突击队》里的用户名叫阿提克斯,莫琳试图攫取游戏密码,但是失败了。接下来,她开始搜寻犯罪嫌疑人的网络帖子,结果发现佩尔森曾用阿提克斯这个名字登录过《毁灭突击队》的玩家留言板,并且群发了一条站内短消息,声称自己在虚拟的世界——克拉西兹里面如何掠夺王国和屠杀敌人,时间是公元2409年。这家伙真是个不折不扣的精神病患者,莫琳暗自想道。

通过玩家留言板系统里可供查找的信息,莫琳记下了阿提克斯在克拉西兹的一些朋友和敌人的名字,然后她访问了詹森·佩尔森在社交网站上的个人主页。

佩尔森在自己的主页上贴了几张照片,还发表了一些电影评论,与网友之间有过一些无关痛痒的诸如"打招呼"、"握个手"之类的电子虚拟问候。不过,他的主页上有一些探讨时政的刻薄文章,使得主人稍显愤世嫉俗。莫琳经过仔细筛查之后,发现詹森在《毁灭突击队》游戏里的社交圈与他在社交网站的社交圈没有任何交集,与此同时她认为没有任何迹象可以表明詹森·佩尔森曾经沮丧过,尽管探究他的生活是一项非常令人沮丧的工作。

莫琳关闭了文件夹和网页浏览器,开始检查詹森的任务栏。她挨个观察任务栏里的图标,大部分都是常用熟悉的软件,但其中一个陌生的图标引起了她的兴趣。这个图标的图案是一根手指发出一束闪电,莫琳将光标移过去,发现该任务的名字是"斯库拉"。

她点开图标,结果来到了一个新的网页,佩尔森给这个网页起名叫"斯库拉的生活"。原来,这个图标正是通往佩尔森个人日志的活板门!一刹那间莫琳感到自己的心脏都快要停止跳动了。

她依次点开日志链接,迅速地阅读着里面的内容,这一回她终于找到了真实世界和虚拟世界之间的桥梁。

她使劲推了一把办公桌,使自己的转椅迅速后退。片刻之后,她出现在了西摩的实验室的门口。

西摩直勾勾地盯着她,就好像已经看穿了她的心思似的。

他这是怎么了?难道他提前知道了不成?莫琳心想。现在她已经揭晓了整个谋杀计划,毫无疑问她就是当代女版夏洛克·福尔摩斯。

"再过不到一个星期。"她说,"即将有一个佛瑞克之夜。你听到我说话了吗,西摩?这就是那帮人对他们正在进行的杀人游戏的称呼。詹森·佩尔森将是其中的一分子,如果他还活着的话。"

"抱歉,我刚才有些分心,因为我在处理 DNA 数据……"

莫琳说:"那就请你仔细听好了。他们有两个人,自称街头佛瑞克组合。他们的网名分别是莫比德和斯蒂姆·克林纳,而他们已经选中了下一个目标。她居住在银湖区,自称'D女士'。

"西摩,你明白了吗?在五天之内,他们就会杀掉这个女孩。"

七十二

杰克·摩根已经提前给东海岸新开的分公司打过电话了,一名资深侦探——黛安娜·迪卡洛准时来到迈阿密国际机场接机,迎接埃米利奥·克鲁兹的到来。

黛安娜·迪卡洛曾在美国中央情报局①受过训,办事颇有效率。她递给克鲁兹一个公文包,里面准备了他所需要的全部工具:手枪、监视听设备、车钥匙,以及国际私人侦探公司在佛罗里达州南部一切可用资源的联系方式。最后,她将调查对象目前居住的地址告诉给了克鲁兹。

克鲁兹在比尔提默酒店②登记入住,他已经知道他需要跟踪的那帮人住在哪个房间,而他的房间恰好位于他们的正上方。进入房间后,他借着短暂的闲暇时间将监视听设备测试了一遍。

接下来,他与跟踪对象一起穿梭于酒店的俱乐部和餐厅,甚至看着他们在海厄利亚③的赛狗会上下赌注。

时至今日,他接手这项工作已经三天了。现在他所处的位置是南部海滩,这里是迈阿密最奢侈最性感的地方。

---

① 中央情报局(英文缩写为CIA)是美国政府的情报、间谍和反间谍机构,主要职责是收集和分析全球政治、经济、文化、军事、科技等方面的情报,协调美国国内情报机构的活动,并把情报上报美国政府各部门。
② 比尔提默酒店是佛罗里达州南部迈阿密市一家非常著名的酒店,也是全美非常知名的酒店之一,始建于1925年。地中海和西班牙古典风格的建筑与迈阿密的热带风光和谐相融,带给人一种凝重的历史感和传统感。
③ 迈阿密的卫星城之一。

埃米利奥·克鲁兹坐在一块珊瑚岩上,他面前的沙滩一直延伸到大海的边缘。他的装束和这里的环境很相称:背心外面是一件开襟衬衫,脸上戴着黑色的弧形太阳镜,头发在后颈处绑了个马尾。

他正全神贯注地阅读着一份《赛马新闻日报》,但这只不过是道具而已。他的太阳镜的框架里嵌入了一个摄像头,这个摄像头不仅可以摄像和远距离录音,还可以自动将摄录下来的资料传输给一颗几英里远的卫星,然后再由卫星将资料发回洛杉矶的办公室。

在他正前方大约三十英尺远的区域,有三个男人坐在沙滩上,他们都背对着克鲁兹,面朝海滨大道。

他们正在交谈,但是每个人的眼睛却停留在从紫红色的人行道上溜冰而过的半裸文身女孩们身上。

克鲁兹跟踪的两个男人分别是肯尼·欧文和兰斯·里克特,他们都是全国橄榄球联盟的裁判。欧文已经秃顶了,而且脸上长满了雀斑。里克特比欧文年轻二十岁,有一头浓密的棕色头发,背脊被太阳晒得通红。克鲁兹还注意到,里克特戴着一只华丽俗气的劳力士手表,差不多有一磅重。

五分钟之前,与两名裁判会合并加入谈话的第三个男人是维克多·斯班诺,他是为芝加哥的马尔祖洛家族效力的马仔。

克鲁兹差点就大声喊出来。

天哪!

七十三

维克多·斯班诺看起来像是刚洗过澡,在他的冰蓝色夹克下面有个胀鼓鼓的腋下手枪套。他正兴致勃勃地向两名裁判讲述他昨天晚上在街对面的"鹦鹉螺"酒店度过的美好时光。在美国,没有哪个城市比迈阿密更性感了,甚至连拉斯维加斯也自叹弗如。

"母亲比她的孩子还更热辣一些,但是孩子更加热情。"

里克特耸了耸肩,"斯班诺先生,那是不是……就像……就像乱伦?"

"不不不。"斯班诺纠正道,"那是她继母。你在想什么啊?难道我是个变态狂吗?"

每个人都笑了,片刻之后,有头发的裁判里克特说:"但是说真的,斯班诺先生,回到我们这周的任务——'田纳西泰坦队'必须以十七分的优势击败'奥克兰突袭者队'。十七分,这可不像在公园里散散步那么简单,而且我们将会承受巨大的压力。"

斯班诺说:"我明白你的意思,兰斯,但是你知道他们是怎么说的吗?压力是自己造成的,你们都是专业人员,我觉得没问题。"

这时,一个无家可归的十来岁的年轻人走到克鲁兹跟前,乞求一些零花钱为他的大学基金做储蓄。他穿了一件速比涛泳衣①和一件肮脏的绿色衬衫,一张嘴就能看到一口冰毒牙②。

克鲁兹说:"你挡住我的阳光了。"

这个大男孩——确切地说已经是一个流浪汉了——厚颜无耻地说:"我向你解释一下它们为什么叫零花钱,老兄。像你这样的有钱人绝对不会心疼它们。"

等到这个流浪汉离开的时候,斯班诺同两名裁判的交谈已经结束,他们各自分开了。斯班诺回到了街对面的"鹦鹉螺"酒店,两名裁判钻进一辆出租车,朝市中区驶去。

没关系,克鲁兹已经掌握了整个情况。他们想让"田纳西泰坦队"击败"奥克兰突袭者队",裁判既要保证这个结果,还得防止溃败局面的出现,必须确保比分差距刚好是十七分。如果他们做到了,有人将会因此而获益数百万美元,甚至更多。

克鲁兹拿出自己的 iPhone,拨通了杰克的电话。

"好消息,如假包换的好消息。我录下了操纵比赛的证据,你收到了

---

① 速比涛(英文名:Speedo)是世界著名的泳衣制造商,享誉全球的"鲨鱼皮"系列高科技泳衣就出自该公司之手。
② 冰毒(甲基苯丙胺)成瘾者可能会迅速掉牙齿,俗称"冰毒牙"或"冰毒嘴"。

吗,长官?"

"我们这边都收到了,听得一清二楚,图像质量也很高。对了,穿蓝外套的人是谁?"

"维克多·斯班诺,他是芝加哥马尔祖洛家族的人。"

"太好了!"杰克说,"干得好,埃米利奥。你快回来吧,我们这里需要你。"

七十四

朱斯蒂娜来到了贝索餐厅——由伊娃·朗格利亚[①]和陶德·英格利许[②]共同出资创建的华丽餐厅,这里是一个巨大的拱形空间,因独特并且别具一格的墨西哥菜式而著名。

朱斯蒂娜坐在一个半圆形小隔间中,可以纵观整个大厅,但是她并不在乎进进出出的名人和明星,她的兴趣不在于此。

用餐完毕后,她翻阅着一摞捷威私立学校的年鉴。侍者帮她清理了餐桌,然后将账单呈上。

"今晚的一切都令你满意吗,史密斯医生?你好像很喜欢柠檬鳎[③]?"

"是的,拉斐尔,事实上我已经对这里的柠檬鳎上瘾了。今晚的一切都很完美。"

事实上,除了柠檬鳎,再没有什么东西是完美的。她对年鉴中毕业于2004年至2006年的十个男孩加了标记,他们都或多或少地有几分符合克莉丝汀·卡斯蒂利亚的描述。有些人是尖鼻子,有些人是招风耳,但所有人都没有违法犯罪记录。

---

① 美国热门电视剧集《绝望的主妇》的主演。
② 美国顶级厨师,又是名餐馆连锁网的老板,在世界各地拥有多家餐馆。
③ 一种小型食用鱼。

朱斯蒂娜付了账单,然后来到门外,等待着泊车员将自己的车开过来。这时她拿出手机一看,发现有两个未接来电:第一个是鲍比打来的,另一个来电人是佩吉·卡斯蒂利亚。

这可能吗?难道克莉丝汀那边有了重大发现?朱斯蒂娜赶紧回拨了佩吉·卡斯蒂利亚的电话号码,并不停地喃喃自语:"快点,快点……"铃声响到第五下时,对方才接通了电话。

"离我女儿远点。"克莉丝汀的母亲冷冷地说,"她是个容易焦虑的孩子,现在她已经开始让人担心了。你不能依赖她说过的任何话,明白吗?因为她不想让你失望。现在她正在自己的房间里哭泣。"

朱斯蒂娜造成了小小的交通拥堵,不过对象只是人行道上的行人。她退后几步,低下头盯着自己的蓝色网球鞋,向佩吉·卡斯蒂利亚表示了歉意。她还告诉这位母亲,她并不想让克莉丝汀感到不安,但是将女孩牵涉进来的确是有必要的。

"必要?对克莉丝汀来说可不是这样的。"佩吉·卡斯蒂利亚刻薄地说。

朱斯蒂娜的头皮跳动着作痛,她握紧手机说道:"佩吉,有人已经杀害了十三名女孩,这还只是我们已经知道的数字。克莉丝汀是目前唯一的线索和突破口,难道你真的想阻碍我们找出凶手并将其绳之以法吗?"

"我没工夫也没必要担心其他女孩,史密斯医生。如果你也有个女儿,也许你就会明白这一点。请你离克莉丝汀远一点,别让我打电话报告有关当局。别逼我。"

"我就是有关当局!我有资格让她作为重要证人接受询问。"朱斯蒂娜的声音高亢紧张,已经不受自己控制,"请别逼我。"她对佩吉·卡斯蒂利亚说,"别让我最终强迫她再次接受与警方的谈话。"

"你尽管试试看,史密斯医生。我会和你抗争到底。"佩吉·卡斯蒂利亚说完就挂断了电话。

七十五

朱斯蒂娜驾车行驶在回家的高速公路上,心中充满了激动和恼怒。西摩从温蒂·伯尔曼的衣物上获取了可行的 DNA 样本,但是在 DNA 数据库里却找不到匹配项。没有匹配项,她就无法进一步锁定杀害温蒂·伯尔曼的凶手。

他们如此靠近真相,但是却又一无所获。

此时此刻,"街头佛瑞克"组合正在酝酿另一场杀戮。

路边出现了一个熟悉的出口标志,朱斯蒂娜突然作出了一个决定。她转动方向盘驶向出口匝道,然后朝鲍比的家开去。

鲍比有办法减轻朱斯蒂娜的焦虑。也许他可以对佩吉·卡斯蒂利亚进行劝导,如果不行的话,他还可以起诉她,最终迫使她允许女儿和朱斯蒂娜合作。

很好,真不错!

鲍比的车停在狭窄的车位里,紧贴着他房子侧面的倾斜坡道。朱斯蒂娜将车停在距离大门稍远的地方,然后步行穿过了大门。她按响了门铃,但是鲍比没有立刻应门,于是她走上熟悉的石头小径,绕到了房子后面那片巨大的草坪,站在这里可以看到非常壮丽的峡谷景观。

她轻轻滑落自己的鞋子,让双脚感受着茂盛青草的抚摸。

她看到他了,鲍比正躺在室外按摩浴缸里。朱斯蒂娜高兴地喊道:"鲍比,我来回你的电话了。"

他以一种极其不自在的姿势站了起来,与此同时朱斯蒂娜看到浴缸里还有一个女人——她什么都没穿。

七十六

朱斯蒂娜立刻接受了这一切,但是浴缸里的女人却尖叫起来,并用手捂住了平坦的胸部,她的皮肤因被热水浸泡而变成了亮粉红色。鲍比的脸因愤怒而扭曲,他高喊道:"朱斯蒂娜,你就站在那里别动。"

他的手在浴缸边缘摸索,寻找着自己的眼镜,这时他的约会对象朝他呵斥:"把我的浴袍拿给我,快!我要浴袍!"

现在朱斯蒂娜已经认出这个裸体的女人是谁了,她是鲍比的妻子玛丽莎。鲍比和这个女人分居已经超过一年了,他不再爱玛丽莎,而她也早就搬到了菲尼克斯,两人已经准备好,随时都可以签署离婚文件。

朱斯蒂娜愣在那里,感到五脏俱焚,失望和受伤一起向她席卷而来。

她想马上跑开,但是眼下最好的选择是做最困难的事情:面对现实,得到答案。

其实她非常清楚玛丽莎·裴提诺为什么会出现在这里,不过无论如何她也得问个明白。

朱斯蒂娜向前走了两步,仍旧和浴缸保持一定的距离,但可以和里面的人正常交谈。她对玛丽莎·裴提诺说:"我是朱斯蒂娜·史密斯,很抱歉打扰了你,我以为鲍比是独自在家的。"

玛丽莎将浴袍紧紧地捂在胸前,用一双火热的眼睛瞪着自己的丈夫。

"鲍比,这个人是谁?"

朱斯蒂娜说:"鲍比和我已经交往了多长时间来着,鲍比?差不多有一年了吧?"

鲍比已经用一条浴巾裹住了自己的腰部,他的眼镜歪架在鼻梁上,整个人看上去好像因为热水浴而失去了应有的冷静和镇定,而这恰恰是他最不喜欢的。这个男人总是喜欢控制局面。

"朱斯蒂娜,该死,这真是太疯狂了,你知道吗?我们走,我送你去门口。"

朱斯蒂娜没有理会鲍比,而是对玛丽莎说:"请耐心听我说,鲍比有没有告诉过你他正在竞选州长?"

"这是什么意思?他当然告诉过我。对了,你刚才说他现在还在同你约会?"

鲍比站在玛丽莎和朱斯蒂娜中间,脸涨得通红,以至于朱斯蒂娜一度认为他将对自己动粗。

"我本来不应该以这种方式和你讲话的。"他说,"而你也不应该不打个电话就自行来到这里。"

"我爱着你,"朱斯蒂娜说,"所以我信任你。"

"我从来没有对你承诺过什么,我也从来没有对你撒过谎。"

朱斯蒂娜扇了他一记耳光,然后看着他脸上发白的手印。"一切都是谎言。"她对玛丽莎说,"难道你还不明白吗?"

玛丽莎·裴提诺捏紧了浴袍,狠狠地瞪着自己的丈夫,"现在我全明白了,鲍比。带着你的妻子竞选州长,当然比带着你的女朋友更有优势。"

"别这样,玛丽莎,让我们以后再谈这个,好吗?"鲍比恳求道。

"我可不想再和你有什么'以后'了。还有,谢谢你,朱斯蒂娜,我很感激你提醒了我,这个即将成为我前夫的男人是一个有着蛇蝎心肠的阴险家伙。"

"不客气。"朱斯蒂娜说。

"你能载我一程吗?"玛丽莎问朱斯蒂娜,"我的车停在比佛利山'希尔顿'酒店,我只需要两分钟就可以穿好衣服。鲍比,我真恨不得你他妈的得麻风病死掉。"

"我的车就停在大门外的路边。"朱斯蒂娜对玛丽莎说,"蓝色的'捷豹',我在车里等你。"然后她转过头对鲍比说:"祝你在州长竞选中一路顺风,鲍比。还有,别再给我打电话了。"

第四部
D女士

七十七

日落大道旁的夏特蒙特酒店在洛杉矶颇具名气,安迪的临时居所就在这里的三楼。现在差不多是上午十一点,他的酒店套房外的门把手上还挂着"请勿打扰"牌。我没有因此退缩,而是在实木门板上敲了又敲。

"安迪,我是杰克,快让我进来。"

"走开。"安迪从门的那一边喊道,"不论你如何绕弯子,我都不会买账。"

"得了吧,你这个头脑发热的家伙。我已经通知酒店的大堂经理,说你现在有自杀倾向,而且极度危险。如果你再不开门,我就会让他用钥匙帮我开门。"

门最终打开了。

安迪穿着皱巴巴的睡衣裤,左手握着一瓶喝了一半的芝华士威士忌。他的头发横七竖八乱蓬蓬地堆在头顶,看上去他已经有很长一段时间没有梳头和洗头了。

"我已经把你解雇了,不是吗?"

"没错,你这个笨蛋。你放心,我不会再找你收一分钱。今天我之所以来这儿,是因为我是你最好的朋友。"

我跟着安迪进到了客厅,这里的光线很昏暗,窗帘被关得死死的。

电视机里正在播放哈里森·福特主演的老电影——《目击者》。这间套房的布景风格让人仿佛回到了20世纪30年代,换个角度看又有点像纽约市曼哈顿区西部的公寓房,不过放在超大型电视机旁边的椅子上的打开着的比萨盒却可以证明这里是21世纪的洛杉矶。我把这个比萨盒拿到开放式厨房,扔进了垃圾桶。接下来,我回到客厅,并在他身旁坐下。

"你最近怎么样?"我问道。

"真他妈的十全十美啊,难道你看不出来吗?"

"我很难过。"我说。

安迪举起酒瓶喝了一口,然后对我说:"那么这一次是为了什么,杰克?上次我看到你的时候,你告诉我说我的老婆是个妓女。现在你又有什么新东西要告诉我?"

"她在吸毒。"

"什么?你说什么?"

"她是可卡因成瘾者,也许还在吸食海洛因。"

"我靠,去你妈的,杰克。噢,天哪!我的意思是谁他妈的还在乎这些呢?她已经死了,杰克!她死了!看看她给我留下了什么烂摊子!警察整日整夜地跟在我屁股后面,随时想找我麻烦。朋友们都躲避我,而我想他们都有充分的理由。还有,这个该死的套房每天都要浪费我一大笔钱。这一切都是我那卖淫外加吸毒的老婆造成的。"

"安迪,问题的核心在于,她吸毒成瘾的事实也许可以解释发生在她身上的一些事情。例如她为什么过着双重生活?她为什么那么需要钱?也许还可以解释她为什么不把真相告诉你。"

安迪拿起了电视机的遥控器,在我说话的时候不停地转台。他的眼神空洞虚渺,俨然一个丢魂失魄的行尸走肉。

"而且,这勉强算得上是一条线索。"我补充道,"我们已经得知了与她交易的毒品贩子的情况。正如我一直以来告诉你的,如果我们找到了杀害谢尔比的真凶,你就彻底摆脱了嫌疑人的身份。"

安迪终于将头抬起来,注视着我,"快过来,杰克,我真想给你一个热吻。"

我站起身来,从他手中夺下遥控器,关掉了电视机。

"我很想帮助你,这是真的,安迪。"

"嗯……"

"就像你曾在学校里帮助我一样。当时,和我约会的女孩背着我与亚迪·德维尔乱搞。"

"我记得她好像叫萝瑞尔什么的?"

"是的,你帮助我从萝瑞尔·韦尔奇事件的阴影中走了出来,而且你还阻止我一时冲动杀死亚迪·德维尔那混小子。我差点杀了他,安迪。还有,你还记得有一次我开车撞上了普罗维登斯市中心的公用电话亭吗?你不停地安抚和开导学校的教务长,还有我那老头子。"

安迪笑了,"哈哈!你那老头子。"

尽管很微弱,但至少是发自内心的笑。现在我隐约感觉过去的安迪又回来了。

"我很清楚,你是个好人,杰克。国际私人侦探公司很出色,比你父亲经营的任何时候都更加出色。"

"今天晚上我带你出去吃晚餐。"我说,"一个很棒的地方,在海边。"

"谢谢!"他的眼睛里噙满了泪水。

我们在门口互相拥抱,拍打着对方的后背。

"事实上,我真他妈的为她感到难过。"安迪开始痛哭,"她的处境其实很糟糕,可她却不能告诉我真相。她为什么不能告诉我?我是她丈夫。我可是她的丈夫啊,杰克。"

七十八

根据谢尔比的电影明星客户——或者说她的情人——所提供的消息,她的毒品贩子是一个有犯罪前科的男人,名叫奥兰多·佩雷斯。

我已经在警察局看过奥兰多·佩雷斯的前科档案,他是个充满暴力倾向的人渣,曾因家庭暴力和无数次方式各异的人身侵犯罪行而被拘,最终因蓄意私藏毒品被判在奇诺市监狱服刑三年。他很机灵,也很幸运,所以自他在2008年从那个地狱般的地方出来之后就再没有回去过。

如今,佩雷斯和他的妻儿住在伍德罗·威尔逊大街旁一栋价值两百万美元的仿希腊复古式建筑风格别墅里。当我们到达这儿时,看到他的

私人车道上停放着两辆车,一辆是最新款的宝马轿车,另一辆是黑色的埃斯卡拉迪①,轮圈是镀了金的。

在刚刚过去的四十八小时里,德尔里奥一直在尾随佩雷斯,并用半个葡萄柚大小的抛物柱面反射器天线和一枚森海塞尔 MKE2 领夹式麦克风监控他的谈话。这一整套装备价格不菲,但我从来不会在乎国际私人侦探公司在装备方面的投入。

根据德尔里奥掌握到的情况,佩雷斯的客户非常广泛,不仅有政商人士,还有时装模特和刚刚崭露头角的年轻女明星。每当他遇到新客户时,往往会找一些老客户来当托儿。交易就在停车场或路边进行,老客户坐在佩雷斯的越野车的前座上帮助主人鼓吹产品,而他们自己则可以在下一次交易中享受折扣。

别墅的前门被打开了,一个浅黑肤色女人一只手怀抱婴儿,另一只手牵着一个初学走路的小孩走进了宝马车,然后开车从我们身旁经过。

"这是他可怜的老婆。"德尔里奥鄙夷地笑着说。

他戴上自己的耳机听了片刻,继而告诉我佩雷斯现在是单独在家,他正跟一个不满意的客户通话。客户的名字叫"蝴蝶",佩雷斯让她先做几下深呼吸,然后表示自己很快就会到达,并将她需要的东西带去。

"他们说好了,他会与蝴蝶在卡汉加大道的假日酒店停车场见面,二十分钟之内。"德尔里奥说。

"嗯,看来他见不成了,我们走。"

我们离开汽车,走到别墅的前门外。我按响了门铃,没过多久又按了一次,然后喊道:"快开门,佩雷斯先生,你有一张出版交换所公司②为你开具的一千万美元的支票。"

我吩咐德尔里奥守在埃斯卡拉迪旁边,就在这时佩雷斯突然迅速打开了房门。

他光着脚,有一头漂白过的齐肩长发。他头发的颜色与棕褐色的皮肤以及傅满楚③式的胡子形成了鲜明的对比。他的胡子背后有一道伤疤,

---

① 凯迪拉克高端越野车。
② 美国一家知名的大型多渠道直销公司,经常举办抽奖活动。
③ 英国小说家萨克斯·罗默于 1913 年出版的小说《傅满楚》中的主人公。

更使他显得凶神恶煞。

他的脸是不是谢尔比·库什曼在这个世界上所见到过的最后一张脸？如果是的话，对此我完全不会感到惊讶。

到底是不是这个王八蛋因拖欠货款而对谢尔比下毒手？我掏出自己的工作证，在佩雷斯眼前迅速晃了晃，让他误以为我是警察。这个人渣站在原地，犹豫了片刻。

"你们还得有搜查令才能进来。"他突然开口嚷嚷道。此时他的腮帮子鼓得像拳头，伤疤因拉伸挤压变成了不自然的白色。

德尔里奥重重地将他的肩膀抵在门板上，然后我俩就进屋了。

"看到了吧，我们不需要什么搜查令。"德尔里奥轻蔑地说。

七十九

奥兰多·佩雷斯越过背景音乐大声吼道："从我的房子里滚出去，快离开这儿！"

德尔里奥从腰间拔出手枪，然后大声对我说："杰克，我把我的书落在车里了。是一本关于谈判的书，叫《达成一致》，你能帮我把它取来吗？"

我说："让我们放开书，即兴发挥吧。"

"没问题。"德尔里奥说，"没有书我们也能行，看看我们能记住多少。"

佩雷斯的瞳孔很大，这是一种病态，看上去他的眼睛聚焦有些困难。"喂！"他对着德尔里奥的枪口喊道："我说滚出去，你们没听见吗？"

我把音响系统的电源插头从墙上拔了下来。

德尔里奥说："我们不是警察，但是在我们结束谈话后，你可以打电话找他们。"

毒品贩子动作很快，他一把抓起了放在躺椅上的手枪，继而将枪柄握

在手里。不过在他尚未来得及举起枪口时,我就踢中了他的膝盖,他重重地摔倒在地。

一发子弹走火了,我感到一股疾驰的气流经过了自己的耳朵。子弹打碎了一盏灯的玻璃罩,最后击中了壁炉架上的一幅斗牛士油画。

德尔里奥用脚将佩雷斯手中的手枪踢落,紧接着我把这个毒品贩子的身体翻转过去,并将自己的一只膝盖抵在他的后背上,然后用尼龙扎带①将他的两只手腕捆在一起。

我站起来以后,德尔里奥把他的枪递给我,接着用双手分别抓住佩雷斯的白头发和牛仔裤腰带,拖着毒品贩子在光亮的大理石地板上滑行,经过了一个形状颇似水烟筒的室内游泳池,最后进到了一间时髦的不锈钢厨房,我不得不说这里的确是相当漂亮。

"你……哎哟……喂!你们究竟想干什么?快放开我,听到没有?"

德尔里奥用粗壮的手臂将毒品贩子提起来,然后将他的脸推向灶台上的炉盘,离炉子的点火口只有几英寸远。

"你为什么杀了谢尔比·库什曼?"德尔里奥对着毒品贩子的耳朵吼道。

"我不认识什么谢尔比。"

德尔里奥旋开了点火器开关,蓝色的火苗跳了出来。

佩雷斯说:"恐怕你还不知道我的背景,先生。"

德尔里奥说:"你也一样。"然后将炉火调大了。毒品贩子的白头发燃烧起来,发出了一阵"嘶嘶"声,房间里弥漫着一股焦煳味。

"天哪!不不不,噢,快关了它,求你了,把火关掉。"

德尔里奥揪住毒品贩子的衣领,然后将他的头拉起来,远离了炉火。他再次问他:"你为什么杀死谢尔比?"

"我没有杀她!她是欠我几千美元,差不多有四千左右吧。她的账期早过了,但她是个好女人。我喜欢谢尔比,每个人都喜欢谢尔比。"

"让我告诉你接下来的游戏规则是什么。"德尔里奥说,"你再撒谎,

---

① 设计有止退功能,只能越扎越紧的用于捆扎东西的带子,常用于机电产品的电缆、电脑、电子产品、汽车线束等,在生活中比较常见。

我就会把你的脸按在炉灶上。明白了吗？"

佩雷斯使劲踢打挣扎，但他无法从德尔里奥的手中挣脱。德尔里奥再次将他的头凑过去，这回烧焦了他的一部分胡子，并使得他更加恐慌。

我正试图将德尔里奥从佩雷斯身上拉开，毒品贩子突然尖叫起来："听我说，我没有杀她，但我也许知道是谁干的。"

德尔里奥猛地将佩雷斯拉起来，然后将他的身子反转，大声说道："不许撒谎，听到没有，否则你的脸就不保了。"

"我也是听说的。是一名职业杀手，为黑手党工作。"

"他叫什么名字？"

"我不知道，我怎么会知道这个？嗷……"在他喊叫的同时，德尔里奥又抓住了他的一束头发，迫使他的脸离炉火越来越近。

"蒙迪，他的名字叫蒙迪，听起来发音是这样的。"

德尔里奥和我一起将已知的黑手党杀手信息过了一遍，一个叫蒙哥马利——简称蒙迪——的本地杀手引起了我们的注意，我们一致认为此人的嫌疑最大。

"应该就是蒙哥马利。"我对德尔里奥说。

佩雷斯喊道："就是他！现在快把火关掉，老兄。"

德尔里奥将佩雷斯从炉灶旁拉开，同时对他说："你给我老实点，否则我还会回来拜访你的。我说到做到，伙计。"

八十

现在案子终于有一些眉目了，我和德尔里奥都清楚地感受到了这一点。从佩雷斯占地两平方公里的豪华庄园出发，来到位于马里布[①]北边奥

[①] 加州地名。

格拉山的一个职业杀手的养马场,一路上共耗费了二十五分钟的时间。

这里的私人车道没有铺柏油,而且路面上满是尘土。车道两旁是茂密的野草和灌木丛,一棵稍高的树的树干上钉了一块牌子,上面写着"严禁擅闯"四个大字。拐过一个弯以后,车道笔直地通往一间盖着木瓦的农舍。经过长年累月的日晒雨淋,农舍的外墙和屋顶都变成了暗淡的银灰色。

农舍背后有一个新建的谷仓,旁边还有一个小围场,里面有一头骡子和三匹红棕色野马。其中一匹马正在抓捕树底下的苍蝇,脑袋"嗖嗖"地快速移动着。小围场的后面是一条骑马小道,通往一英里之外的平坦的丘陵,看不到尽头。

德尔里奥刚踩下刹车,上方突然闪过一道白光,我不由自主地抬头望去。

我看到了一台安装在屋檐下的圆滚滚的阿维吉尔[①]一千六百万像素监控摄像机,我曾考虑过为自己的别墅安装同样的监控系统。这款摄像机不仅可以拍摄高清晰广角视频,还具备红外线摄录功能。

房门的铰链发出了长而尖的"吱呀"声,一个手握 AK47 的男人从房子里面走了出来,在他身旁还跟着一只长得奇形怪状的狗。这个男人瘦长结实,没什么显著的特征,或许这种长相正好适合他所从事的职业。狗的脑袋看上去很像一个巨大的甜瓜,看到我们下车,它变得有些紧张,低沉地吼叫着。

当我将自己和德尔里奥介绍给蒙迪时,丝毫不敢放松对狗的警惕。尽管我面对的男人是个杀人无数的职业杀手,他手里的武器可以在几秒钟内就把人打成漏勺,不过我依旧装出一副漫不经心的样子。

与此同时,我极其谨慎地观察着那位站在我身旁的脾气暴躁的伙伴。德尔里奥的后腰上别着一把装满子弹的手枪,也许他拔枪的速度赶不上蒙迪,可这并不意味着他不会这样尝试。我感到自己的上嘴唇有汗水渗出。

蒙迪说:"你们想干什么?"他的声音很高亢,夹杂着几分孩子气。

[①] 美国著名的高清监控系统供应商,在全球安防业界位居领先水平。

"我是杰克·摩根,来自国际私人侦探公司。谢尔比·库什曼的丈夫是我的客户。"我说,"我们不是针对你,我只是想知道谁希望谢尔比死。"

"我听说过你的大名,摩根先生。但是我不认识你所说的叫库什曼的人。"

我继续说:"如果针对谢尔比的袭击是有预谋的,如果杀死谢尔比这一行径是想发出某种信号,那么我们很想把这个问题弄明白。"

蒙迪说话时,他薄薄的嘴唇几乎没有动,"我再说一遍,我不认识什么叫库什曼的人。如果我的确知道谢尔比通常在下午四点小睡片刻,那也不是什么有预谋的想法。好了,我不会告诉你们任何信息。现在请你们离开吧,出去的时候动作慢点,别吓到我的马。"

"谢谢你,蒙迪,你真的很专业。"我说。接下来,德尔里奥和我一起原路折返,回到车里。

我发动了引擎,然后慢慢地倒车转向,继而沿着私人车道向外驶去。背后尘土飞扬,几乎看不到任何东西。

八十一

我一直都在非常努力地分析和探究女学生谋杀案,为了那些无辜的女孩们,为了朱斯蒂娜,二者兼而有之,好不容易我终于让自己睡着了……一阵由手机振动所发出的"嗡嗡"声猛地将我从梦里拉了出来,我的心还"怦怦"地狂跳着,我甚至觉得我的心脏瓣膜都被损坏了。我迅速打开手机翻盖,而且根本没有留给对方说话的机会。

我直接对着手机喊道:"还没有!"然后"砰"的将它扔回床头柜。

这个打电话的家伙真他妈是个混蛋!刚才在梦里我马上就要看到我想看的东西了,马上就能将我心底的谜团弄明白了。我几乎就要做到了,关于我在阿富汗遭遇的空难,还有什么细节是被我遗漏了并且没被找回

来的？

我将头重重地靠回到枕头上。刚才的梦境在我的脑海里依然生动鲜活，只可惜它结束了，就像电影结束了一般，唯一的不同之处就是电影末尾的黑屏字幕换成了卧室的天花板。

这个梦境与我的记忆是相符的，我站在 CH-46 的舷梯旁，听到了炮弹的爆裂声。转眼间，直升机燃起熊熊大火，有人开始大声尖叫。

丹尼·杨仰躺在黑暗中，他的飞行服被自己的血浸透了。血实在是太多了，以至于我无法看出他是哪里受了伤。

我大声喊叫着他的名字，紧接着一切都突然停止了。我的耳边响起了一个声音，听起来就像是静电干扰声，然后我的视线变得模糊起来，渐渐地什么都看不到了。

我尽力了，但还是什么都看不见。我搞不清楚刚刚发生了什么，尽管时间只过去了几秒钟。

我再次开始复习那一段情节，将梦和现实记忆联系在一起。

不论是在梦境中还是在记忆里，我都把丹尼·杨从飞机里面拉了出来，然后将他扛在我的肩膀上，带着他穿过了燃烧的战场。

我把他安全地放下来，接下来又发生了什么？

我平躺在地上，而丹尼在离我几英尺远的地方毫无生气地躺着。我死了，然后又在德尔里奥的帮助下活过来了。

我躺卧在柔软的床上，用枕头盖住了自己的脸，更多关于丹尼的形象开始在我眼前一一浮现。

丹尼曾是一个奶农，这份工作是世袭的，他的祖父和父亲都在得克萨斯州的一个小镇里做奶农。他应募加入海军陆战队，据说是因为他觉得这是他自己的责任。不过，还有一个无可否认的原因是这样一来他就可以远离他不喜欢的牲口棚。我也做了同样的事情，不过我是为了摆脱自己的父亲。

这孩子为人坦率，也很真诚，而且对一切事物都充满了好奇，让我不得不喜欢他。他毫无狡猾诡诈之心，虽然单纯天真，但是情感丰富，还很喜欢说话。

我和他一起服役只有半年时间，但是在那六个月里，他是除了德尔里奥之外，我在整个飞行中队里唯一能对上话的人。他也是唯一一个不把我视做特权阶级，只让我做回我自己的战友。

我的脑海里又闪现出了丹尼的妻子——希拉的形象，她有一头草莓色金发和一双灰色的眼睛。那时我刚回美国，去到了丹尼的家。我记得我和她一起坐在小而阴暗的客厅里，黑色的布料将屋子里的镜子全都覆盖起来。房间里的每一个家具都让人感到不安，似乎它们再也不会派上用场。

我告诉希拉，当丹尼离开人世的时候，我和他在一起。我还告诉她，他在去世前就已经失去知觉，所以没有遭受什么痛苦。他是个勇敢的人，我们都很喜欢他，而且我说的每一个字都是真的。

希拉用双手抚摸着隆起的腹部，她没有大声哭泣，但是泪水却顺着她的脸颊流了下来。

"我们的第二个女儿就快出生了。"她说。

静电干扰声再次在我耳边响起。我发现自己的记忆中有一段空白，这意味着有些东西被我遗漏了。有些事情曾经发生过，会是什么事呢？还有什么东西是我不知道或忘掉的？

该死的电话再次响了起来，我也彻底回到了现实中。

八十二

手机在我手中鸣响，声音非常刺耳。面板上显示的时间是七点零四分，来电人是汤米·摩根。

我将手机凑到耳边，对我的兄弟说："你在一分钟之前是不是给我打过电话？"

"我昨晚打过你的座机，你没收到我的留言吗？我的主治医生想和我俩见个面，时间是今天上午九点。"

"今天？你在开玩笑吧？我有工作要做，难道你不知道？"

"我当然知道，而且我还知道这曾经是老汤米的工作。"他说，"今天的会面很重要，不过一切随你。"

此时此刻，我正坐在蓝天医院的接待室里，整间房子都是淡蓝色的，没有窗户，每一面墙壁都用瓷砖拼出了各式各样的小鸟在蓝天中翱翔的壁画。四周零散地摆放了一些不成套的崭新的北欧风格家具，使房间显得十分开阔。

我感到很沮丧，因为我被叫来这里，以至于不能参加公司的早会。但是，如果是因为我的缘故而导致汤米的康复计划失败，那我更不能原谅我自己。如果一切顺利的话，我可以赶在十点半之前到达办公室。女学生谋杀案已经开始发酵，全国橄榄球联盟的案子同样也是如此。

趁着等待的间隙，我加入了伦敦分公司与一个客户的电话会议，当我看到一间办公室的房门被打开时，立即合上手机退出了这个会议。一个男人走出办公室，继而朝我的方向走来。他很瘦，个子很高，头发是灰白色的，穿了一件黄色开襟羊毛衫和一条熨平了的棉质宽松休闲裤，脖子上还挂着一副眼镜。

走近以后，他朝我微笑，我也站起身来同他握手。突然，他一个趔趄倒向一边，几乎摔倒在地。

与此同时，周围的一切东西突然朝着一个方向滑去。我赶紧抓住自己的椅子，重重地坐在上面。

怎么回事？

天花板上的吊灯不停地摇晃，光影在灰白色的地毯上闪个不停。我听到了一阵轰鸣声，有点像狂风——但是现在并没有风。

地板正像河面般起着涟漪。

我紧紧地抓住椅子的扶手，可椅子正在颠簸，就好像它是活的，而且试图将我摇下来。

我看到穿着黄色开襟羊毛衫的男人用双手捂住了后脑勺，墙上的壁画从中间裂开了，红色的花从花瓶里飞了出来，就像火箭一样。玻璃纷纷破碎，紧接着四周的光线突然暗淡下来——停电了。

一群慌张的人匆忙地奔跑着穿过黑暗的接待室，一路上都在尖叫。

我使劲抓住椅子,就好像我现在已经瘫痪了一般,但是内心的恐慌正在蔓延,使我如同暴风雨中断落的电线。房间开始旋转,而我再次置身于那里……飞机在死亡漩涡中急速下坠,我不能做任何事来阻止它的坠毁和紧接而来的死亡。

八十三

我知道有能力像摇撼一块破布一样摇撼整栋楼的巨兽是地震,一定是地震。但是在黑暗中,随着椅子的剧烈颠簸,以及地板在我脚下呈波浪形卷动,使我好像从现实中被抓了出来,然后猛地丢进了七年前的那一天。

我正坐在CH-46的驾驶员座舱里,突然地对空导弹撕裂了货舱的地板,并摧毁了机尾的螺旋桨。当爆炸的冲击力吹过机舱时,那声音听起来仿佛是世界末日来临时的怒号。

直升飞机旋转着下坠,我被惯性固定在座位左侧无法动弹。我用尽全力关掉发动机,减弱了猛烈的右转,但是我不能逆转重力的效果。

我在漩涡中坚持,奋力让飞机恢复水平状态,我感到自己的肩膀几乎都要被拉得脱臼了。

我只有一个想法——让直升飞机完整无损地着陆,然而机器却一直在和我搏斗。透过夜视镜,我看到旋转着的大地离自己越来越近,甚至马上就要撞上去了。我死死地握住操纵杆,生死就在此一搏了。

飞机的起落架划开了地面,我感到自己的双腿震动得很厉害。这个力量非常恐怖,震得我的骨头"嘎吱"作响,不过飞机最终完整无损地停下了。

我松开安全带,伸出手去摇晃着德尔里奥的肩膀。

他转过身来,抓住我的手臂说道:"一次不平稳的降落,杰克。太他妈

的颠簸了!"

准尉和机工长从我身后的机组人员登机门跳出了飞机,德尔里奥从我俩座位中间的过道穿过去,随后跟着他们跳进了茫茫夜色中。

我本该从我身旁的侧窗跳出飞机,但是我当时一定又回到了货舱,因为我接下来的记忆中的景象是损毁的货舱,它的一半被导弹撕离了,剩下的那部分横七竖八地堆积着死去的海军陆战队队员。

真是无比恐怖的场景,而这一切都是真的,不是梦魇。

二十分钟之前,当我们刚刚起飞时,十四个男人谈笑风生,欢呼不断,然而现在他们却支离破碎,堆积着靠在机舱的左侧。

丹尼·杨独自一人躺在另一个角落,浸泡在自己的鲜血中。我伸出手去想摸他的脉搏,但是我的手一直在发抖,触觉也是麻木的,什么都感觉不出来。

我呼唤着丹尼的名字,但是他没有回答。他的眼皮在动吗?我自己也不清楚。

我将丹尼扛在肩上,拖着沉重的脚步缓缓地穿过机舱。突然,我听见有人在喊我的名字。我转头一看,发现杰弗里·艾伯特下士正躺在机舱的后部,他被压在很多具尸体下面。

他痛苦地呻吟着。

驾驶员座舱已经起火了,照亮了机舱,但是我透过夜视镜所看到的是一片模糊。

杰弗里·艾伯特使劲扭动自己的头,与我的目光对视,与此同时我作出了一个生死攸关的评估:杰弗里不仅仅是被尸体压住了,他的双腿在爆炸和坠毁过程中已经严重断裂,骨头伸出来,撕裂了飞行服的裤子。我无法凭借一己之力将他救出去。

他尖叫道:"救救我,上尉,别让我留在这里被活活烧死。"

"我会回来的。"我朝艾伯特喊道,"我去找人帮忙,很快就回来。"

艾伯特尖叫着说:"他已经死了,上尉。丹尼已经死了,快来救我啊。"

八十四

康复中心接待室的照明灯闪烁了几下,紧接着全都亮了起来,耀眼的白光几乎使我目眩。

当我朝四周看去时,发现墙壁像蛋壳一样破裂,地毯上到处都是灰泥和玻璃碎片。我感到自己既在蓝天医院,同时又在阿富汗战场。记忆涌入了我的脑海,仿佛汽油在坚硬的荒漠地表上流淌。

人们向我跑来,透过夜视镜我看到了在黑夜中发出绿色磷光的一个个运动着的人影。我将丹尼·杨放在地上,接下来……我记忆中那个巨大的裂缝被打开了。我仿佛就在那里,然而又不在那里。

我死了,然后我又活了过来。出于什么原因,我不知道。

我的胸腔感受到了强烈而痛苦的压力,紧接着德尔里奥的形象出现在我眼前,他说:"杰克,你这个王八蛋!"

他并不知道我将杰弗里·艾伯特留在那里等死的事实。

他不知道,而我在很长一段时间里也不知道,我在失魂落魄之下产生了幻觉,就好像我在一间酒吧里被德尔里奥使劲击打。现在我第一次想起来了,我在自己的记忆裂缝中下坠,落向羞愧的深渊。

在可怕的事实面前,此前我关于自己的一切认知统统都被融化掉了。我遗弃了一个人,我对他作出过承诺,说我还会回去,但是我却遗弃了他。

我真希望德尔里奥没有将我救回来。

就让我那样死去该多好。

一个声音在我耳边响起:"杰克,杰克,你还好吗?"

是德尔里奥吗?我到底在哪里?

我看着眼前这个头发灰白的男人,他的脸离我如此之近。他是谁?他怎么知道我的名字?

"我叫布兰登·麦克金蒂,是汤米的心理医生。你一直在呻吟,你哪里受伤了吗?"

"我……我还好,只是……"

我挣扎着想站起来,麦克金蒂医生朝我伸出一只手,我立即伸出手去抓住他的前臂,然后将自己拉了起来。周围的人们依旧很慌张,三两成群地从我们身旁急匆匆地跑过。

麦克金蒂用安抚的语气说道:"会好起来的,我会找位医生来为你诊断一下,杰克。"

"不用了,我很好,我真的很好。"

麦克金蒂说:"汤米,看来我们不得不推迟会谈,让我们重新安排一下时间吧。"

我抬起头,看到我的孪生兄弟正站在离我几英尺远的地方。他回答道:"噢,不,别这样,我们不必取消会谈。杰克经历过的大风大浪堪比阿波罗登月,一次小小的地震不会难倒他的。你说是这样吗,杰克?"

我真想马上进到我的"兰博基尼"里面,然后将油门踏板一踩到底。我真想一直开车,直到我在方向盘上睡着。我渴望采取一切手段来摆脱内疚,以及最终被我回想起来的那段难以忍受的痛苦经历。我曾把一个死去的朋友从燃烧着的直升飞机里救了出来,却把另一个活着的人留在那里。

"喂,你还好吗,兄弟?"汤米问道,"怎么回事,你已经在这里了,既来之则安之,要记得你是个大忙人。"

我感到非常眩晕,几乎不能说话,但我从喉咙里硬生生地挤出了几个字:"我们现在开始吧。"

八十五

在当下这一刻,我头脑外面的世界看起来非常恍惚,似乎并不是真的存在。现实好像是梦境,而我的回忆却更加真实可靠,并且富有生气。

周围的声音听上去好像与我毫不相干。外面的高速公路上,警报正尖声鸣叫。公共广播系统传出了响亮刺耳的说话声。汤米和麦克金蒂医生并排着沿着走廊一边行走一边交谈,我则紧跟在他俩身后。

当我跨进麦克金蒂医生的办公室时,迅速地低下了自己的头。

这个房间很小,地震使得图片和书在硬木地板上散乱一地。麦克金蒂扶起了一盏倒下的落地灯,然后将它打开。

他说:"杰克,说真的,我们其实可以换个时间再谈的。"

"我很好。"我说,"真的,我巴不得现在就开始。"

我们略微清理了一下房间,然后将两把完全相同的木质扶手椅并排地放在麦克金蒂的可调式躺椅对面。我感觉杰弗里·艾伯特就在这个房间里,而且躲在某个角落里一直注视着我。当我和汤米坐上了扶手椅,而麦克金蒂则舒适地坐进他自己的"拉兹男孩"①躺椅时,我的脑子里突然产生了一个非常疯狂的想法,但是我不得不这样想—— 每天给我打电话并咒我死的人是不是杰弗里·艾伯特?

汤米戏谑地说:"不论如何,我认为加州是不可能与美洲大陆断开的。"

我和汤米的穿着很相似,都是白色衬衣、休闲西装和牛仔裤,我穿了一双休闲皮鞋,汤米穿的则是莫卡辛软帮鞋。他那没刮胡子的脸上挂着

---

① 美国第一大沙发躺椅品牌,诞生于1929年大萧条时期。它是由爱德华和艾德温两个堂兄弟创立的,爱德华是木匠,艾德温则是农夫。

玩世不恭的坏笑,使他看起来有点像《广告狂人》[①]中的男主角。

他的妄自尊大是与生俱来的,这种自鸣得意不可一世的优越感来自于我们的父亲。汤米以老汤米为蓝本,并继承了后者的所有糟粕。

麦克金蒂先询问我们是否想喝点什么,然后说道:"让我们开始吧。杰克,我希望你可以再跟我们谈谈你的父亲,关于你对他性格方面的一些认知。"

真是说曹操曹操到。

"如果要你描述他,你会用什么词语呢?"

我的父亲已经死了超过五年,但是在我看来,他并没有真的死去。我说:"他很残忍,这就是他最大的特点。"

麦克金蒂医生笑了,继而问道:"你还能再详细点吗,杰克?"

"噢,见鬼!数不胜数,罄竹难书。一直以来他对待我母亲的态度都是极恶毒极残暴的。他使我和汤米相互竞争和对抗,甚至揪架,以求娱乐自己,直到某个人流血了或者哭了,他才会收敛一些。他认为自己什么都是对的,不论是体育、人性还是天气。在他自己眼里,他不是一个人,而是一个神。"

心理医生点了点头,"在我们这行,这样的人往往被称为'狗娘养的'。"他转过头看着我的孪生兄弟,"汤米,你又是如何看待你父亲的呢?"

"杰克只是从他自己的角度来看问题,杰克也认为自己什么都是对的。在我看来,父亲只是试图磨炼我们。"我的兄弟回答道,此时他脸上的坏笑已经消失了,因为我刚刚击中了他终生都在为之抗辩的痛点,"他不希望我们被这个世界所利用。"

我的兄弟为父亲的残忍和无情做辩解,我实在是不想听。他对麦克金蒂医生说:"父亲希望我们成功,可杰克从来都不懂得感恩。他鼓励杰克学橄榄球,并最终达到了专业水准。还有,杰克和我都在十三岁之前获得了柔道黑带。后来,杰克成为了海军陆战队队员,每当父亲谈及他的儿

[①] 首播于2007年的美国电视剧,故事背景设定在20世纪60年代的纽约,大胆地描述了美国广告业黄金时代残酷的商业竞争。

子成为战争英雄时,总是喜形于色,容光焕发,可见他是真的为此感到骄傲。"

我越过麦克金蒂的头顶,看到了杰弗里·艾伯特的脸,中间还隔着一块夜视镜。我看到他的脸上带着恐惧和痛苦的表情,我看到他被折断的腿骨划破了他的裤腿,我还听到他高声喊叫着:"别让我留在这里被活活烧死!"

"你在想什么啊?"麦克金蒂问我。

记忆中的画面如同迫击炮发出的炮弹,在我身边不断地爆炸和闪烁。我一直试图抑制真相,但最后身体里面的自我保护机制终于彻底崩溃。现在的我已经无可遁形,我并不是自己一直以来所认为的那种人。

我喃喃地说:"这是个错误,我不属于这里,现在我得走了。"

八十六

我从椅子上站起来,跌跌撞撞地朝门边走去。我的手刚触到门把手,便听见汤米喊道:"喂,杰克,你这是怎么了?不管你遇到了什么事,你都应该留下来参加完我们的会谈。你说是吗,麦克金蒂医生?"

"当然,杰克,请你坐下来。"

我不想让体内的恶魔跑出来,它很大,而且让我感到刺痛不已。我如何才能告诉一个陌生人,这些年来我一直在设法使自己远离什么?我又该如何将这件事告诉汤米?

"这地方很安全。"麦克金蒂说。

麦克金蒂的话是错的,这里很不安全。在汤米面前卸下我的自我防卫,需要的不仅仅是勇气。这是一个高风险的赌博,而且获胜的概率极低,并且还具有无法挽回的负面效应。但是与此同时,我的内心想要把实情说出来,逼我承认我曾做过的事,我在压力下逐渐失控。

"当时我正在执行一次飞行运输任务,从加德兹飞往坎大哈的美军基地。"我哽咽着说了出来,"飞机后面的货舱里有十四名海军陆战队队员。如果有一把螺丝刀落进 CH-46 的货舱,我都可以听得清清楚楚。所以,当导弹穿透飞机的底盘时,那声音……飞机被撕裂的声音……"

我想象着那些死去的战友的尸体,他们靠在货舱左侧,堆积在一起。

我强迫自己继续说下去。我描述了飞机的下坠以及由此引发的后果,还有我透过夜视镜看进了机舱里面,看到了那些尸体,看到了我浸泡在鲜血中的朋友。

"我用消防员救人的姿势将丹尼扛在我的肩膀上,然后我看到艾伯特下士醒了过来。他求我不要把他留在那里被烧死,可我已经扛着丹尼了,我得先将丹尼带到安全的地方去。艾伯特被一堆尸体覆盖着,他的双腿已经破碎。我需要找人帮忙才能把他救出去,我向他承诺过我还会再回去。"

这些话使我几乎不能呼吸。

"你还好吗,杰克?"

"杰弗里·艾伯特还告诉我丹尼·杨已经死了。"

"那你认为他死了吗?艾伯特又是如何确认这一点的?"

"我不知道。那是在晚上……丹尼不能说话……我也不能感觉到他的脉搏,因为我的双手……已经麻木了。

"在我们每次执行飞行任务之前的布置会上,都会反反复复地提到一条,那就是一旦遭遇事故,要尽己所能地救助别人,而且得优先将需要救助的伤员救出来。如果他们已经死了,就不必再营救了。每个人都知道这一点。

"如果丹尼当时已经死了,那我就相当于救了一个死人,却将一个活人留在里面被活活烧死。我应该再回去的。"

长久的沉默过后,麦克金蒂终于再次说话了:"那你为什么没有再回去呢?"

"我死了。"我回答道。

八十七

自我还是个四五岁的小男孩开始,一直到现在,我就再也没有哭过。当我父亲去世的时候,我也没有哭,甚至完全没有想哭的感觉。但是此时此刻,我因遗弃了杰弗里·艾伯特而导致的悲痛看上去是无法抑制的。我将头埋在双臂里,痛苦将我淹没。

我听见汤米正向麦克金蒂医生解释,说一大块飞来的金属片撞进了我的防弹衣,紧接着我的心脏停止了跳动。在心肺复苏的帮助下,我的心脏才得以再次恢复跳动。

在汤米说话的过程中,我看到了德尔里奥的脸,就好像他也在这个房间里似的。我听见他笑着说:"杰克,你这个王八蛋!你终于活过来了!"我还听见直升飞机爆炸的声音,并感觉到了穿过战场滚滚而来的炙热气浪。

心理医生说:"那时候你死了,杰克。现在请你告诉我,你本来是可以拯救那个人的。"

我动了动嘴唇,但无法说话。我站了起来,汤米也跟着站了起来。他张开双臂环绕着我,继而给了我一个拥抱。自我们俩十岁以来,这还是他第一次拥抱我。我伏在他的肩头哭泣,而他则开始安慰我。

这是我的亲兄弟。自从我们一起从医院被带回家开始,他就一直和我共享一个房间。我就像了解自己一样了解汤米,也许我对他的了解还胜过了对我自己的了解。我得承认在敌意的背后,汤米和我仍然是彼此相爱的。我想现在对我俩来说是一个非常重要的时刻。

我正想告诉他——将发生在我自己身上的事情讲给他听,这种感觉真好。但是,他却先开口说话了。

"这么说,原来那件事的真相是这样的?爸爸曾认为你是完美的,我想他弄错了。杰克老弟,其实你一点都不完美。"

汤米欺骗和愚弄了我,就好像捅了我一刀之后,还要转动刺进我身体的刀刃。

我的愤怒瞬间爆发了,而且势不可挡。我用尽全力将他推开,然后看着他撞到书架上,紧接着跌倒在地。

"你还有什么想知道的,麦克金蒂医生?"我说,"我想你已经听够了。"

我头也不回地离开了医院大楼。

八十八

现在我的心情非常糟糕,我感到自己被兄弟出卖了。我开上了高速公路,向北行驶,完全没有注意到在我两旁迅速移动的公路指示牌。

速度给了我一种逃离现实的感觉,可我的思想还像老鹰在猎物上盘旋一般难以抽离。我可以跑,但是我无法躲避杰弗里·艾伯特带给我的强烈并且可怕的内疚感。我知道按理说我没必要如此自责,不过这种想法对我一点帮助也没有。

我从出口匝道驶离了高速公路,来到了圣巴巴拉市[①]的卡里略街,接下来又上到了101公路,朝洛杉矶市区的方向驶去。

我把自己的手机放在车载支架上,然后拨通了朱斯蒂娜的电话号码。

她的声音通过扬声器进入我的耳朵,竟然使我泪流满面,"杰克,你在来公司的路上吗?我想向你汇报一些关于案子的最新情况。"

"你有时间和我喝杯咖啡吗?"我问她,"我想告诉你一些事情。"

"嗯,没问题。"她说,"我们在'玫瑰'咖啡屋见面吧。别告诉我你找

---

① 位于加州的一座海滨小城。

我是为了分享刚才的感受,杰克?"

"喂,你不会知道我想说什么的,总之有更特别的事情发生了。"

"我开玩笑的。"她说,"不和你闹了。"

在我的记忆中,当我和朱斯蒂娜一起喝咖啡的时候,从来没有发生过糟糕的事。而且,在我需要的时候,她总是陪在我身边,没有例外。

"玫瑰"咖啡屋曾经是一家天然气公司的调度办公室,墙上是一排多窗格窗户,天花板上有工字形梁。咖啡屋里面还有一家专卖面包的店中店,生意很好。这里的桌子都不大,尺寸和比萨饼差不多,几乎每张桌子周围都坐满了人。空气中弥漫着肉桂苹果味煎饼的香味,令人胃口大开。

当我走进咖啡屋时,看到朱斯蒂娜正坐在她最喜欢的那张靠后的桌子旁边等我。今天她穿了一条紧身黑色长裤和一件珍珠色上衣,领口处镶有荷叶边。她的头发扎成了一个高高的马尾,皮筋是粉红色的,这与她口红的颜色很相配。

她冲我笑了笑,然后把手提包放在地上,将凳子腾出来。当我坐下后,她问我:"地球'打喷嚏'时,你在哪里?"

身处"玫瑰"咖啡屋,让我回想起了过去和朱斯蒂娜在一起时的美好时光。以前我们常常在星期天的早上来到这里,一边看报纸,一边鉴赏和评估那些在隔壁的金色健身房锻炼结束后来这里喝咖啡的健身者。我多次在这里看到前任州长阿诺德·施瓦辛格[①],还有电影导演奥利弗·斯通[②],他的工作室就在几个街区之外的地方。

我告诉朱斯蒂娜,地震发生时我在蓝天医院,那里没什么严重的损伤。这是实话,但并不完全准确。

我很想告诉她其余的事,很想让她帮助我找回我自己。我真希望她能读懂我眼里的创伤。

"当时我在费尔法克斯大街。"她说,"我刚将车开进奥林匹克运动场外面的购物中心……哇靠!那一分半钟的经历可以铭记一生。"

---

① 著名动作巨星阿诺德·施瓦辛格于2003年11月就任美国加州州长,2011年1月3日卸任,任期长达七年。
② 美国电影导演和编剧,同时还是一名演员。其电影多是政治或战争题材,其中《野战排》《刺杀肯尼迪》和《天生杀人狂》等都是公认的佳作。

PRIVATE

她讲话的同时将自己的公文包放在桌子上,取出了一摞年鉴,继而将第一本翻开,让我看到了一个她写下的名单。

"我一直在祈祷,希望自己的直觉是对的,杰克。这些孩子当中的一个很可能就是我们正在寻找的杀手。下一步我打算和克莉丝汀·卡斯蒂利亚面谈,她是该案的关键人物,对此我深信不疑。"

接下来,朱斯蒂娜让我看了一些十几岁男孩的照片,这些人都多少有些符合克莉丝汀·卡斯蒂利亚对于涉嫌绑架温蒂·伯尔曼的男孩的描述。我试图将注意力集中到照片上,但是我的思想却控制不住地回到了阿富汗。我看到了丹尼,在夜视镜中他的血是绿色的。杰弗里·艾伯特在我的脑海中高喊着:"丹尼已经死了!"

"你还好吗?"朱斯蒂娜问道,"还有汤米还好吗?是不是发生了什么不愉快的事?"

"他很好,但是我……"我感到脸颊发烫,"我找回了一些关于战争的记忆,我想把它们告诉你。"

朱斯蒂娜看了看手表,紧接着立即合上了年鉴,"该死,杰克,我得走了。在二十分钟之内,我得赶到梅尔罗斯街与克莉丝汀会面。如果我迟到,她一定会走的。我有个主意,不如你和我一起去吧,我们可以在车里谈。"

"算了,还是你一个人去吧。"我说,"我的事可以再等等,真的。汤米很好,我也很好。"

朱斯蒂娜"啪"的一声关上了公文包,继而拿起了她的手提包,然后站了起来。突然,她毫无征兆地将一只手放在我的肩膀上。

我们的目光撞在一起,她笑了,那一瞬间我以为她会俯下身来亲吻我,但是她没有这样做。

"祝我好运吧。"她说,"我希望这个女孩能帮到我。"

我不假思索地脱口而出:"祝你好运。"她又告诉我说稍后再来找我。接下来,我透过窗户注视着朱斯蒂娜走到大街上,钻进了她的汽车……留下我独自一人孤零零地坐在原地。

这是你应得的,杰克,我告诉我自己。

192

八十九

最近这几天,朱斯蒂娜一直都在盲目的乐观和无助的绝望中徘徊。如果西摩和莫琳在詹森·佩尔森的电脑里找到的东西是真实可信的,那么"街头佛瑞克"组合几天后就会展开下一场杀戮。必须想办法阻止他们。

她几乎可以想象出他们的目标:一个十几岁的女孩,要么过于自信,要么过于天真,但不管怎么说她都很容易受到诱惑,从而草率地参加一个危险的约会,随之而来的很可能是横尸街头。

一想到这个,朱斯蒂娜就会感到头痛不已。她觉得自己离杀手如此之近,但与此同时她也知道现阶段自己的胜算不大。

另一方面,克莉丝汀·卡斯蒂利亚是一股积极的力量。朱斯蒂娜有理由相信克莉丝汀能助公司一臂之力,在下一个女孩死去之前找出杀手,并将其制服。

朱斯蒂娜将车停在繁忙的梅尔罗斯街旁边,她和克莉丝汀约好在这里见面。她看了看手表,发现自己早到了十分钟。

这条街的交通很拥堵,空气质量也很差。朱斯蒂娜调大了车里的冷气,然后将自己的黑莓手机从手提包里掏出来,放在汽车的仪表板上。

她扫视了一下街道,看到成群结队的孩子们在人行道上闲逛。

克莉丝汀不在其中。

中午十二点整,约定的时间到了,朱斯蒂娜的心中滋生了一些不好的念头。为了同朱斯蒂娜见面,克莉丝汀需要违抗自己的母亲,这样做需要极大的勇气。但是现在这个女孩是不是改变主意了?或者说,她会不会遇到什么突发事件了?

已经十二点一刻了,朱斯蒂娜对自己的担心确信不疑。

到了十二点半,她拨通了公司电话,请同事帮忙检查自己的座机语音信箱。没有任何来自克莉丝汀的留言。

朱斯蒂娜将手机扔回到仪表板上,此刻她的头痛在大脑里如蛛网般蔓延开来。

她真的很想跟杰克谈谈,但是在办公室之外同他见面是危险的。刚才两个人一起在"玫瑰"咖啡屋喝咖啡,已经勾起了她的往日情怀,使得她对他们曾经拥有过的一切感到留恋和感伤。

在过去,他俩都十分糊涂。拿她自己来说,她曾认为她能够使他敞开心扉,将他的感受全都告诉她。然而,杰克显然做不出这种亲密行为,可朱斯蒂娜又极其看重这个。

她曾送给他一个马克杯,上面有一个笑脸,还有一行文字:我很好,是真的。你好吗?杰克笑纳了这个马克杯,并且每天使用,但他仍然将内心的绝大部分在她面前隐藏起来。他似乎看不出谈论自己的内心世界对他来说有什么益处,而且看上去他也不需要这样做。

杰克很有魅力,他自己也知道这一点。女人们喜欢在他面前殷勤取悦,搔首弄姿,想尽办法靠近他,并将她们的电话号码告诉他。杰克面对自己的女人缘总是显得十分淡定和从容,并且从不抗拒,当然这也可能是他的天性使然。

她和杰克曾经大吵大闹,然后突如其来地和好,但接下来又是新一轮的争吵。当他们第三次或第四次分手时,杰克和一个女演员睡觉了。为了报复杰克,她也同鲍比·裴提诺度过了一个难忘的夜晚,但当时两人之间并没有感情,只有纯粹的情欲。这件事很快就被杰克发现了——这一点都不奇怪,杰克知道每个人的秘密。

她和杰克再一次和解,但两人间的隔阂和阴影始终无法彻底抹去,他们的关系注定再次走向失败。一年前,他们又分手了。事到如今,任何一种想要重归于好的念头都会伴随着另一种紧随其来的想法——那么这一次两人的关系又会以何种方式走向结束呢?

有人在轻轻敲打车窗,将朱斯蒂娜拉回到现实中。

窗外是克莉丝汀·卡斯蒂利亚,她面色苍白,穿着连帽衫和牛仔裤,正紧张地在街道上四处张望。一看到朱斯蒂娜转过头来,她立即打开门钻进汽车。

"史密斯医生,我有个想法。"克莉丝汀说,"我们应该到我上次见到那些男孩的咖啡馆去谈。"

朱斯蒂娜朝克莉丝汀笑了笑,她感到希望已经张开宽大的翅膀开始飞翔。"真是个好主意!"朱斯蒂娜说。

九十

这里就是一切开始的地方,不是吗?到目前为止所有的谋杀都始于这里。

紧邻海波里恩大街的"贝基馅饼之家"是一间简陋的小餐厅,兼供咖啡、奶茶等饮品。屋子里的灯光很昏暗,空气中夹杂着咖啡和消毒剂的味道——一名勤杂工正在用消毒剂拖地板。在收银机背后的墙壁上挂着一个电子钟,秒针每动一下都会发出清脆响亮的"滴答"声。

秒针每响一下,朱斯蒂娜就会设想杀害女学生的杀手这一秒在做什么。

"上回我们就是坐在这里的。"克莉丝汀边说边指着一个红色的塑料隔间,里面有一张伤痕累累的餐桌,在过去的几十年里数不胜数的蓝盘菜①为这张桌子印下了岁月的痕迹。

隔间的侧面是一扇大型玻璃落地窗,透过它可以看到午餐时间海波里恩大街上来来往往的车流。一辆摩托车的尾部突然发出一阵轰鸣,紧接着驾驶员加速冲过了一个黄色交通灯,继而缓缓地从视野中消失了。

克莉丝汀说:"当时我坐在这里,我母亲坐在那里。我现在还记得一清二楚。"

---

① 价格固定、用大餐盘盛的经济客饭。

女侍者走过来了,她有一头浓密的灰色头发,蓝色天鹅绒礼服的外面系了一条围裙。她胸前别着一个铭牌,上面写着"贝基"二字。她的年纪不轻,看起来似乎已经在这家餐厅干了五十年了。

朱斯蒂娜点了不加糖的黑咖啡,克莉丝汀点了金枪鱼沙拉。待女侍者离开后,克莉丝汀说:"史密斯医生,说老实话,我不想给任何人带来麻烦,如果我不能百分之百确定的话。"

"不用为此担心,克莉丝汀,你不会伤害任何人。我们还需要确凿的证据,要证明一个人犯了谋杀罪并不是一件容易的事情。"

"那辆厢式货车停在路边。"克莉丝汀边说边指着十字路口,"我把头转到了另一边,当我再次转过去时,看到那两个人摇晃着举起了一个金发女孩,然后将她扔进了货车车厢。"

"我带来了一些照片,你可以帮我确认一下吗?"

"当然,我会尽力而为的。"

朱斯蒂娜从公文包里取出了那三本厚厚的年鉴,然后将这一摞书推到女孩面前。

朱斯蒂娜啜了一口咖啡,看着克莉丝汀翻阅照片。女孩在浏览照片时多次停下来仔细检查,这些照片不仅仅是单人肖像,还有集体合影和偷拍照。女孩花了很长时间盯着一张黑白集体照,照片的标题是"金刚狼全体成员"。

"你看到什么了?"朱斯蒂娜问道。

克莉丝汀用一根手指按在一个与其他九到十个孩子站成一排的男孩脸上。

她大声喊道:"就是他!"

朱斯蒂娜将那本册子旋转了一百八十度,拉到自己面前。

照片附带的说明文字介绍了这些成员的身份和毕业班级,朱斯蒂娜核对了片刻,继而快速地翻到了2006级毕业生的肖像集。

刚才被克莉丝汀用啃啮过的手指选中的那个男孩有一头深色头发,鼻子的确很尖,耳朵也是典型的招风耳。

这一刻朱斯蒂娜兴奋异常,她感到自己的心电火花足以照亮整个洛杉矶。

克莉丝汀的记忆真有这么好吗？或者说她只是为了取悦朱斯蒂娜，就像她母亲曾经说过的那样？

朱斯蒂娜说："克莉丝汀，当时天色很黑，对吗？厢式货车只停留了一分钟，而那些男孩一直在移动。你真的能确定这个男孩就是你当时看见的那个人？"

克莉丝汀是个聪明的女孩，她立即就明白了潜在的问题。

"在看到照片之前，我的确曾经担心自己不能认出他。但是我认出来了！就像我第一次所说的那样，史密斯医生，我永远都不会忘记他的脸。"

"太好了，克莉丝汀，你真了不起。现在这张脸有名字了，叫鲁道夫·克罗克尔。"

九十一

起初，朱斯蒂娜拒绝了西摩的建议——在她的捷豹车上安装一台高科技仪表板计算机。她认为这样做会影响车内的美观，还会使得她一刻也不能从工作中抽离出来。

但是西摩最终用无可辩驳的逻辑理由获胜了，而此时朱斯蒂娜则在心里默默地感激他。这个配备了七英寸触摸式显示屏的小盒子连接着国际私人侦探公司的全球网络和法医数据库，它还可以进行发动机故障诊断和后方障碍物检测，闲暇时还可以用来播放 CD 音乐。

真是个既新颖又灵巧的小盒子。

朱斯蒂娜将鲁道夫·克罗克尔的名字敲进了这台小巧的电脑，然后通过搜索引擎在互联网上进行搜索。屏幕上立刻出现了一连串名叫鲁道夫·克罗克尔的人，他们遍布于各个州，而且职业各不相同，有医生、律师、消防员、杂务工、救生员，还有一名在芝加哥的内衣模特。

没有哪个鲁道夫·克罗克尔有违法犯罪记录，但是朱斯蒂娜将范围缩小到了居住在大洛杉矶地区的三个男人。

第一个候选人1956年出生于太阳谷①,一生都在圣克鲁斯市②做教师,直到2007年提前退休。

名单上的第二个克罗克尔是个证券分析师,他在一家名叫威尔希尔太平洋伙伴集团的私募股权投资公司工作。

朱斯蒂娜点了一下触摸屏,紧接着这家公司的网站出现在了屏幕上。

网站底部有个标签是"我们是谁",朱斯蒂娜点击它,然后进到了全体职员的列表页面。通过这个页面可以看到每个人的个人简历,还有拇指指甲般大小的肖像。

鲁道夫·克罗克尔排在第七个。

朱斯蒂娜盯着这张小照片仔细端详,她得确定这个商务风格的肖像与那本古老的年鉴上的照片是否是同一个人。不过很明显这是无可争议的事实,这个叫克罗克尔的员工正是2006年毕业于捷威私立学校的鲁道夫·克罗克尔。

朱斯蒂娜立即拨通了办公室的电话号码,但是杰克、西摩和莫琳的电话座机都直接转入了语音信箱。她知道每个人都在全力以赴地为工作奔波:西摩和莫琳专注于从计算机角度调查女学生谋杀案,杰克、克鲁兹和德尔里奥则在同时处理全国橄榄球联盟的舞弊案和谢尔比·库什曼的谋杀案。

将温蒂·伯尔曼与女学生谋杀案联系起来,这本是朱斯蒂娜一时心血来潮所产生的想法,而现在她必须要使其善始善终。西摩从温蒂·伯尔曼的衣物上分离出了两份男性DNA样本,但数据库中找不到匹配项——不管是活人还是死人,所以她必须想办法弄到一份克罗克尔本人的DNA样本与之进行比对。

而她必须靠自己单枪匹马地做到这一点。

不过,真的是这样吗?

她的脑子里突然冒出了一个想法。她认识一个人,此人完全了解该

---

① 美国爱达荷州中南部村庄,冬季旅游胜地。
② 美国加利福尼亚州沿海城市。

案子的最新情况,而且和朱斯蒂娜一样非常迫切地想找到谋杀女学生的凶手。

然而不幸的是,这个人正好对她恨之入骨。

九十二

好多年前朱斯蒂娜就听说过诺拉·克罗宁警官的大名。克罗宁专职办理谋杀案的时间已经超过五年,而且大家都知道她是个诚实可靠的好警察。她本可以有大好前途,但顶撞上司的"污点记录"妨碍了她的职业生涯发展。还有,她的体重很可能对她的晋升毫无帮助,尤其是在洛杉矶这样的地方。

尽管如此,鲍比·裴提诺却坚信克罗宁是一个有着真材实料的好警察,而且是一个稳操胜券的能人。他在菲斯克局长面前称赞她,并说服后者钦定克罗宁来办理女学生谋杀案,并直接向鲍比本人汇报工作。

朱斯蒂娜知道,自从凯拉·布鲁克斯在两年前被勒死,克罗宁就一直在很努力地为这起案子劳神费力,而且她完全可以想象得到,克罗宁比自己更加受挫和沮丧。克罗宁几乎将自己的全部身心都贡献在这上面,女学生谋杀案是她目前首要并且唯一的工作。

朱斯蒂娜将车停在马特尔街——好莱坞西部一条狭窄的街道,然后向前走了十几米,看到诺拉·克罗宁正趴在一辆老旧的福特破车下面,双眼凝视着正前方。

"嗨!诺拉,是我。"朱斯蒂娜说。

"哦,真是不错的一天。"克罗宁喃喃自语道,没有理会朱斯蒂娜。她从车下钻了出来,戴着手套的手上握着一把刀。站直后,她把刀递给一个身穿制服的警察,然后说道:"艾迪生,将它装入口袋,做好标记,带到实验室去。"

"是的,夫人……嗯,诺拉夫人,我马上执行。"

克罗宁取下自己的橡胶手套,继而怒视着朱斯蒂娜,"你来干什么,朱斯蒂娜？我听说你和鲍比完蛋了,而你居然都没有告诉我。我不得不怀疑你是不是仍然还在办理女学生谋杀案？"

"国际私人侦探公司与地方检察官办公室签有协议,我们是以公共服务的形式参与该案,所以我们的工作是无偿的。"

朱斯蒂娜耐心地等待着克罗宁下一句挖苦人的话,但是它并没有跳出来。克罗宁将一只手按在自己的屁股上,问道:"你车里的冷气还开着吗？"

片刻之后,两个女人坐进了朱斯蒂娜的捷豹车,里面的冷气开得很大。朱斯蒂娜将克莉丝汀·卡斯蒂利亚的情况简要地告诉给诺拉。

"2006年,卡斯蒂利亚亲眼看到两个男孩将一个看起来很像温蒂·伯尔曼的女孩扔进了一辆黑色厢式货车。就在一个小时之前,她指认了其中一个男孩。我想温蒂·伯尔曼也许是这场肆无忌惮的连环暴行中第一个遇害的女学生。"

"我知道这个叫卡斯蒂利亚的女孩,案发时她只有十一岁,对吗？她母亲在她和警察之间树立起了一道防火墙。你的意思是,你相信她可以在事发五年之后作出准确的指认？"

"不完全是这样,也可以说不是。我还从证据档案室找到了伯尔曼的衣物,我们的实验室对其进行了检验,提取到了完好的 DNA 样本。"朱斯蒂娜对克罗宁说,"是两份男性 DNA 样本,但是在数据库里找不到匹配项。"

"那么你想让我做什么？我有些迷糊。"

"我们有理由相信,两天之内他们又会执行下一起谋杀。"

"哦,真的吗？但是你不能告诉我你是如何知道这一点的,对吗？所以,我再说一遍,你到底想让我做什么？"

"克莉丝汀·卡斯蒂利亚在用于绑架的厢式货车上看到了捷威私立学校的贴花。"朱斯蒂娜说。她敲击着仪表板电脑上的按键,然后调出了鲁道夫·克罗克尔的脸部照片。

"这就是克莉丝汀·卡斯蒂利亚指认的人,名叫鲁道夫·克罗克尔。

他于2006年毕业于捷威私立学校,现在是一家股权投资公司的白领。克莉丝汀·卡斯蒂利亚确信他就是她当时看到的两个绑架者之一。"

"嗯……那现在又该怎么办呢,朱斯蒂娜?"

"现在我这边已经找到了一个嫌疑人。"朱斯蒂娜边说边举起了一只手,"然后我这里还有一份DNA样本。"她又举起了另一只手,"如果我们可以把这只手——还有这只手合在一起,那我们就有希望把一个血腥的精神变态者找出来,并且击败他。"

"如果我要参与这件事,我就必须知道你所知道的一切。"克罗宁说,"还有,我不想再听到诸如'我们有理由相信'之类的废话。一旦你对我保留任何秘密,我就会立即退出。"

"没问题。"

"我不用向你汇报工作,而且我也不受你指挥。"

"当然,你当然不需要这样做。我只有一个要求,你不能在未经我许可的情况下将洛杉矶警察局的其他人带进这起案子。"

"这个我同意。"诺拉说。

她终于笑了,这很可能是朱斯蒂娜第一次看到诺拉露出笑容。"和你一起共事,我不但会经常挖苦你,还会讲许多你不爱听的废话。"诺拉继续说道。

朱斯蒂娜点了点头,"就这样定了?"

"一言为定。"她们在寒冷的空气中互相击掌。

"我们会成为一个伟大的团队。"朱斯蒂娜说。

"但不要越过个人情感。"诺拉·克罗宁说,"我仍然特别不喜欢你。"

朱斯蒂娜最终笑着说:"没关系,你会喜欢的。"

九十三

我驱车驶向办公室,半路上在毕高街遇到了交通堵塞,这时莫琳从公司的技术中心给我打来电话。

"五分钟之前,我们那几位住在洛杉矶万豪酒店的朋友们拨出了一个电话,接电话的是内华达州里诺市①一家装瓶工厂。他们要求对方为州警察寡妇基金提供一笔捐款。"莫琳的声音因为激动而颤抖不已,"那家工厂的老板不是别人,正是安东尼·马尔祖洛。听到这个消息是不是很兴奋啊,杰克?"

"干得好,莫琳,太棒了。不过,我想你应该知道我真正想要的东西是什么。"

"亲耳听到钱币易手的声音?"莫琳笑道,"他们给内华达州打过电话以后,维克多·斯班诺联系上了肯尼·欧文的手机,接下来这帮人会在比佛利山庄酒店的四号别墅见面,时间是今天下午。"

自从肯尼·欧文和兰斯·里克特来到洛杉矶之后,莫琳就开始监听他们的电话了。明天的比赛尚未开始,但我们已经知道这些职业裁判已经预计好了让"田纳西泰坦队"击败"奥克兰突袭者队"。而且我们还知道,这两名裁判会左右比赛的结果,使十七分的分差一直持续到比赛结束。接下来,数千万美元的非法赌资将会流入马尔祖洛的腰包。

但是弗雷德舅舅和他的同伴们想要的不仅仅是闲聊和怀疑,他们需要确凿的证据。

我给德尔里奥打电话,同他约好在公司的车库见面,然后将我的坐骑换成了一辆本田思威越野车。这辆黑色本田车的车窗是有色玻璃,内部

---

① 美国内华达州西部城市。

配备了最尖端的无线电子设备。

我驾驶汽车来到了日落大道,继而将车停在比佛利山庄酒店入口,这时我让德尔里奥先下车。

走向酒店时,他将自己的帽舌拉低了一些,并调整了一下背相机包的姿势。德尔里奥的身影消失后,我驱车在日落大道绕了一圈,最后将车停在新月大道。这里距离那栋被郁郁葱葱的花园环绕着的漂亮白色小屋大约有一百米,中间还隔着一堵灰泥墙。

德尔里奥通过别在衣领上的麦克风不断地与我联络,他将两部针孔摄像机安装在了合适的地方,其中一部在别墅的前门附近,另一部在露台外。接下来,他设置好了三套"蜘蛛眼"①摄像系统,可以通过三扇窗户监控三个房间里的动静。

漫长的十二分钟过去了,德尔里奥终于回到了车里,那些微型摄像机源源不断地将视频和声音信号无线发回到我们的笔记本电脑上。

目前别墅内部唯一在运动的东西是在柱状的太阳光束中轻舞飞扬的微尘。

尽管有时候情绪不太稳定,但是德尔里奥可以坚持坐在同一个地方跟踪监视十个小时,中途甚至不需要休息和撒尿。我还在忍受精神上的折磨,这种折磨源自于地震以及由之引出的我那段毁灭性的记忆。注视柱状阳光的时间已经超过了半个小时,我必须得开口说话,否则我感到自己的头都快爆炸了。

"德尔里奥,当我将丹尼·杨从直升飞机里带出来的时候,你看到他的样子了吗?"

"嗯?哦,是的,我看到了,怎么了?"

当我描述着今天上午的经历时,我的声音很平坦,甚至像个垂死的人,但是我开门见山,直接说到点子上。我不需要添加任何有色彩的评论,因为德尔里奥当时也在场。

"那么恕我直言。"听完我的倾诉后他回答道,"你很内疚,因为你将

---

① 正式名称为"三维飞猫",是世界上最先进的索道摄像系统,性能优越,拍摄角度极其自由,可在预定三维坐标系内无盲点飞行、悬动及悬停拍摄。常用于大型演出、体育赛事、电影电视、景观采风等场合的全方位拍摄。

杰弗里·艾伯特留在了直升飞机里面,却试图拯救丹尼·杨,对不对?那么其他人呢?对此你也内疚吗?我们被导弹击中了,杰克,而你却让那本该坠毁的直升飞机安全地着陆了。"

"你还记得艾伯特吗?"

"当然记得,他是个好孩子。他们每个人都是好孩子,还有你,杰克,你那时也不过是个孩子而已。"

"我认为丹尼·杨在我把他救出来之前就已经死了。"

德尔里奥盯着我看了几秒钟,然后开口说道:"当我来到你的身边时,丹尼的胸膛依旧还在流血,而且血是涌出来的。他是在地上死去的。接下来,直升飞机爆炸了,杰克,难道你忘了吗?如果你再回去,那么丹尼·杨,杰弗里·艾伯特,还有你自己,三个人都会死。

"并且没有人还能把你救回来。"

德尔里奥说得没错,我记得丹尼的血泼溅在了我的鞋子上,这说明他当时还活着。我从飞机里救出来的是一个活人。

我感到自己几乎获得了重生。

在这之后,我们几乎没有再交谈,直到我们看见两个男人走近了别墅前面的步行通道。

其中一个人是维克多·斯班诺,另一个男人个头很矮,穿了一套昂贵的西装。穿西装的男人拿出门卡,在卡槽里划了一下,紧接着他打开了四号别墅的前门。

我立即将自己的双手高高举起,就像橄榄球裁判的动作一样。

"触地得分!"

九十四

我必须得汇报一个重大消息,但不见得是个好消息。

当我抵达我舅舅位于奥克兰市的巨型意大利风格庄园时,天已经黑了。我将车停在圆形车道的顶部,然后沿着走道一路小跑,来到了别墅的前门。

为我开门的人是弗雷德的第二任妻子洛伊丝,我那爱吵闹的十一岁的表弟布莱恩也跟着一起出来了,他一见到我就立即抱住我的大腿,继而做出了一个标准的抱摔动作,俨然他已经是南加州大学校队的最佳橄榄球中后卫,而且他也确信自己将来一定会去那所学校。

我倒在地上打滚,假装痛苦地呻吟,布莱恩激动得高声喊叫,还在门厅跳起了口袋舞。我的小侄女杰基弯下腰来看着我,还拍了拍我的头,就好像我是一头金毛猎犬。

"布莱恩真是个大胖顽童,杰克,你伤得严重吗?"

我朝她使了个眼色,暗示我其实没事,她调皮地扯了一下我的鼻子。

"你吃饭了吗,杰克?"弗雷德舅舅走了出来,他伸出一只手把我拉起来,然后用胳膊环抱着我的肩膀。

"我不会拒绝咖啡的。"我回答道。

"来一杯咖啡,再来一份香蕉奶油派,怎么样?"

"我同意。"

我走到餐桌前,拉出一把椅子坐了下来。我还没来得及坐稳,孩子们就向我抛出了一个又一个问题,诸如我在地震中的经历,我是否将某些坏人绳之以法,以及我开车的最高时速是多少等。

每当我回答完一个问题,他们马上又连珠炮似的开始问下一个问题。

过去的这种时候,我通常会将两个孩子分别夹在腋下,然后把他们带进多媒体室,三个人一起观赏电影《蜘蛛侠》或《蝙蝠侠》。但是今天晚上我心事重重,现在距离星期天的比赛已经没多少时间了,而且其中有一场比赛非常重要和特别。

我朝舅舅使了个眼色,并拍了拍我的上衣口袋。他心领神会地点了点头,然后对洛伊丝说:"我得把杰克偷走几分钟。"

我跟着弗雷德舅舅进到了他的书房,房间里的墙壁和地板都包裹着漂亮的红木嵌镶板。其中两面墙的旁边摆放着装满奖杯的玻璃橱窗,第三面墙上挂着一台六十八英寸的液晶电视,乍一看也像是挂在壁炉上方

的一个奖品。

"我想喝点酒。"弗雷德说。

"给我来杯一样的。"

弗雷德将珍宝威士忌倒入两个放了冰块的杯子，与此同时我将一张闪存盘塞进了他的视频播放设备。我让他坐在自己的书桌椅上，这样一来他就可以以最好的角度来观看视频。弗雷德·克罗泽尔是一个复杂难懂的人，我无法估计当他看到我提供的这部令人遗憾的影片时会有怎样的反应。

他的大屏幕高清液晶电视是一流的，正好与我们的美国国家航空航天局级摄像机完美匹配。

我们开始观赏从比佛利山庄别墅外面拍摄到的室内画面。

一部电话座机上的红灯正在闪烁。

一个身穿西装、背对着摄像机的男人拿起了听筒，按下了一串数字，继而得到了一些只有他自己才知道的信息。

在他身后不远处，维克多·斯班诺从冰箱里取出了一瓶喜力啤酒，然后打开了房间里的电视机。

我从弗雷德的书桌上拿起遥控器，按下了快进键，画面迅速前进，当这个穿西装的男人转过身来，脸部特写镜头出现在屏幕上时，我将视频的速度恢复正常。

他是安东尼·马尔祖洛，芝加哥黑手党的第三代传人，继承了家族的姓氏。

他依旧处在摄像机的拍摄范围内，只见他对斯班诺说："快去开门。"

斯班诺照做了，两个男人走进了房间，他们是有着二十五年执法经验的主裁判肯尼·欧文和兰斯·里克特——一名年轻机敏的边线裁判。之所以说里克特"机敏"，是因为他显然看出了自己的"钱途"在于破坏比赛，而不是按照规则行事。

我的舅舅弗雷德深吸了一口气，然后开始喋喋不休地咒骂。

屏幕上的几个人相互握手，接下来两名裁判在一个承担了迄今为止最不可能的任务——腐化当今的职业橄榄球联赛——的矮个子男人面前坐了下来。

"不能有任何差错。"马尔祖洛说,尽管他在笑,但脸的上半部分完全没有动,"按照以往的惯例,这是百分之二十的预付定金,余下的钱会在明天晚上付给你们。你们得控制比分的差距,不能超过十七分,明白了吗?如果你们不得不因为阳光过强而提前结束比赛,那就再好不过了。记住,要不计一切地保持住分差。"

里克特说:"我们明白了,而且我们知道这中间的利害关系。"说完,他伸出手准备去拿厚厚的一叠捆扎好的百元美钞。

"你真的明白了吗?"马尔祖洛边问边把一只手按在里克特的手上。

"是的,先生。事情会照你所希望的那样发展。我们一定完成任务,不论付出什么代价。"

欧文拿起属于他的那捆钱,在大腿上拍了拍,然后装入了衣袋。

看到这里,我关掉了录像,望着自己的舅舅。

眼前这个可怜的老人看上去就好像刚吞下了一颗大铁球。事实上,我还记得我的父亲在被审讯时,脸上也挂着这样的表情——混合了难以名状的羞愧和悲伤。

"实在是太嚣张了。"我打破了沉寂,"这不仅仅是野心勃勃的黑手党和两名腐败的裁判之间的对话。情况应该比我们看到的更加严重,马尔祖洛家族正在挤进多西亚家族的地盘。"

"我以前一直以为肯尼·欧文绝不会拿一枚本不属于自己的硬币。"弗雷德懊丧地说,"我认识他的妻子,而且我还见过他的孩子们。他的一个儿子在俄亥俄州立大学的校队打橄榄球。"

"这段录像很管用。"我说,"它还可以在法庭上用作证据。"

"我得打一些电话。"弗雷德说,"明天早上我会联系你,告诉你我们的下一步打算。你的成绩很出色,杰克。"

"好的,我感到很难过,弗雷德舅舅。我实在是太难过了。"

"嗯。"弗雷德说,"明天恐怕会更糟。"

九十五

当我最终抵达科琳的寓所时,已经是午夜时分了。

此刻的我累得精疲力竭,我渴望科琳用她那冰凉的手掌抚摸我的额头,渴望听到她那宛如音乐一般的爱尔兰方言,然后倒在她的怀抱中安然入睡。

科琳为我打开了房门,她穿着紧身背心和性感的小内裤,头顶挽了一个松松的发髻。她浑身散发着香味,就好像在粉红色的玫瑰花束上撒了一些蜜糖。

"很抱歉,旅馆关门了。"她说,"在不远处就有一家戴斯酒店①。"

"科琳,我本该先打个电话的。"

"进来吧,杰克。"

她踮起脚尖亲吻我,然后靠近我,将整个身体贴在我身上,短短几秒钟就使我变得无比亢奋。

接下来,她又用手抚摸着我的裤裆,继而将我的手贴在她的臀部上,就以这样的姿势拉着我进到了她的卧室。她换上了一双高跟鞋,淡淡的月光透过窗帘照了进来,映在她身上。

"你想看电视吗?"她问道,"还是干点别的什么?"

"你说呢?"我笑着反问。

她也笑了,脸上泛起了红晕。

---

① 美国一家经济型连锁酒店。

九十六

我将双手按在她的背心肩带上,继而将它们褪到肩部以下。只是调情,仅此而已。

科琳一边笑,一边解开我的腰带,紧接着麻利地脱掉了我的衣服。接下来,她又让我坐下,并脱掉了我的鞋子和袜子,然后将我推倒在她的床上。

"天啊!我太喜欢你的身体了。"她说,"我实在是太喜欢了,无法自拔。神啊,救救我吧。"

此情此景可不是我在按下门铃时所想要的,然而现在我却一丝不挂地躺在绣有花纹的床单上,看着科琳从自己的头发中拉出发夹。她那芬芳的黑丝像瀑布一般垂到她的肩膀下面,她迷人的胸部若隐若现。

她向我俯下身来;秀发撩拨着我的脸颊,接下来她长久地深吻我。真是太美妙了!她躺倒在床上,扭动着身体靠近我。她那冰凉的皮肤滑过我的身体,继而离开,紧接着又贴近,愈发使我难以抗拒。

我用双手搂住了她柔软的臀部,当我进入她的身体时,我的后腰感受到了来自高跟鞋鞋尖的刺痛。

我的脑子里一片空白,想要睡觉的念头已经烟消云散了。爱情倾泻进了我的心中,并且填满了它。先是爱情的滋味,接下来是感激的欣慰,然后是狂喜和销魂……大约十分钟过后,又变成一种释放和松弛的感觉——我们两个人都是这样。我离开科琳的身体,仰躺在床上。

我皮肤上的汗液开始渐渐蒸发,然而难以置信的事情发生了,科琳竟然哭了起来。

我感到一阵后悔。今天我已经得到最大的满足了,别无所求,不过这种愉快的感觉瞬间消失了,取而代之的是羞愧,以及对科琳的同情。

我将她拥入怀抱,让她在我的胸口安静地哭泣,"科琳,你怎么了?"

她摇了摇头,不肯说话。

"宝贝,快告诉我你怎么了。我想听,我就在这里。"

科琳从我的怀里挣脱,然后脱下高跟鞋,"砰"的一声将它们扔进了房间的角落。片刻之后,浴室门被打开了,我听到了水流的声音。又过了几分钟,科琳穿着一件长长的睡衣走了出来,回到床上。

"我把自己弄得像个真正的傻瓜。"她说。

"你到底怎么了,快告诉我,求你了。"

她躺在床上,盯着天花板发呆。我用手抚摸着她的腹部,等待她开口。

"这真的很难,杰克。这……这让我有时会很伤心。我不知道你哪天晚上会突然过来找我,但是我们每天都在办公室里见面,并且一起工作。我很累,这种状态究竟还将持续多久?"

"我很抱歉。"

我不能承诺事情会发生改变,但是我们已经到了非说清楚不可的地步,而我必须对她摊牌。

"我能做的就只有这些了,科琳。我不能再往前走了,我不能和你结婚。让这一切结束吧。"

"你并不是真的爱我,是这样吗,杰克?"

我叹了口气。科琳拥抱着我,而我轻抚着她的头发,"我爱你,但不是以你想要的方式。"

此刻我的心和她一样悲痛,但我必须摆脱她的拥抱。

"留下来,杰克。我现在已经恢复了。现在是星期天的凌晨,愉快而崭新的一天开始了。"

"我得回家睡觉。我今天得工作……全国橄榄球联盟的案子今天将全面升级,我的叔叔还指望着我,我也对他作出过承诺。"

"我明白。"

我从地上拾起自己的衣服,在黑暗中穿戴整齐。当我亲吻科琳并跟她道别时,她的眼睛一直盯着天花板。

"你不是坏人,杰克。你一直都对我很诚实,而且一直都很坦率。祝你今天一切顺利。"

九十七

当德尔里奥和我来到体育场外的露天停车场,准备与弗雷德见面的时候,已经是星期天的中午了,可我脑子里仍然挂念着科琳的事。

球迷们在场馆内外吹着拉拉队喇叭,声音此起彼伏,响彻云霄。一队摩托车疾驰着穿过了体育场外面的大铁门,咆哮的引擎声如同雷声轰鸣,震耳欲聋。轿车和卡车川流不息地经过通往停车场的柏油路面,浩浩荡荡看不到尽头。各种年龄、各种阶层的球迷在球场周围举行车尾野餐会①,手工现做汉堡和牛排,有的人已经喝得烂醉如泥。他们当中的大多数人都穿着"奥克兰突袭者队"的T恤,并把自己的脸涂成了银黑双色,少数人还全副武装地穿戴着《星球大战》电影中的"黑勋爵"——达斯·维德的主题服装。

主场球队即将登场,热情的球迷们在这种时候总是满怀希望地期待着奇迹的发生,他们希望主队的光辉岁月会再次重现——"奥克兰突袭者队"将会战胜实力远超自己的强大对手。事实上,哪怕主队没能获胜,今天对于球迷们来说依旧是一个适合举办派对的美好日子。

我的眼睛一直盯着高层人士专用停车场,远远地望见弗雷德已经锁好了自己的车,正准备朝体育场的入口走去。今天他穿着他最喜欢的运动夹克和阔腿裤,还有那双形状有些怪异的休闲鞋。他那稀疏的头发梳理得非常整齐,但我觉得他看起来要比一个星期之前更加苍老一些,就如同他已经遭受了重大损失——而我认为他的确如此。

我喊叫着弗雷德的名字,他抬起头,改变路线朝我们的方向走来。

---

① "车尾野餐会"又叫"球迷的场外野餐会","车尾"原是一种厢式轿车尾部的车门,它可以翻下来当桌子用。一些球迷在比赛开始前几小时把三明治、热狗或烧烤肉类放在这张临时桌子上举行野餐。后来这种说法演变为泛指球迷们在开赛前的聚餐与高谈阔论。

他先和德尔里奥握手,然后拍了拍我的肩膀,继而领着我们穿过熙攘的人群,来到了球场旁边的一道侧门旁。

"谢谢你们过来帮我,杰克,德尔里奥,我很感激。"

他将自己的证件出示给其中一名保安,并介绍道:"他们和我是一起的。"随后,我们走进侧门,在一条有些阴冷的水泥隧道中前行,这里的环境很适合翻拍米恩·乔·格林主演的那则经典商业广告①。

走着走着,我的眼前突然跃出一道鲜亮的绿色,我看到了体育场的草坪,还看到看台的每一面都挤满了人。接下来,弗雷德领着我们左转,来到了看台下方的工作区。

这里看上去很像没有窗户的酒店走廊,我不断地听见房门被打开和关闭的声音。体育场的工作人员纷纷给弗雷德打招呼,而他则向他们挥手或微笑致意。气氛看似美好融洽,但我的脑子里一直挂记着未来几分钟里即将发生的状况,心情很不平静。

"让我们赶快把事情搞定吧。"弗雷德说,"我知道这会很艰难,情况真的很糟糕,杰克。"

他掏出钥匙,打开了他的办公室的门,然后退后两步,让我和德尔里奥先进去。

我很惊讶地看到埃文·纽曼和戴维·迪克斯正坐在弗雷德的办公桌旁边,还有两个我不认识的男人坐在房间侧面的沙发上。坐在沙发上的那两个陌生人穿着黑白条纹的裁判服,表情都很严肃。

弗雷德作了介绍,他们分别是司启普·斯蒂夫瑞和马迪·马特拉齐,接下来弗雷德对我说:"杰克,你应该带了照片的,是不是?你,还有德尔里奥,你们俩先跟我一起来吧。其他人注意了,我们会在几分钟内回来,如果我们没有回来,你们就来找我们。"

我和德尔里奥紧跟在弗雷德身后,来到了另一扇门前,门上写着"裁判更衣室"。

弗雷德敲了两次门,没有人回应,于是他直接扭动门把手,迅速将门

---

① 1979 年最受欢迎的电视广告,美国橄榄球明星米恩·乔·格林从赛场的粉丝手中接过可乐一饮而下,成为可口可乐全球广告的典范。

推开。

当我们三个人出现在门口时,里面的谈话声以及储物柜开合的"咔哒"声都戛然而止,整个房间顿时变得静悄悄的。

九十八

那些裁判都处于不同程度的裸露状态,每一双眼睛都齐刷刷地看着我们。弗雷德平静地说:"肯尼,兰斯,我想跟你们俩谈谈。"

肯尼·欧文刚扣好他的黑白条纹上衣的纽扣,他的一只脚放在板凳上,鞋带还是松的。

"我们去外面谈。"弗雷德说,"就现在,立刻,马上!"

兰斯·里克特晒得黝黑的面色突然变得苍白无比,但他还是跟在肯尼·欧文的身后走出了裁判更衣室,弗雷德随即关上了他们身后的房门。

在距离更衣室十几米远的一块空地上,我们五个人挤作一团。弗雷德说,"没有简单的解决方式,我们可以处理得很复杂,也可以非常复杂。"

"你在说什么呀,弗雷德?"欧文问道,很明显他在装傻,而且装得非常像。

"我们已经得到了整个令人厌恶的收买过程的偷拍录像,你们这两个可悲的混蛋。杰克,把你在比佛利山庄拍下的东西给他们看看。"

在来体育场之前,我已经将欧文、里克特与安东尼·马尔祖洛会面的录像中的多个定格画面打印出来,并将打印好的照片放在我的上衣口袋里。

我取出照片,略微整理了一下,把金钱交易的特写镜头放在最上面。

里克特先看到照片,照片上的他和欧文坐在芝加哥黑手党老板的对面,手里各拿着一叠钞票。

我闻到了一股尿臊味，紧接着发现里克特的裤裆已经湿透了。他脱口而出："我是被逼的。如果我不和肯尼合伙，那我就会丢掉自己的工作。"

欧文立刻咆哮道："去你妈的！"

弗雷德心平气和地说："别浪费时间跟我绕弯子了，里克特，我根本不关心你为什么这样做。"

"这是第一次。"欧文说，"请你发发慈悲，饶了我好吗，弗雷德？干我这份工作可比不上你，挣不了几个钱。"

"肯尼，难道你没有听清楚我刚才所说的话？我们已经获得了整个过程的录像，马尔祖洛说过'按照以往的惯例，这是百分之二十的预付定金'。听着，纽曼和迪克斯此刻正在我的办公室里。迪克斯恨不得将你们俩带到荒漠区，然后开枪打死你们。他可是个说到做到的人。还有纽曼，他打算把事情汇报给国会，而且希望你们俩立即被逮捕。如果按照纽曼的方法，这在一定程度上可以维护全国橄榄球联盟的名誉，但同时也会毁掉整个联赛。

"我的想法跟他们不一样，而我的同伴们都相信我的直觉。希望你们有一点脑子，接下来我会把你们所面临的选择告诉你们。现在给我听好了。"

两名裁判目不转睛地看着弗雷德，等待他继续说下去。

"方案一，你们回到裁判更衣室，就说有人看见你们和几个球员一起吃饭，当然你们不能说出那些球员是谁。这种行为违反了联盟的规定，应该受到禁赛处罚。

"方案二，我把我们拍摄到的关于你们如何接受马尔祖洛的报酬的录像交给联赛管理层，接下来比赛的诚信问题将会被放在显微镜下仔细调查，这就意味着在你们的职业生涯中经手过的任何一场比赛都会被重新调查。

"你们会被逮捕，然后以刑事共谋罪受到指控。这个故事会在一夜之间传遍全国，并且在随后的几年里都会成为人们茶余饭后的谈资。

"马尔祖洛则将因诈骗罪而坐牢。但更重要的是，不论是在监狱里还是监狱外，你们俩的生命都如同草芥。

"坦率地说,我并不在乎你们的生死。现在你们最多有三个小时的时间消失。一旦马尔祖洛的人发现你们没有出现在球场上,消息就会立即泄露出去。如果比赛没有按照马尔祖洛预期的方向发展,你们就会变成他的眼中钉,肉中刺,甚至很可能死无葬身之地。"

肯尼·欧文的眼睛瞪得大大的,而且有些湿润,他改述了弗雷德灌输给他们的话:"我们和一些球员吃饭,但我不能说是谁,因为这并不是他们的过错。哎,这可真愚蠢,我们去吃了免费的牛排,坏了规矩。现在请接受我们的辞呈。"

弗雷德说:"清空你们的储物柜,赶紧滚蛋!"

十分钟后,弗雷德、纽曼和迪克斯簇拥着两名新裁判走进了裁判更衣室。按照新预测,"田纳西泰坦队"将以五十二比二十一的比分击败"奥克兰突袭者队",跟马尔祖洛预期的分差相差十四分。

我把录像带回公司,将它锁在我们的保险库里——在那里还有许多其他的秘密也被尘封了起来。

但是我保留了这些照片——关于斯班诺、马尔祖洛和两名裁判的对话,它们依然藏在我的上衣口袋里。我有一个绝妙的主意,但现在我还不能告诉任何人。

九十九

现在是同一个星期天的下午三点五十分。

朱斯蒂娜和诺拉·克罗宁将车停在玛丽娜大道旁,前方不远处就是鲁道夫·克罗克尔所住的粉刷成白色的三层公寓大楼。从早上八点开始,直到现在,她们一直静悄悄地将车停在这里守候。她俩还算不上真正的朋友,但是也没有相互攻击。

朱斯蒂娜的车窗上架着一个"小耳朵"——抛物柱面反射器天线,她和诺拉听见了克罗克尔早上进到浴室洗澡的声音,接下来是电视新闻的声音,伴随着克罗克尔喋喋不休的自语评论。

接近下午两点的时候,克罗克尔穿着短裤和T恤走出了公寓楼,诺拉和朱斯蒂娜第一次亲眼看到了这个可能谋杀了十多个女孩的二十三岁男人。

"他看起来缺乏阳刚气,真不像个男人。"诺拉喃喃地说。

"没错,他只是个人渣,诺拉。"

克罗克尔沿着海军路慢跑,朱斯蒂娜和诺拉以一个安全的距离跟在他身后,今天她们所开的车是国际私人侦探公司的一辆福特维多利亚皇冠。

锻炼结束后,克罗克尔回家冲了个澡,并哼唱着《勿伤我心》,尽管严重跑调,但却富含感情。接下来,他看了美国有线电视新闻网(CNN)播放的一个理财节目,之后公寓里面变得静悄悄的。朱斯蒂娜猜想克罗克尔也许在电脑前上网,或者又回去睡觉了。

"他晚上也待在家里吗?"诺拉焦躁地说,"我认为这家伙的生活实在是太单调了,需要一些刺激。"

"靠着椅背,闭上眼睛休息一下。"朱斯蒂娜劝道,"如果他是这样,那么我们其实也是这样。"

"我不能在车里打瞌睡,你呢?"

"你喜欢哪种咖啡?拐角处有一家熟食店,我去买点。"

刚刚过了五点,克罗克尔再次出现在他的公寓楼楼下,这回他穿了一件时髦的蓝色轻薄运动夹克衫,里面是粉红色的衬衣,还有休闲裤和懒汉鞋,看上去这身衣服要花不少钱。

他走向一辆停在街角的新款丰田塞纳小型货车,然后钻进车里,将车平稳地倒出来,继而拐上了玛丽娜大道。

朱斯蒂娜是一个专业的跟踪者,自然精于此道。她跟上了克罗克尔的货车,并保持着两到三辆车的距离。

在交通灯变换的时候,她差点就跟丢了,不过朱斯蒂娜看准时机猛地一加速,冲过了黄色交通灯。

"王八蛋。"克罗宁喃喃地说,"他发现我们了吗?"

"我不知道。"朱斯蒂娜说,"但我们很快就会知道的。"

他们经过了韦斯特伍德大道,然后驶入了希尔加德街。克罗克尔将车驶进了路边的一条车道,然后走下车,将自己的车钥匙和车一起交给泊车员。接下来,她们看着他走上一段阶梯,进到了W酒店①的大厅。

酒店大楼的角落里有一间酒吧,两面外墙以玻璃为主,可以看到里面昏暗的场景。

"他去了'蓝色威士忌'酒吧。"朱斯蒂娜说,"那里是有钱的单身贵族寻找艳遇的地方,很适合达到我们的目的,太棒了!"

她们经过协商,已经确定了接下来的任务,非常明确非常具体。她们不会和鲁道夫·克罗克尔正面对峙,也不打算逮捕他,甚至不想和他有目光接触,尽管朱斯蒂娜不介意将他的双眼抠出来。

她们需要的只是一点唾沫,一点皮肤细胞样本,一根头发,或者一片头皮屑。这些东西只要有一个就够了。

不过,说起来容易做起来难。

"我看起来怎么样?"诺拉问朱斯蒂娜。

"很可爱,再用一下这个。"

朱斯蒂娜从自己的手提包里拿出一支口红,递给诺拉,在这期间她一直关注着酒吧的大门,鲁道夫·克罗克尔还没有出来。

"把你的头发放下来。"诺拉建议道,"将它们抖松些,再解开几颗纽扣。"

朱斯蒂娜一边照做一边说:"我们走吧,去会一会这个恶魔。"

诺拉"砰"地关上车门,并将自己的警察证出示给泊车员看,然后告诉对方:"我们的车就停在街边好了,我们是警察,现在是办理公务。"

朱斯蒂娜掏出十美元作为小费,继而跟着诺拉走上了阶梯。

---

① 目前W酒店尚无正式中文名称。作为喜达屋酒店与度假村国际集团旗下酒店,W酒店是圣·瑞吉斯、威斯汀、喜来登等豪华酒店的姊妹品牌。2008年10月,W酒店进驻中国,在香港开业。

"我明白了。"泊车员说,"好警察和坏警察①。"

诺拉转过头去,冲着他大声笑道:"不,这次是胖警察和瘦警察!"

一〇〇

"笑一笑,十年少。"当她们走进酒吧时,朱斯蒂娜愉快地说。

与朱斯蒂娜上次来到时相比,"蓝色威士忌"酒吧被改造得更加时髦了。酒吧间的基调是朴实的中性色,摆放着巧克力色和琥珀色的拐角沙发,头顶上是柔和的灯光,强烈而动感的电子音乐从音响系统里爆发出来——在这里根本不可能真正地交谈。

这个地方挤满了年轻的企业高管和渴望成为青年才俊的年轻人,他们尽情享受着这个周末余下的时光,以及获得艳遇的机会。女孩们的头发花枝招展,个个穿着紧身衣,胸脯被挤到了锁骨的位置。她们正对着那些看起来显然在这个世界上拥有蒸蒸日上的事业的男士们含情脉脉地笑着。酒吧里还有一些男人,个个都是深色头发和雪白的牙齿,他们中的大多数人都戴着墨镜。

朱斯蒂娜突然感觉到一阵不安的紧迫感,她正面临着她想要的一切:鲁道夫·克罗克尔很可能就是她们要找的杀手,而他现在就在这里。

她接手这起谋杀案已经很长时间了,那些被杀害的女孩就像她自己

---

① "好警察坏警察"是一种审讯中的心理策略,亦叫做联合询问或朋友和敌人法。相关的策略包括伊索寓言中的"北风和太阳",美国总统罗斯福的"胡萝卜加大棒"外交政策,德意志帝国首相俾斯麦采用的"甜面包和鞭子"政策等等。实施该策略时,两名审讯者为一组,他们看起来对被审讯者的态度对立。两名审讯者可以交替审讯受审者,也可以一起对付受审者。"坏警察"采用一种对受审者具有进攻性的负面立场,提出严重的指控罪名,辅以呵斥加威胁,通常会引起受审者对他的反感。这就提供了"好警察"来表演同情戏的舞台:他显得支持和体谅受审者,通常表现出对受审者的同情。好警察也会保护受审者不受坏警察的侵犯。出于信任或者对坏警察的恐惧,受审者可能会觉得他可以与好警察合作,从而寻求好警察的帮助,并把警察想要得到的信息和盘托出。

的孩子一样。她已经经历了好几个月的沮丧和悲伤,无数次听到那些女孩的父母们不可磨灭的哭声,这一切已经深深地刻蚀进了她的脑海,如同老式黑胶唱片上的凹槽。

她和诺拉为她们自己设立了一个简单但又极其关键的任务。如果她们成功了,她们就可以彻底放倒这个穷凶极恶的杀手——然而这在很多环节都有可能会出错。

一〇一

朱斯蒂娜用目光示意诺拉,接着两人一道缓缓地穿过人群。

当她们来到吧台旁边时,朱斯蒂娜对一个身材高大、长相凶悍并且喝得面红耳赤的男人说:"你介意将座位让给我吗,我想坐在这里喝一杯。"

这个男人看上去二十来岁,穿了一件与他的面色很相配的衬衣。"你想喝什么?"他边问边打量着朱斯蒂娜,但主要是在看脖子以下的部位。

"不好意思,我是和我的女朋友一起来的。"

大块头男人转过头去,看了看诺拉,然后迅速将目光移回到朱斯蒂娜身上,这一回他看着她的眼睛。接下来,他冷笑了几声,不过最后还是站起身来离开了。

朱斯蒂娜拉过来一把凳子,用一只手环绕着诺拉的手臂,然后将后者拉得离自己更近一些。她倾身对诺拉耳语道:"你能看清楚他吗?"

"是的,没问题。克罗克尔还想加一杯酒,调酒师刚刚把他的杯子拿走了。"

调酒师三十出头,有一头浅黄色头发,发际线附近已经略微开始秃顶了。他的肌肉很发达,但表情看上去对工作有些厌倦。他的衬衣上绣着自己的名字——巴迪。

"你们两位女士想喝点什么?"

"灰皮诺①葡萄酒。"朱斯蒂娜说。

"我要毕雷矿泉水②。"诺拉说。就在这时,朱斯蒂娜突然感觉到背后有一阵推挤,也许有人无意中撞到她了。

"怎么搞的……"

"别往后看,克罗克尔有一个同伴。"诺拉说,"是瘦瘦的家伙,头发把眼睛遮住了,一看就是个很宅很宅的极客。"

"我听不清楚他们在说什么。"朱斯蒂娜说。

"不要紧。"诺拉说,"只要我们不让他们脱离视线,这就已经很棒了。"

调酒师将她们点的饮料放在吧台上,朱斯蒂娜拿出一张二十美元的钞票递给巴迪,并告诉他不用找钱了。巴迪将钞票捏在手中,从壁架下面拿出了一盘坚果,放在朱斯蒂娜面前。

朱斯蒂娜抬起头,透过吧台后面的镜子注视着克罗克尔的倒影。

他有一双突出的招风耳,以及很容易被人记住的鼻子,然而其他部分简直是难以置信的普通。一个长相如此普通的人居然可以瞬间就位列一排待指认嫌疑犯的榜首?克莉丝汀的眼光何等的犀利!

酒吧里又进来几个新客户,收到了一些新酒单,勤杂工拿着一筐干净的玻璃杯走向吧台后区的饮料柜。克罗克尔的朋友要了一杯扎啤,他俩一直在交谈,完全不在意四周攒动着的人流。

当克罗克尔示意侍者买单的时候,朱斯蒂娜谨慎地低下了头。两个男人结账后便离开凳子,走出了酒吧。

巴迪正准备清理酒杯,说时迟那时快,诺拉一个箭步冲上前去,并将自己的证件"啪"地放在桌面上。

"别碰那些杯子。"她对巴迪说,"我需要它们,这是证据。"

"关于什么的证据?"调酒师惊讶地问道。

"那边有位漂亮的小妞好像正打算再要点什么。"朱斯蒂娜对巴迪说,"你何不过去看看呢?"

---

① 英文名"Pinot Gris",酿酒葡萄的一种,属白色葡萄品种,所产葡萄酒酒精浓度较高,具有由莎当妮的奶油味和雷司令的芳香珠联璧合而成的独特风格。

② 英文名"Perrier",法国南部产的一种冒泡的矿泉水。

诺拉和朱斯蒂娜各拿起一张餐巾纸,分别包住了两个玻璃杯,一个属于克罗克尔,另一个属于他的朋友。

她俩走出酒吧,一起坐进了维多利亚皇冠车,直到这时她们的脸上才露出了胜利的笑容。

朱斯蒂娜掏出手机,拨出了一个电话。

"西摩,你能在二十分钟之内抵达实验室同我们会面吗?我想我们找到了一些好东西。"

一〇二

正如美国传奇棒球运动员约吉·贝拉说过的话:"似曾经历,似曾相见。"此时此刻,我再一次乘坐赛斯纳天鹰 SP 飞入云霄,而德尔里奥依旧坐在我的身旁。傍晚时分,我们在拉斯维加斯机场着陆,然后租了一辆车。

我们驾车驶离机场,经过了一片被沙尘覆盖的烂尾小区。自从 2008 年金融危机爆发后,这里就被闲置荒废了。一堵灰色的围墙将这个封闭式社区和街道隔离开来,我不知道这堵墙会在何年何月拆除。

没过多久,我们的车抵达了卡麦·多西亚的庄园的前门。

德尔里奥按下门铃,对着通话器报出了我俩的名字,接下来传来一声蜂鸣器的鸣响,大铁门缓缓地打开了。我们的车再次越过了那座建在人造河流上的小桥,这种景象只可能出现在拉斯维加斯,或者佛罗里达州中部的奥兰多市。接下来,我们经过了用聚光灯照亮的马厩,继而来到了前院。在巨大的橡木门外面的前院里有几个种植着枣椰树的人造小岛,在地灯的照耀下,枣椰树五光十色,美不胜收。

眯起你的眼睛,你会感觉自己来到了巴塞罗那或摩洛哥。

多西亚的打手为我们打开了橡木门,上次见面时他穿的是红色衬衣,

这回是紧身黑色套头毛衣和仿皮牛仔裤。他拿走了我和德尔里奥的枪，将它们放在一个位于门厅的伪装成摩尔式①衣橱的双开门枪支保险柜的顶部。

和上次一样，这名打手在前面带路，领着我们穿过喧闹的台球室，来到一间大客厅，卡麦·多西亚正坐在自己的皮椅上。

今天多西亚没有看书，而是盯着壁炉上方的巨大电视屏，上面正在播放几个小时之前进行的"灭绝人寰"的"田纳西泰坦队"与"奥克兰突袭者队"的比赛录像。

看到我们后，他关掉了电视，然后像上次一样没有同我们握手，只是示意我们坐下。

我感到有些兴奋和紧张。

一方面，卡麦·多西亚和他显赫的家族成员曾告诫我们离开，他们有充分的理由不喜欢我们。我曾怠慢过他们的律师，并且在格伦达·崔特的妓院殴打过他们的手下，而且我曾对卡麦的父亲很无礼。对了，他的父亲正是黑手党的头目雷·多西亚。

现在我和我那沉不住气的朋友——德尔里奥又回来了，我们想和他达成某些交易，很明显这得需要足够的勇气才能做到。我已经叮嘱过德尔里奥，一定要闭上嘴巴，张大眼睛，并且保持屁股不要离开沙发。他对我的回答是："没问题，老板。"所以现在这种时候我只能期望他可以将他那一触即发、不顾后果的坏脾气牢固地拴在沙发上。

落地玻璃门外的游泳池反射着波动的条状光线，映照在多西亚脸上，使得他的表情难以辨认。

他会把我想知道的东西告诉我吗？我当然希望如此。

"你这次来是为了什么，摩根？"

"你看比赛了吗？"

"那也叫比赛？纯粹是'土耳其射击'②。"

---

① 摩尔人是北非的阿拉伯人，跨海而来的异乡民族，自公元 8 世纪起统治了安达鲁西亚地区近八百年。摩尔人极为成功地开创出混合伊斯兰教与基督教艺术风格的艺术制品。他们喜欢用马蹄形的拱门，又或是拱形的圆顶，并且精于木工、象牙工、金属工、纺织及陶瓷。
② 指在战争等冲突中的一方比另一方实力强很多，以至于另一方完全没有获胜的可能。

"我带来了一些东西给你看。"

我将那一小叠从偷拍录像上截取并打印的照片从上衣口袋中取出来,将它们递给卡麦·多西亚。

他用他那冰凉、指甲修剪得很整齐的手接过照片,然后翻阅着。他的眉毛不断扬起,很明显他认出了照片中的某些人,并且意识到了他们正在做什么,以及这一切对他自己的生意来说意味着什么。

"你是如何搞到这些照片的?如果你不介意,我想问清楚。"

"都是我自己拍的。不过,重点是比赛被人以不正当的手段操纵了,而且这已经不是一次两次了。如果我们没有进行干预的话,钱会从你的赌注登记公司源源不断地流出,而你很可能会因此而流血致死。

"与之相反的是,马尔祖洛家族却会把这些钱吞进肚子里。我这样做只能使他们暂时受挫,暂时远离跨地区的体育赌博活动。这是我的想法,你的想法是什么?"

卡麦将这些照片放在我们之间的桌子上,身体向后靠着椅背,两眼盯着我的脸,与此同时我也看着他的脸。

我试图猜测他脑子里在想些什么。他是否相信我冒着极大的风险做了一件最终使他受益的大事?他是否在筹划一场与马尔祖洛家族的战争?或者说,他会不会只是在思考如何将这件事告诉自己的父亲——他们差点遭遇一场灾难,而这场灾难很可能使他们丧失家族业务中非常重要的项目?

好长一阵子都没有人说话,时间就这样流逝着,它穿过了这间巨大客厅的成斜面的玻璃窗,经过了外面的人造乐园,进到了远方的荒漠之中。

正如我曾经说过的,德尔里奥是一个富有耐心的人,只要他本人没和自己过不去。我不必担心,因为他在阿富汗作为我的飞机副驾驶员时有足够的机会表现出这样的素质。此刻他正在等待,观察,然后继续等待。

最后,卡麦·多西亚眨了眨眼。

"告诉我你想要什么。"他说。

一〇三

卡麦·多西亚正在问我想要什么,这像极了阿拉伯和波斯神话中同意满足对方愿望的魔鬼或仙女——你必须非常小心,千万别希望从鼻子上长出一根香肠。①

"我已经表现了我的诚意。"我说,"我帮你做了好事,清理了你不曾料想到的混乱局面。我希望你的父亲也能知道我们所做的一切。这就是我想要的,你不需要去任何地方,我们也一样。让我们大家一起接受这个现实吧。"

"你想改善关系,缓解局面,并让我们的业务井水不犯河水。"

"差不多是这样。另外,我还想知道究竟是谁杀死了谢尔比·库什曼。"

多西亚笑了,尽管很不明显,但是十分真实,"没有比我更好的朋友,也没有比我更难对付的敌人。"

我设想过他的每一个答案,然而唯独没有想到他居然会说出这句话来。多西亚刚刚说出的话是海军陆战队队员用来形容自己的"格言"。

没有比我更好的朋友,也没有比我更难对付的敌人。每一个海军陆战队队员对自己的能耐都有着超乎寻常的自信,对路时可以"为朋友两肋插刀",不对路时则是"人若犯我,我必犯人"。

正如德尔里奥和我,卡麦·多西亚也曾在海军陆战队服过役。

---

① 该说法源自一个小故事:一对夫妇希望得到好运。一个仙女来到他们面前说:"你们可以有三个愿望。"妻子很开心,不假思索地说:"我希望我有一根好吃的香肠。"于是她马上就得到了一根香肠。"真傻!"她丈夫对她叫着,"你怎么能只期待一根香肠呢?我真希望它长在你的鼻子上!"话音刚落,香肠果然长在妻子的鼻子上了。"你是多么的愚蠢啊!我们现在应该怎么办?"妻子哭泣着说,"我们只剩下一个愿望了。"丈夫也很难过,于是说道:"我们必须许愿让这根香肠消失。"最后,香肠消失了。他们虽然实现了三个愿望,可最后什么也没有得到。

"你们想喝点什么?"他问道,"要不你们一起参加我的晚宴吧?我们可以在吃饭的时候慢慢谈。"

"谢谢你的邀请,可现在已经有些晚了,而我们还得飞回去。"

多西亚点了点头,从椅子上站起身来,让我和德尔里奥跟着他走进了台球室。他对围在台球桌周围的人说:"伙计们,你们先出去一下。"

房间立刻被清空了,台球桌上有一个计分器,面板上显示的数字看起来好像是最高比分纪录。还没容我细看,多西亚就径直走到了挂在墙上的书写板旁边。

多西亚从书写板下方的托盘里拿出一个海绵刷,接着擦掉了写在角落里的几个电话号码。

他背对着我说道:"我们有一个合伙人,此人在多个建设项目中与我们有合作:内华达州的一家酒店,洛杉矶和圣地亚哥的一些大型购物中心。有一天,这个合伙人带着一个请求来见我们。"多西亚说,"除了帮他执行,我们别无选择。"

接下来,他开始用一块蓝色的台球擦粉在书写板上写这个合伙人的名字,我立刻被他吸引了。起初我把事情想得很复杂,以为他也许会画一个复杂的图表,用以说明这个合伙人和雇用杀手的主人之间错综复杂的关系。

然而事实并不是这样的。

卡麦·多西亚潦草地在书写板上写下了一些字母,然后告诉我:"这就是那个和我们签订杀人契约,杀害你的朋友谢尔比·库什曼的人。"

当他确信我已经看清楚了他所写的东西以后,他朝海绵刷上吐了一口唾沫,随即将书写板上的名字擦掉了。

他放下海绵刷,然后将我和德尔里奥送到门口,并向我们道了晚安。

这一次他和我握了手。

一〇四

又是午夜时分,我们回到了洛杉矶。我告诉德尔里奥说我会在明天早上跟他见面,而他看着我时的那种眼神,就好像一个父亲刚把自己的小儿子第一次送上了校车。

"我会没事的。"我说。

但是我真的会没事吗?当我进到"兰博基尼"并系上了安全带时,德尔里奥依然站在那里看着我。我驱车沿着10号高速公路向东行驶,然后通过一个出口下到了洛杉矶日落大道。

如果我开的是一辆大众汽车,那我也许还可以开得更快些,这就是豪华跑车不利的一面——它更容易引起警察和好事市民的过分关注。

我的思想早已飞到了很远的地方,但我一直保持在最高限速之内。最后,我将车减速,停在夏特蒙特酒店的入口处。

我从停车场走进空荡荡的电梯,然后按下了安迪楼层的按钮。几分钟后,我站在他的房间门外,用自己的手机给他打电话。

电话响了又响,最后他终于接了。

"杰克?怎么搞的?现在可是凌晨一点啊。"

"出大事了。我就在你门外,快开门。"

安迪还穿着与我上次见到他时相同的睡衣裤,起皱的丝绸面料上有栗色宽条纹,还点缀着细黑线条。

房间里弥漫着一股令人不太舒服的气味,茶几上放着一块蒜蓉面包。

"你看起来气色不太好。"安迪说。

"我刚从拉斯维加斯飞回来。"我告诉他,"紧接着我就开车过来了。"

"坐下说吧,杰克。"

我站在原地没有动。

"我和卡麦·多西亚度过了一段开心时光,刚才我去了他的家。"

安迪看着我的脸,他的眼睛里没有任何恐惧。

他为什么会认为我没有发现真相呢?难道他低估了我控制表情的能力吗?或者说,安迪是一个比我遇见过的所有客户都更加冷酷的家伙?我以前一直认为,我在大学学生联谊会的好兄弟,我自孩提时起的亲密朋友安迪不是这样的人。

我说话时声音有些颤抖:"卡麦已经把你向他们提出的请求告诉给我了,他说你就是请他杀害谢尔比的人。你怎么会做出那样的事呢?快把实话告诉我吧。"

安迪的脸一沉,随即膝盖一软瘫倒在地。我粗暴地把他拉起来,用钢铁般的双手捏住他的肩膀,然后将他扔进一把扶手椅,差点把椅子给弄翻了。

他又开始哭泣,但我之前就已经见识过这种令人尴尬和可悲的行为。

"得了吧,安迪。快说实话,你这个该死的家伙。"

"她是个妓女,杰克。你自己也曾这样告诉过我,但是在那之前我就已经知道了。她可以和任何一个愿意付钱的人渣乱搞,而我最终从一个下流的痞子嘴里听到了这个事实,此人不知道或者说不在意谢尔比就是我老婆。"

"你怎么不去找离婚法庭?"我说话的同时想到了谢尔比,我看到了她的脸,回想起了她的即兴表演引来人们的捧腹大笑。她是我生命中的一个珍宝,甚至是我的救星。当我刚从战场回来时,她让我重新找回了生活的意义。

然而,她却走进了毒品的深渊,以至于堕落得如此之深。一想到这点,我就非常心痛。接下来,我又回想起了我是如何将她介绍给了一个最终付钱雇人杀死她的男人。如果我没有介绍他俩认识,那么谢尔比现在一定还活着。我曾爱过她,而我曾经信任他。此时此刻,我感到自己非常想念她。

安迪为什么会对谢尔比做出这样的事?为什么会有人想要杀死谢尔比呢?她是一个如此温和、如此善良的女人,她能让所有人发笑——当然也包括我自己。

安迪的哭泣让我愤怒。事实上,当他最近一次表现出发自内心的痛苦时,我和他感同身受,然而现在一切都变了。我被彻彻底底地耍弄了,而且是被我自己的朋友耍弄了。

从前那个安迪·库什曼已经从我的生命中永远地消失了。

我说:"作为一名财务工作者,你他妈的真是个好演员,也许演得略微过火了点。"

安迪停止了哭泣,他现在变得冷静和严肃,"求你了,杰克。你无法理解和她一起住在同一屋檐下的那种感觉,尤其是知道了她正在做的事以后:毒品,还有男人们。我不得不这样做,但我又不能亲自出手。我过去曾经爱过她,杰克,我是真的很爱她。求你了,别告诉警察。"

"这个你别担心,我不会告诉警察的。毕竟你是我的客户,你这个人渣。"

"还是一个朋友?"

他的恳求只能愈加激发我的愤怒。

作为对他的回答,我用拳头猛击他的脸,以至于他连人带椅一起向后翻倒。当他倒地后,我抓住他的头发,一把将他拽起来,并踢他身上各处——双腿、双肾以及两侧的肋骨。我还将一瓶价值三百美元的苏格兰威士忌浇在他的头上。我想不出自己还能说什么,还能做什么,除了杀死他。

当我离开他的套房时,安迪·库什曼——这个我从前的客户,以及从前的朋友——仍然还在哭泣。

一〇五

西摩博士绕过一个拐角,来到了朱斯蒂娜的办公室门口。他用双手握住两侧的门框,身体向后倾斜,活像一面被狂风拉拽的旗子。

现在的时间是上午十点十分,他一整夜都在自己的实验室里工作,研究着朱斯蒂娜从酒吧带回来的两个玻璃杯。

朱斯蒂娜将两只手平放在办公桌上,仔细端详着西摩的娃娃脸。他是一名科学家,所以即使带来了坏消息,他的表情看上去也十分开心:因为不论如何,至少站在他的角度,他毕竟又解决了一个问题。

"快告诉我一些好消息吧。"朱斯蒂娜说,"让我开心一下,神童。"

"我这里有好消息,也有坏消息。"西摩说。

朱斯蒂娜用双手捂住了自己的脸颊,"先说坏消息吧。"

"'好消息'是我已经将那个未知男人的DNA提取出来,结果发现它与我们在温蒂·伯尔曼的衣物上发现的DNA是一致的。"

"这就是好消息?"朱斯蒂娜说,"我们现在所获得的成果就只是对其中一个男人的DNA实现了法医学匹配?"

"没错,所以他的身份仍然是未知的。但是你已经看见他了,他还活着,而且就住在洛杉矶。"

"听着,西摩,我心目中的好消息应该是你已经确定了鲁道夫·克罗克尔的DNA与从受害人衣物上提取的DNA是匹配的。在酒吧里时,我就坐在他旁边。我像包裹一只小鸡一样小心翼翼地包裹了他的酒杯,我相信他的DNA一定就附着在其中一个玻璃杯上。"

西摩松开双手,走进办公室,坐到朱斯蒂娜对面的椅子上。他将自己穿着平底人字拖鞋的脚抵在办公桌的侧面,他的黄色印花布夏威夷衬衫与他头发上的金色条纹很相配,这身打扮使得他看起来就好像刚从威尼斯海滩①旁的一家冲浪器材店里出来。

"问题并不是鲁道夫·克罗克尔的DNA没有残留在玻璃杯上。我得到的是等位基因汤②,所以我不能从结果样本里将他的DNA单独分离出来,同时也无法将他的DNA与我们在温蒂·伯尔曼的衬衣上提取的DNA

---

① 威尼斯海滩并不是著名的水城威尼斯,而是洛杉矶三大知名海滩之一。威尼斯海滩应属洛杉矶最具多元化色彩和现代风貌的海滩胜地,像是一场免费、常年进行的嘉年华,以街边艺人、举重表演者、波希米亚风格的居民以及奇异的精品店而闻名。这里有超过一百家的海滨商店,专营艺术品手工精品等。

② 生物学术语,具体原理比较复杂,可以理解为多个不同对象的基因混合在一起,以至于无法精确提取和查验比对。

进行精确比对。很抱歉,朱斯蒂娜,这个杯子是一个废物。"

"等等……等等……西摩,你能不能再做一下测试,试试看能不能将他的DNA以某种方式分离出来。"

西摩直直地看着朱斯蒂娜,她正殷切地期待将刚被告知的结果转变成希望。如果他可以帮她实现目的,那他一定会这样做。

"难道……你真的不能吗?"

"是的,我无能为力。如果要让我来猜测原因……"西摩说,"酒吧侍者没有把杯子洗干净,直接就倒上酒递给克罗克尔了。接下来,一批洗得很干净的杯子被送上来了,于是侍者就拿了一个非常干净的杯子帮未知男人——克罗克尔的朋友倒酒。你认为这样讲得通吗?"

"我没办法从克罗克尔那里再找到一份样本了。"朱斯蒂娜说,"已经太迟了。"

"如果在公众场合做不到,那你可以去他家里试试。"西摩建议道。

"你的意思该不会是要我非法闯入他的住所……嗯,你觉得我应该去申请一份搜查令?"

"既然你十拿九稳,为什么不呢?"

可恶,朱斯蒂娜心里有些恼火。她拨通了鲍比的电话,这个号码对她来说当然非常熟悉。

一〇六

朱斯蒂娜叹了口气,将椅子转向窗户那边,使自己背对着西摩。她迫不及待地对着电话那头的鲍比讲话,但自己却难以自抑地埋下了头。

"鲍比,西摩说我们不能排除样本中带有鲁道夫·克罗克尔的DNA的可能性,这就意味着他有可能是绑架温蒂·伯尔曼的疯子之一……

"没错,鲍比。"朱斯蒂娜继续对着电话说,"样本被污染了,但是毫无疑问克罗克尔的DNA很可能就在其中……

"嗯,是这样的。总之克罗克尔是众多带有嫌疑的参与者之一,所以我需要一份搜查令……

"你是认真的吗？我只需要进入他的公寓,取走他的牙刷,一两秒钟就够了……

"谢谢你的时间,尽管你什么都没帮我。鲍比,不论发生什么事,那都是你的责任。"

朱斯蒂娜重重地放下听筒,将椅子转回来,对西摩说:"他说即使他能够逼迫一位法官就范,通过这种方式取得的证据也是无效的。我现在不再在乎这起案子了,我想要的只是赶紧制止这个变态的'佛瑞克'今晚继续杀人。"

西摩的手机在裤兜里"嗡嗡"作响,他掏出手机看了看,然后对朱斯蒂娜说:"如果你要找我,我就在下面。"

西摩走下楼梯,来到地下室,继而在德鲁伊[①]洞穴般的办公室里找到了莫琳。香燃烧着,对西摩来说房间里的气味犹如洒了香水的垃圾堆。

莫琳的眼睛一直紧盯着电脑屏幕,她对西摩说:"这次莫比德没有用匿名短信,他劫持了一个即时通讯软件的账号,然后以账号主人的名义向目标发送文字信息。"

西摩拖过来一把椅子,坐到莫琳旁边,看着电脑屏幕上的内容。这套隐形程序设计得非常巧妙,一旦出现短信或电话往来,它就可以无线侵入目标的手机。除了短信,该程序还可以监控手机上的即时通讯软件的往来文字信息。

"将莫比德和D女士的名字高亮显示。"西摩说,"这样可以让我阅读起来容易些。"他随即掏出手机,拨通了杰克的号码。

"莫比德正在同他的目标人物闲聊。"他告诉杰克,"这个小杂种用的别名是'露露218'。他刚刚发出的文字内容是'放学后和你见面',但没

[①] 在罗马、希腊神话中意指森林女神。传说每一棵橡树都居住着精灵,而这些树精通过德鲁伊向人类传达神谕,因此后世的文学著作中德鲁伊通常以树精的形象出现。德鲁伊在现代文学、影视、动画和游戏作品里出现,比如暴雪公司的著名游戏《魔兽世界》《暗黑破坏神》等均有她的身影。

说具体地点在哪儿。"

西摩对莫琳说:"你能不能再查询一下莫比德的方位? ……杰克,他现在在好莱坞西城区,目前我们所知道的就只有这些了。我们正在努力进一步确定他的位置。"

"你们无法追踪他吗?"杰克问道。

"是的。"西摩对杰克说,"而且我们不能阻断他们的对话,那个可怜的女孩在警察得到法院指令之前很可能就已经死了。"

"我马上过来帮忙!"杰克几乎是喊着说出了这句话。

西摩说:"好的,我们会继续尝试。"说完后他挂断了电话。

"试一下给 D 女士发信息呢。"西摩对莫琳说。

"我试过了,但行不通。她非常小心,这个可怜的羔羊啊!她知道杀手的存在,所以她只允许女性联系人与她联系——包括那个盗用了她朋友账号的狼,并且禁止陌生人加她为好友,这样一来就把我们彻底阻隔在外面了。"

一〇七

诺拉·克罗宁警官在菲格罗亚街加速行驶,突然她将方向盘向右一转,然后将车停在一栋不太显眼的五层楼高的白色建筑物外面,这栋楼就是国际私人侦探公司的总部所在地,也是不计其数的秘密被封存的场所。朱斯蒂娜快步走出玻璃前门,钻进警车前座,系上了安全带。

"气死我了!"朱斯蒂娜忿忿地说。

"我得提醒你,尽管鲍比是个卑鄙小人,可你也必须在这件事上为他加分。朱斯蒂娜,他的做法是对的,毕竟我们目前还没有合理的根据。"

"克罗克尔和他的同伴将会在今晚展开杀戮,另一个女孩即将遇害。这就是我的'合理的根据',真该死!"

车载收音机里发出了含混不清、伴随着电磁干扰的说话声:在卡汉加大道和圣塔莫妮卡大道的交叉口发生了一起交通肇事逃逸事故。

诺拉调低了收音机的音量,接着对朱斯蒂娜说:"我的计划是我们突然袭击鲁道夫·克罗克尔的办公室,事先没有任何通知。你站在旁边,看起来就像一个普通的起诉人。我向克罗克尔出示自己的证件,用温和的态度请他来市中心的警察局总部。他并不是被捕,只是我们需要他的帮助——为了一起我们正在办理的案子,我就说他有可能目睹了一场罪行。"

"好的。"朱斯蒂娜说,"只要他来了,他就掉进了我们的圈套。你可以说五年前有人看到他开车经过了温蒂·伯尔曼被绑架的那条街。"

"没错,这样说应该会有效果。也许会令他紧张不安,然后供出一些可以证明他有罪的证词。没准他还会将自己的 DNA 留在一个可口可乐罐子上。"诺拉说,"也许他会跟着我们去到警察局,也许他会招认,这样一来今晚的杀戮计划就被取消了。退一万步讲,我的搭档朱斯蒂娜,起码我们可以因此争取到更多的时间。"

朱斯蒂娜点了点头,"他在威尔希尔太平洋伙伴集团工作,那里离费尔法克斯大街不远。现在是十点四十,他应该在公司。"

诺拉踩下油门,十五分钟过后,她们就来到了威尔希尔太平洋伙伴集团。这家公司的地址很好找,而且停车非常方便。诺拉和朱斯蒂娜走进冰冷的办公楼,在一楼大厅里有一幅栩栩如生的浮雕式绘画,朱斯蒂娜看出这是弗兰克·斯特拉[①]的作品。

在二楼的接待处,诺拉将自己的证件出示给站在长长的绿纹大理石接待台后面的瘦削的接待员,并要求会见鲁道夫·克罗克尔。

接待员说:"真不巧,克罗克尔先生现在不在,他今天休假。"

"妈的!"诺拉气急败坏地说,然后重重地将拳头敲在桌面上。

她们回到警车里,诺拉将车驶往克罗克尔的公寓大楼。"如果他不在家,那我们就像上次那样守株待兔。"她对朱斯蒂娜说。

[①] 美国画家,以抽象作品而闻名。他朴素的几何画使其成为 20 世纪 60 年代极简抽象艺术运动的领导者。

"我在想,你何不对他那辆讨厌的小型货车发出全境通告呢?"

诺拉说:"耶,真是个好主意,朱斯蒂娜!"

诺拉将克罗克尔的名字报给了调度中心,声称他开着一辆新款蓝色丰田塞纳小型货车,请求以警用无线电的方式对他的车进行全境通告。"我想找到那辆车。"她说,"这与女学生谋杀案有关。"

"注意看,他也许会将车停在公寓楼外面。"诺拉对朱斯蒂娜说。

但是那辆蓝色的货车并没有出现在她们的视野范围内,而看门人说克罗克尔今天早上很早就离开了,大概是七点钟左右,另外他也不知道克罗克尔何时会回来。

诺拉将警车停在克罗克尔的公寓楼对面,两个人在车里静静地等候着。诺拉继续喋喋不休地咒骂着,诸如这个"该死"、那个"可恶"什么的……四个多小时过去了,诺拉终于接到了调度中心打来的电话。

"警官,那辆蓝色塞纳货车现在在银湖区,它最后一次被人看见是在阿尔瓦拉多街,当时它正向北行驶,而我们的行动小组正往南行驶,转弯过去后跟丢了。"

诺拉厉声说:"队长,立即通知所有行动单位,找到那辆车。我想让那个司机靠边停车,不论你们采用什么借口,总之先将他拖住,直到我赶到那里。这个嫌疑人可能带了枪,而且非常危险,他是一系列凶杀案的头号嫌疑人。"

一〇八

"杰克。"莫琳用一种对她来说十分罕见的平淡语调说道,"我觉得你们行动时可以非常直截了当,再说目前我们还不知道这些人的真实身份。"

现在的时间差不多是星期一下午四点半,我开着一辆跑车,克鲁兹坐在我身旁的副驾驶座位上。我正与莫琳通话,她现在人在办公室。

我打开了扬声器,这样一来埃米利奥也能听到莫琳的说话声。

她说:"莫比德正在发文字信息,对象是尚不知道真名的D女士,他所用的网名是盗用的露露218,后者应该是D女士的一个女性朋友。"

"明白了。"

"莫比德刚刚发出的信息是:'我有非常重要的事情要告诉你,你能在斯洛蒙和我见面吗?'"

"斯洛蒙是什么?"我问莫琳。

克鲁兹说:"这个我知道,那里是一家位于佛蒙特街的报摊。"

莫琳插话道:"D女士回复信息了,她说:'朋友,我可能来不了了。今晚我得做饭,还要买东西。'莫比德的回复是:'这真的很重要,我需要同你在那个超市里见面。'"

"什么超市?"我问道。

"杰克,我知道的和你一样多。啊哦,目标人物居然同意了,她说:'好的,十五分钟后见面吧。'现在她已经退出了会话模式。"

"查得到他们的方位吗,莫琳?任何一个都行。"

"莫比德在靠近格伦代尔市[①]的蒙特罗斯镇,这就是我能查到的最确切的方位了。等等,莫比德的信号在移动,朝北移动。

"杰克,他在那里停止不前了,可他所在的地方并没有交通灯……哦,天哪!他的速度告诉我,他现在是步行状态。"

克鲁兹着了魔似的掰弄着自己的指关节,"在格伦代尔市有一家拉尔夫超市。我们要找的人长什么样?"

"朱斯蒂娜说他是白人,很瘦,二十出头。"

"我们马上过去。"我对莫琳说。我感觉自己仿佛又回到了战场,而且我好像有了第二次机会使得一切事情都出现转机。

---

① 美国加利福尼亚州西南部城市。

一〇九

埃蒙·菲茨赫——化名为"莫比德"的另一个男人此时发现格雷西娜·戈麦斯正站在拉尔夫超市的门口。

这个漂亮女孩穿了一条超短牛仔裙和一件粉红色的充满青春气息的圆领 T 恤。他穿过停车场朝她走去,一路上他的双手都插在牛仔裤的口袋里,脸埋得很低,头发遮住了他的眼睛——那双眼睛明确写着自己是多么热切地渴求征服前方的娃娃脸女孩。

"D 女士"并没有抬头。她为什么要抬头呢?她要等的人是自己的女朋友露露·费尔南德斯,后者约好了同她在超市门口见面,并且要告诉她重大消息。

莫比德看到格雷西娜开始看手表了,于是他径直走到她面前,并喊出了她的名字。现在他必须成为一个好演员,而他的确做到了这一点,不紧不慢,有的放矢。

"格雷西娜?"

"你是?"

他脸上露出了一点害羞的表情,"我是露露的朋友,我叫菲茨赫。"

"哦?我可从来没有听她提起过一个叫菲茨赫的人。"

"目前这还是我和她之间的小秘密。先不说这个了,露露委托我来这里见你,是因为她必须得去医院。她遇到了一点麻烦。"

"什么?不会吧,她出什么事了?"

"冷静点,听我说,事情是这样的,她……她怀上了我的孩子。她让我告诉你她有些见红,很可能会流产。"菲茨赫的眼泪涌了出来,"决定权在你手上,不过她真的很需要你。"

"你知道吗?你纯粹是在放屁!如果她真的勾搭上了一个白人男孩,

尤其是像你这样老的,那她一定早就告诉我了。"

"你听不懂英语吗?我说了她现在需要帮助!"

女孩的脸因愤怒而扭曲,紧接着她尖叫道:"你这个骗子,离我远点!"她边说边往后退,结果撞上了一连串的购物手推车。磕绊了几下后,她调整好了身体的平衡,试图转身逃跑。

菲茨赫轻而易举地赶上了她。他抓住她的手臂,将它们扭在一起,继而紧紧握住,"站好了,格雷西娜,你这个傻瓜。不许挣扎,我是认真的,懂吗?听着,我很快就会放你走。"

女孩毫无还手之力,即将成为瓮中之鳖。他正准备告诉她露露在厢式货车里等她,然而他却没来得及说出第一个字。

突如其来的重拳击中了他的肋骨,他向后一仰倒在地上,眼睁睁地瞪着这个身手敏捷的墨西哥裔美国人,后者猛地将他的双臂扳到他背后,几乎将他的右肩扭得脱臼。菲茨赫痛得尖叫起来。

"你想对这个女孩做什么,你这个小杂种?你叫什么名字?"克鲁兹喊道,"别发愣,我在问你话呢!"

克鲁兹弯下腰,将这个年轻男人的钱包从牛仔裤的后兜里抓了出来,然后递给站在一旁的杰克。接下来,他对倒在地上惊魂未定的菲茨赫说:"鲁道夫·克罗克尔现在在哪里?"

"我不认识什么鲁道夫·克罗克尔。快放开我,不然我要叫警察了。"

"别为此费心了,菲茨赫先生。警察们正在前来这里的路上,我早就帮你预约好了。"

一一〇

朱斯蒂娜用右手紧紧地抓住头顶的扶手,然后用左手握着手机,压过警笛声朝电话那头的杰克喊道:"我和诺拉·克罗宁在一起。我们在距离拉尔夫超市一个街区外的地方发现了克罗克尔的货车。现在货车已经被很多辆警车包围了。杰克,我稍后再打给你,我这边有新情况。"

诺拉将车停在街边,接着与朱斯蒂娜一起跳下警车。前方有十几个身穿制服的警察,其中一个人朝她们走了过来。

"诺拉警官,情况是这样的。当我们找到他时,他已经将车停在这里了。我们刚一停车,他立刻就把自己的双手举在头顶。还有,他的车门被锁死了。"

"他拒绝从车里出来?"

"是的。什么人会这样做呢?我认为他一定想把某些秘密锁在车里,也许是毒品,或者是具有非法功能的电子产品,还可能是枪支。不过,他现在是哪儿也不能去了。"

朱斯蒂娜透过挡风玻璃,看着这个年轻并戴着金丝框眼镜的白人大男孩,与此同时他也透过挡风玻璃看着她,看上去出奇的平静。

这家伙肯定是克罗克尔,那个野蛮残暴、猪狗不如的疯子。起初她通过年鉴知道了这张脸,而且昨天晚上她还在蓝色威士忌酒吧亲眼看到过。在过去的两年里,每隔几个月他就会引诱并杀害一个年轻的女孩,这些女孩都对他和他同伴编造的故事信以为真,继而走上了不归路。

朱斯蒂娜知道每一个受害人的名字,以及她们本该拥有的美好未来。十三条过于短暂的生命深深刺痛了朱斯蒂娜的心。她痛恨克罗克尔,但她同时也感到有些害怕和担忧。

不论是她本人还是整个洛杉矶警察局,目前都没有足以对克罗克尔定罪的实质性证据——除了一个未成年人凭借五年前的回忆所作出的指证,而她甚至很可能无法前来作证。

朱斯蒂娜缓缓地向前移动,离克罗克尔越来越近。她看到他的鼻孔发白,眉毛扬起,脸上带着笑容。

看上去他似乎非常兴奋,而且巴不得有人向他开枪。

这是什么意思?难道他企图让警察开枪打死他?

不能发生这样的事,千万不能!

朱斯蒂娜转身回到诺拉的车里,从控制台上拿起了一条 ASP 警棍①。她再次来到诺拉身边时,后者双手握枪,枪口对准了克罗克尔的头部,中间只隔着一面驾驶室侧窗玻璃。

"立即下车。"诺拉再次对克罗克尔喊道,"这是最后通牒。快下车,把你的双手放在我看得见的地方。"

克罗克尔大声说:"我没有武器,而且我不相信你敢开枪。"

此时此刻,朱斯蒂娜深知自己内心的愤怒情绪已经战胜了理智,但是她不在乎。她用力地甩了一下手中的 ASP 警棍,紧接着它发出了一声闷响,听起来就好像是在为猎枪上膛。原本只有六英寸长的金属棍瞬间伸长了,变成了一根十六英寸长的"金箍棒"。

朱斯蒂娜说:"退后点,诺拉。"

她手中的 ASP 警棍好似一根棒球棒,朱斯蒂娜挥舞着它猛击塞纳货车的车窗。克罗克尔根本来不及躲闪,他身旁的车窗玻璃碎了一大块。

朱斯蒂娜没有停手,她再次挥舞警棍击打玻璃。

诺拉目瞪口呆地看着朱斯蒂娜完成这一"壮举",然后看着她将自己的手伸进车窗,打开了车门。接下来,诺拉将手枪放回枪套,走上前去将克罗克尔从车里拖到了人行道上。

这个瘦高的年轻小伙子刚跌坐在地上,无数个枪口立即从四面八方对准了他。

诺拉咆哮道:"趴在地上,再把双手按在后脑勺上。"这时,她们看到鲜血顺着克罗克尔的脸颊流了下来。

朱斯蒂娜突然感觉到一阵恐惧,如果她错怪了克罗克尔,那她很可能会面临一场法律诉讼,而且是很严重的那种。克罗克尔将会以非法逮捕、警察暴行、人身攻击和财产侵犯为依据进行起诉,同时他还会起诉朱斯蒂娜个人。接下来,因为她不够富有,他还可以起诉国际私人侦探公司。

不过现在这些担心都已经不重要了。只要这个冷血残暴的杀手不至于在沥青路面上一命呜呼,其他什么都不要紧。

---

① ASP 警棍全称为 ASP 战术警棍,它是美国武装系统暨程序公司(英文缩写为 ASP)为执法部队专门设计制造的可伸缩战术武器,该公司所生产的全系列伸缩警棍都被统称为"ASP 警棍"。

"鲁道夫·克罗克尔,我们因你干扰警务而逮捕你。"诺拉说。

"我没有干扰任何东西。我坐在自己的车里,想着自己的私事,我招谁惹谁了?"

"这些话你留着告诉法官吧。"诺拉说。

"哼哼,你一定会为此付出代价的。"克罗克尔的声音十分平静。

一一一

接到朱斯蒂娜的电话之后,只过了几分钟,我和克鲁兹就找到了她所在的区域。这条四车道公路拥堵不堪,甚至连人行道上都挤满了汽车。现在恰恰是交通高峰期,可两条向南的车道已经被警车隔离起来了,交警们正在指挥其他车辆变道或转向。

克鲁兹和我将车丢在路边,步行穿过了由警车组成的警戒线。我数了一下,一共有八辆警车和二十名身穿制服的警察正严阵以待,另外还有一些警察围在诺拉·克罗宁周围,后者将脚踩在一个面朝下趴在地上的男人的脖子上。走近以后,我听到克罗宁正在宣读他的米兰达权利[①]。

朱斯蒂娜站在几米远的地方,她脸上的表情可以说是全神贯注。她没有注意到我和克鲁兹,眼睛一直盯着克罗宁警官。这时,克罗宁已经将趴在地上的男人拉了起来。

---

① 米兰达权利(Miranda Rights)起源于美国最高法庭的一个案件:有个叫埃曼斯托·米兰达的被告在亚利桑那菲尼克斯城附近绑架并强奸一名十八岁的姑娘。案发十天后米兰达被捕,在一排嫌疑犯中被受害者辨认出来。警察在两个小时的审讯后,得到了有米兰达签字的书面供词。开庭时供词被用作证词,米兰达被判有罪。后来米兰达上诉美最高法院,根据是警方没有宣读他有保持沉默的权利,并剥夺他取得律师协助的权利。考虑了种种论证后,最高法院裁决米兰达的供词在法庭审判时无效,因为那是在未告知他享有宪法的权利的情况下取得的。由于这一案例的结果,警方必须在审问向前被控告的罪犯宣读以下的米兰达权利:你有权保持沉默,你所说的一切可在法庭上用作对你不利的供词;你有权找律师,审问时可有律师在场;你如果没钱请律师,任何审问开始前都将为你指定一位律师。

"我想打电话通知我的律师。"戴眼镜的男人说道。

"你可以给地球上的任何律师打电话,你这个混蛋!"诺拉说。

四名警察围了上来,他们将眼镜男推搡着趴在一辆警车的引擎盖上,然后从背后为他戴上了手铐。尽管如此,这个人看上去依然十分平和——说他平和似乎还不够准确,应该是镇定自若。

我对朱斯蒂娜说:"他就是克罗克尔?"

她抬起头看着我,"没错,就是他。他是不是真的杀了人?说实话我也不知道。也许现在应该去申请一份搜查令,这样一来我们就可以搜集他的DNA。"

新闻直升飞机突然在我们的头顶出现并盘旋,一辆宝马车、一辆福特轿车和一辆卫星新闻采集车接连驶到路边,继而停了下来。

米奇·菲斯克局长从福特车里走出来,我真不敢相信他居然也会来到这里。

从宝马车里走出来的人是地方检察官鲍比·裴提诺。

这两个男人会合后,简短地交谈了片刻,然后朝着克鲁兹、我以及朱斯蒂娜的方向走来。

"你怎么了?"鲍比对朱斯蒂娜说。

她顺着鲍比的目光低下头,看到血正沿着自己的手肘流向手腕。"这不是我的血。"她说,"是克罗克尔的。"

她的脸上一阵发红—— 可她为什么会这样呢?

当菲斯克同我说话时,她迅速将脸转离鲍比。"被克鲁兹攻击的那个人——埃蒙·菲茨赫,他有什么问题?"菲斯克问我。

我回答道:"简而言之,我们得知他和克罗克尔即将在今天晚上展开一场杀戮行动。尽管我们目前还不能证实,但我们必须提前行动。我们跟踪菲茨赫,结果发现他在拉尔夫超市附近对一名十五岁的女孩做出奇怪的举动。"

"他现在进了医院,肩膀脱臼,身体有多处挫伤。他叫嚣着说自己受到了警察暴力。"菲斯克说。

克鲁兹说:"他即将杀掉那个女孩……"

"这只是你个人的说法而已。"菲斯克插嘴道。

"没错，就是这样。"克鲁兹说，"我所做的一切就只是怀着确信他有罪的信念去攻击他，他还是个次轻量级摔跤运动员。"

菲斯克看着我，眼睛里充满了狂怒，"杰克，这纯粹是扯淡。你们凭借匿名的消息来源提供的情报，就把人打得进了医院，而且毫无理由地逮捕人。我希望你在半小时之内来我的办公室，带上克鲁兹和史密斯。如果你们对这场灾难的解释不能使我满意，我就会吊销你的营业执照。"

当菲斯克走开后，我问朱斯蒂娜："你刚刚说这些血是克罗克尔的？"

她点了点头，"是的。"

塞纳货车的驾驶座上到处都是碎玻璃，我赶在警察还没有反应过来的时候戴上了一只橡胶手套，迅速捡起了几块带血的玻璃碎片，然后将它们塞进了另一只手套里。我将这个即兴准备的证据袋连同我的车钥匙一起递给了朱斯蒂娜。

"把这个带到实验室去，抓紧时间。过一会儿我们在菲斯克的办公室碰头，届时一定会很有趣。"

朱斯蒂娜并没有笑，但她的表情看起来舒缓了一些，"谢谢你，杰克。"

一一二

米奇·菲斯克局长的办公室里还闻得到昨天的午饭的味道。

玻璃墙上的百叶窗半开着，这样菲斯克就可以看到外面的警察办公区的动静。站在污迹斑斑的窗户旁，可以看到下面的洛杉矶大道。路面上车来车往，如同黑暗中的一个个幻影。

房间里的紧张气氛一触即发，情况不容乐观。

没有哪个人可以信誓旦旦地说，因为今天的行动及其结果，他或她不会被指控、惨遭解雇或面临监禁——甚至还可能三者兼而有之。

作为国际私人侦探公司的独资经营者,我将是第一个直面行刑队的人。因为我是公司法人,所以国际私人侦探公司将率先被问责。我们当然是有罪的,我们使用了非法的电子设备——关于有条件地允许使用这种用于远程窃听的先进技术的法律条文还没有被订立。

在我们的主张和敦促下,诺拉·克罗宁警官逮捕了一个人,而这个人在被逮捕的过程中又被我们的一名操作人员所伤害。更麻烦的地方在于,我们关于鲁道夫·克罗克尔有罪的推断仅仅基于一个十几岁女孩五年前的记忆,而且这个女孩很可能不愿意出庭作证。

尽管五年前菲茨赫将他的 DNA 留在了受害人的衣物上,但是短袜上的 DNA 并不能作为他杀死了她的确凿证据。

如果我们不能证明克罗克尔和菲茨赫与从伯尔曼到埃斯佩兰萨的每一个女学生——哪怕是其中一个也好——的死亡有关,那么他们的律师很快就能帮助他们重获自由。

裴提诺和菲斯克都处在紧要关头,但是警察局局长尤其像热锅上的蚂蚁,因为他手下的一名警察直接牵涉其中。当菲斯克拧开他的咖啡罐的盖子时,裴提诺正在办公室的后侧来回踱步。由于裴提诺和朱斯蒂娜的特殊关系,他将国际私人侦探公司推荐给菲斯克,并对此事负起全责。如果我们把事情搞砸了,那么鲍比·裴提诺就很难再在这座城市继续混下去——更别说成为这个州的州长了。

大家各自就座,诺拉·克罗宁坐在菲斯克和朱斯蒂娜之间,我的右手边是朱斯蒂娜,左手边是克鲁兹。

"我想知道整件事的来龙去脉。"菲斯克说,"但是,请简单一点。朱斯蒂娜,你先说,让我们把头绪理清楚——起码在这间办公室里要开诚布公。"

朱斯蒂娜发言时用了她最职业化的语调,但是我非常了解她,所以可以看到和听出她的恐惧。她先提到了克莉丝汀·卡斯蒂利亚——温蒂·伯尔曼被绑架时的目击者,接着又阐明了一个已经被我们的实验室的研究结果所证实的推论。

"我们在温蒂·伯尔曼的衣物上提取到了两份单一来源的 DNA 样本。"她说,"其中一份样本与埃蒙·菲茨赫的 DNA 完全吻合。另外一份

样本目前暂时还没有找到匹配者。但是,通过卡斯蒂利亚的目击者报告,我们知道鲁道夫·克罗克尔就是将温蒂·伯尔曼推进货车的男孩之一。"

菲斯克提出了一个问题:温蒂·伯尔曼为什么能与现阶段的女学生谋杀案联系起来,而这恰恰就是案子的不确定之处。最终我表达了自己的看法,解释说这些案子的谋杀手段有些相似,尽管不完全相同。"我们认为温蒂·伯尔曼是第一个受害人。"我说。

"即使不是第一个,她也必定是一个早期受害人。"朱斯蒂娜补充道。

我告诉菲斯克,克罗克尔和菲茨赫此前一直没有犯下任何实质性的错误,直到菲茨赫招募了詹森·佩尔森,这一举动明显增加了游戏的风险。

"我们截取了佩尔森的电子足迹,这个混蛋曾向自己的虚拟朋友们夸耀,说他加入了一个名叫'街头佛瑞克'组合的社团,而这个社团的使命是在现实生活中杀人。"

"你们把我弄迷糊了。"菲斯克说。

"是你要求我们讲述简化版本的,米奇。问题的关键在于,我们查到了克罗克尔发给佩尔森的信息,还有克罗克尔发给菲茨赫的信息,其间描述了他们将在今晚杀害另一名女孩的计划。他们选中的女孩正是克鲁兹将菲茨赫打倒之前,后者正在搭讪的那个女孩。"

"我看到了很多零散的点,但它们相互之间好像没有联系。"菲斯克说话时双眼阴云密布,"你告诉我的所有事情,要么是好像发生过但却无法证明的,要么是不能被采纳的,要么是过于模糊不清以至于不可能说服我们的陪审团的。我想要的是确凿的杀人凶器,还有匹配的法医证据。我想要的目击者不是年仅十一岁的未成年人,更不是跳下或被推下自家露台致死的家伙。

"你们能明白我的意思吗?贝莉·亨特将会为克罗克尔辩护。如果我们不把上述这些东西一一确定下来,那么这起案子永远都不会在法庭受审。"

"你必须将克罗克尔和菲茨赫分开。"我说,"我们需要一些时间来检验克罗克尔的 DNA 是否与温蒂·伯尔曼的衣物上的另一份 DNA 相匹配。"

我转而看着鲍比·裴提诺,后者依然在我身后的地毯上一成不变地踱着步。

"我们需要搜查令,用以搜查克罗克尔和菲茨赫的住所,还有他们的办公室。鲍比,这件事你能帮我们吗?别让这两个人逃脱了。"

一一三

诺拉握着自己的手枪,缓缓地进到克罗克尔的公寓。她打开天花板上的照明灯,"啪"的一声将搜查令掷在门厅的桌子上,然后开始检查她在这套单卧室公寓里看到的每一件东西。

卧室里面没有电脑。

窗户是关起来的。

空调还开着。

显然没有人在家。

"别再说对不起了,朱斯蒂娜。"诺拉扭头回应着朱斯蒂娜的道歉,"我并不是有影响力的人,不能发言为你辩护,在等级森严的警局里小诺拉只是个职位卑微的人。我是你的什么来着,兵?卒?总之在我看来就是这样。"

朱斯蒂娜也走进了公寓,跟着诺拉来到了小厨房、卧室和浴室。

诺拉先检查了所有的房间和壁橱,确定没有危险之后,她把枪收起来放好。

"这里没人,除了我们这两个菜鸟。你来检查卧室和浴室。"诺拉说,"如果发现什么东西就赶紧叫我。"

朱斯蒂娜站在卧室门口,研究着这个小地方。房间明确地表现出主人拥有一个活跃的大脑,它被深蓝色的涂料所覆盖,穿插着不同颜色的木构件——粉红色、绿色和黄色,还有橙色的贴墙板及装饰线。这个年轻的杀手还有一张豪华奢侈的加州帝王床。

他的书几乎涵盖了人类知识的所有领域，从艺术、科学到政治和生态，一应俱全。他的床头柜上有一把手电筒，一盒没有开封的安全套，一支无色润唇膏，一个电视机遥控器，还有几枚电池。

卧室里有一张书桌，朱斯蒂娜朝它走去。桌面上没有电脑，抽屉是锁着的。

她从笔筒里取出一把剪刀，像非法入室行窃的专家一样迅速地将抽屉锁撬开。这样做很可能是违法的，但她已经顾不了这么多了。先前她已经打坏了他的车窗玻璃，那可是更加严重的罪行。

然而，克罗克尔的书桌抽屉很让人失望。六枚克鲁格金币①放在一个空的回形针盒子里，一个小塑料袋里装了一些大麻和烟卷纸，剩下的就只有一些普通的文具用品，甚至连一张照片都没有。

朱斯蒂娜关上这些抽屉，走到梳妆台旁，打开了这里的每一个抽屉。

她正在寻找弥天大罪的证据——或者说是这些罪行的微不足道的纪念品：剪报，有着手写笔迹的记事本，其他纪念品，随便什么都好。

克罗克尔曾经从他的受害人身上拿走纪念品，但和其他大多数猎手不同，他将这些纪念品藏起来，然后写一封尖刻轻蔑的电子邮件发送给市长，引导人们去寻找一尘不染、什么都证明不了的人工制品。

毫无疑问，出于对成功的自豪感，克罗克尔应该保留一些东西。除非他过于精明，什么也不留下？

诺拉进到卧室，她和朱斯蒂娜一起翻动褥子，展现出一个干净的弹簧床垫，上面没有任何暗袋。

诺拉说："我从来没有见过如此干净的嫌疑人。"

朱斯蒂娜走向衣柜，抬起手拉开了衣柜内的照明灯，拉线开关是一条链子，上面挂着一个金属小玩意儿。

克罗克尔有六套深色西装，六件休闲外套，还有一些蓝色衬衣，它们

---

① 一种最著名的南非金币。南非是世界上最大的产金地，为了促销其出产的黄金，南非在1967年发行了克鲁格金币，此后风行世界。克鲁格金币正面有南非共和国第一任总统保罗·克鲁格的侧面像，故得名"克鲁格"金币。克鲁格金币含金量准确，颇受投资者信赖，购买克鲁格金币是一种理想的投资黄金市场的手段。

都挂在衣架上。鞋子在衣柜底部整齐地一字排开。她检查了衣服的每一个口袋,还摸了摸鞋子里面。然而,搜查得越久,她就愈发感觉到冰冷的挫败感。

难道是克莉丝汀认错人了?这可能吗?

是不是朱斯蒂娜迫使这个女孩制造了一个本不存在的错误记忆?朱斯蒂娜伸手关闭了衣柜的灯,就在这一瞬间她突然恍然大悟。

克罗克尔,你这个大笨蛋!他从来没有预计到会有人想要寻找那个东西。他们为什么要寻找它呢?那已经是五年前发生的事了。

朱斯蒂娜喊叫着诺拉的名字,后者几乎是立刻就出现在她面前。

朱斯蒂娜的心在快乐地翩翩起舞,而她的脉搏很重,耳朵里都能听见血液流动的声音,以至于她几乎听不见自己的说话声,"诺拉,快告诉我,这不是幻觉。告诉我这一切都是真的,我并没有虚构或编造什么东西。"

一一四

朱斯蒂娜背靠着审讯室的墙壁,安静地看着诺拉·克罗宁进行大胆无畏并且熟练自如的审问。

诺拉坐在审讯桌旁边,她的对面是鲁道夫·克罗克尔,后者脸上有几道手术缝合线,但他看上去十分快乐,就好像他正在享受自己不再是被关注的焦点的那种放松的感觉。

当克罗克尔看到朱斯蒂娜时,嘴角露出了笑容,似乎在说:"你有麻烦了,女士。看看谁在这里:贝莉·亨特,明星级的刑事辩护律师。"

贝莉·亨特看起来跟她在电视上的模样别无二致:四十出头,深色短发,还有瓷白色的皮肤。她身上西装的面料是质地优良的适合夏天穿着的灰色羊毛,脖子上还戴了一串灰色的太平洋海岛珍珠。

亨特已经将自己的筹码告诉给了诺拉和她的上司:他们以干扰警务

为理由拘捕克罗克尔，暂时可以侥幸逃避惩罚。但是，一旦克罗克尔因为这个轻罪被传讯，那亨特将立刻帮他安排保释。接下来，她和她的委托人将展开反击，她会准备好法律诉讼，所有参与逮捕过程的人都会被打倒。当亨特讲述这些东西时，她的脸上带着成功和自信的微笑。

诺拉说："克罗克尔先生，我再次向你道歉，因为我们对你造成了轻微的人身伤害。不过你应该知道，我们那样做的原因是我们怀疑你在前座上藏有枪支。"

"你说是什么就是什么吧，但是我并没有枪，而我们将起诉你们，因为你们对我进行非法侵犯。对吗，贝莉？我们将会索赔数百万美元。"

"鲁道夫，先让警官说完吧。让我们听听她还有什么可说的。"

"另一点你自己应该也很清楚，不是吗，克罗克尔先生？"诺拉继续自己的陈述，就好像鲁道夫什么也没说似的，"当我们刚一走进货车，就看到了一些令人不安的'装饰品'。"

"货车里的任何东西都不能作为证据。"律师插话道，"我的委托人没有持枪，而你也没有理由搜查他的车。你们擅自闯入他的车是非法行为。你还有什么要说的？"

"那就让我们谈谈这辆货车吧，可以吗，亨特女士？它用建筑级的黑色塑料作为衬里，而且我们还在车里发现了一个工具箱，里面装满了电极和夹具。所以我们不得不问，那些工具是用来做什么的？"

"任何一个会理性思考的人，尤其是一个曾经目睹过十三个死去女孩的尸体，并且亲眼看到她们是如何被杀害的人，也许会有这种想法：在货车内部加上塑料衬里，这样做的好处是当你的委托人折磨和杀害某个年轻女孩之后，更容易清除掉货车内部的血迹。"

"我只是想让货车保持崭新的状态，以便转售时卖个好价钱。"克罗克尔争辩道，但是他脸上的笑容消失了，至少是暂时地消失了。

"什么都别说。"亨特提醒自己的委托人，"这位警官只不过是在黑暗中扣动空扳机而已。"

"既然你这么说，那么恐怕我得声明我现在拥有一些'弹药'了。"诺拉说，"而且它们都很棒，甚至闪闪发光。"

她打开放在自己面前的一个文件夹，然后将第一张纸取出来，转了一百八十度后向前推出一段距离,使得亨特和克罗克尔都可以看到这份由国际私人侦探公司的实验室出具的报告。

亨特戴上了自己的眼镜。"这是一份 DNA 分析报告。"她说。

"没错。"诺拉·克罗宁说,"克罗克尔先生,从现在起你不必回答任何问题,因为我并不是在问问题,而是想让你的律师知道我们所掌握的材料,这样一来她就可以为我们即将对你作出的指控进行辩护。

"这份报告表明,你的 DNA 与温蒂·伯尔曼的衬衣上残留的 DNA 完全一致。"

"不好意思,我想打断一下。"亨特说,"温蒂·伯尔曼是谁?"

"告诉她吧,克罗克尔先生。算了,不用那么麻烦,还是让我来说吧。2006 年,一个名叫温蒂·伯尔曼的十七岁女孩在大街上被人用电击枪击晕。随后,克罗克尔先生架起她的胳膊,而他的朋友菲茨赫先生则抓住了她的两只脚踝,他们将她扔进了一辆厢式货车。

"一天之后,温蒂·伯尔曼的尸体被人发现。警方妥善保存了她的衣物,我们在她的袜子和衬衣上提取到了两份 DNA 样本,最后我们发现这两份 DNA 样本分别与菲茨赫先生以及你那位可鄙的委托人完全匹配。

"温蒂·伯尔曼遭到绑架时,有目击者在场。"诺拉继续说道,"这位目击者可以百分之百地辨认出你的委托人,而且她还会出庭作证。"

律师正色说:"你有什么证据可以表明我的委托人与那个女孩的死有关,警官?摸一摸和杀害是截然不同的两码子事。"

诺拉转过头看着朱斯蒂娜,"史密斯医生,你愿意向亨特女士详细解释一下吗?"

一一五

朱斯蒂娜坐到诺拉身旁,桌对面是克罗克尔和他那位著名的律师。

她感到自己的脉搏每分钟接近一百次,但她依然可以面不改色、从容不迫地控制好自己的表情和语调。她一直盼望着这一天这一刻的到来。

她打开文件夹,取出了一张照片:温蒂·伯尔曼站在她父母中间,她已经比父母都高了,两臂分别环绕着父亲和母亲的肩膀。

温蒂不仅美丽漂亮,她看上去意气风发,美好的人生正朝她招手。

温蒂·伯尔曼戴了一条项链,中间有一枚吊坠。朱斯蒂娜用记号笔在吊坠四周画了一个圈,并且还翻拍了一个吊坠的特写镜头。

这枚吊坠是一个与众不同的金色五角星,乍一看有点像海星,每条边都是波浪形的。它看上去应该是定制的,并且是独一无二的,事实也的确如此。当年定制这条项链的圣塔莫妮卡镇珠宝商至今还在营业,而且他们一眼就认出了这个出自他们之手的物件。

律师盯着照片,片刻之后她抬起头来,脸上写满了疑惑。

朱斯蒂娜将手伸进上衣口袋,掏出了一个小巧的透明玻璃纸袋,里面装着温蒂·伯尔曼的项链。

"你的委托人将这条项链用作一根灯绳,亨特女士。"她说,"上面有克罗克尔先生的指纹,还有伯尔曼小姐的血迹。吊坠的背面刻蚀了两行字:'送给亲爱的温蒂。爱你的爸爸和妈妈。'

"当这条项链还挂在克罗克尔先生的衣橱里时,我就已经为它拍了照,克罗宁警官亲眼目睹了这一切。我们有非常充分的理由认为你的委托人有谋杀嫌疑。见到你们之前,我们还和菲茨赫先生谈判过了。"

"我想和我的委托人单独谈谈。"亨特说。

"没问题,请便。"诺拉说,"不过你还应该知道一些事情。我们获得了搜查克罗克尔先生的办公室电脑的搜查令,现在它正在接受警方的仔细检查。我不得不说,我们已经找到了足以证明他有罪的电子邮件。这些邮件是克罗克尔先生与菲茨赫先生之间的往来邮件,上面标明了每个女孩被杀害的时间和地点,总共有十三个女孩。"

朱斯蒂娜看着克罗克尔从超酷花花公子瞬间变成了一个即将在裤子里拉屎的六神无主的小男孩。

"还有一些事情,你们二位有必要知情。"诺拉继续说道,"菲茨赫先生现在进了医院,警方对他进行严密保护。他还没有见律师,但我们已经将我们刚才告诉你们的东西讲给他听了。亨特女士,你应该知道这中间的利害关系。

"你的确可以到陪审团那里去碰碰运气,或者说,你也许还拥有一个非常小的时间窗口,赶在菲茨赫先生供出你的委托人之前与他进行沟通。"

"今天早上,我在医院见到过菲茨赫先生。"朱斯蒂娜说,"他已经明白,怀着杀死对方的意图去勾搭一个十五岁的女孩,这一事实在陪审团那里起不到任何积极的作用。

"从专业角度说,我认为菲茨赫先生的忍耐力不足以让他在死囚牢里等待比针尖还细的光明,他是个敏感和明智的人。从逻辑角度说,他现在所承受的压力已经超出了他的抗压极限。最后坦率地说,他已经处于精神彻底垮掉的边缘——如果他现在还没有垮掉的话。"

朱斯蒂娜感到自己因兴奋而有些头晕,但是这不要紧,她提高了嗓音继续说话。"地方检察官想审判你们两人,你,还有菲茨赫先生。"她对克罗克尔说,"但是米奇·菲斯克,我的好朋友,现任警察局局长,他希望事情能更简单一些。谁先坦白,谁就可以减轻处罚。

"所以由你自己来决定吧。"朱斯蒂娜边说边将自己的双手交叠着放在面前的审讯桌上,"谁生谁死?现在决定权在你手上,鲁道夫。"

一一六

当朱斯蒂娜离开自己的办公室,准备去参加市政厅的会谈时,她感到极其兴奋,甚至可以说是亢奋。她重新抹了一下口红,然后乘坐电梯下楼,来到街边,钻进了等待她的那辆跑车的后座。

杰克坐在驾驶座上,在他身旁是克鲁兹。

"你还好吧,朱斯蒂娜?"克鲁兹问道。

"那当然了,为什么这样问?难道是因为市长现在想见我们,却没有说明原因?还是因为我的大脑长久地被一个连环杀手所侵扰?"

"告诉他吧,朱斯蒂娜。"杰克笑得很灿烂,"我还没有机会对他说。"

克鲁兹转过头来,对着朱斯蒂娜露齿而笑,"是啊,朱斯蒂娜,都告诉我呀。"

"好的。在克罗克尔解雇了他的律师之后,他用他那做作的、似笑非笑的学生腔交代了他杀害温蒂·伯尔曼的事实。

"他有一句原话是这样说的,埃米利奥。"朱斯蒂娜继续说道,"'这是一场游戏,而我想得到声誉。要不然,我为什么要费尽心机作出所有的计划,并且执行它们?'"

克鲁兹吹了一下口哨,"你一定是在开玩笑吧,他真的那样说过?"

"他想争夺榜首。"杰克说,"也可以说是榜末,这取决于你怎么看待。"

"是这样的,鲁道夫想成为洛杉矶历史上他这个年龄段最凶恶、最残暴、最扯淡的连环杀手。"朱斯蒂娜说。

"不论他是否情愿,我相信鲁道夫今后不得不和菲茨赫分享他的'荣耀'。至于那十四个我们已经知道的受害人……克罗克尔暗示也许还有更多的受害人。他甚至还提供了一些有关詹森·佩尔森所谓的自杀事件的内幕,此外他还要求与地方检察官对话。"

杰克接过了话头,与克鲁兹滔滔不绝地交谈着。朱斯蒂娜将头靠在椅背上,闭上眼睛开始养神。杰克告诉克鲁兹,鲍比·裴提诺已经与克罗克尔达成了一桩协议:如果他彻底坦白其他所有的谋杀,那么不管数量有多大,他都不会被判死刑。

在那之后,鲍比离开了审讯室,面若冰霜。他已经不在乎这个孩子为什么会成为一个精神变态的杀人狂魔。

但是朱斯蒂娜必须知道这些家境殷实的孩子为什么会变成这样的怪兽。克罗克尔和菲茨赫的所作所为让朱斯蒂娜想起了内森·利奥波德和理查德·勒伯①——另一对才智超群的青少年,他们曾在 20 世纪初期杀

---

① 洛杉矶历史上真实存在的两个有钱人家的少年,都聪颖过人,同时经常惹祸,而且十分幼稚。

死了一名同校同学，以此来验证他们是否有能力让自己逍遥法外。他们自认为聪明过人，结果却犯下了一个新手才会犯的错误，最后被判处终身监禁。后来的调查结果表明，这两个男孩表现出了同性依恋，然而在当时却未被公开承认。

克罗克尔和菲茨赫曾虐待他们的女性受害者，但是没有一个女孩遭到过性侵犯。克罗克尔和菲茨赫是利奥波德和勒伯的再现吗？

关于他们的精神疾病的性质，问题或许比答案还更多，身为精神病专家的朱斯蒂娜深知这一点。有很多可供选择的病因：遗传倾向、精神创伤、大脑生理结构，还有那句非常流行的"谁他妈的在乎别人怎么看呢，因为我们都是与众不同的人，懂吗？"

作为一名可以证明他有罪的潜在证人，朱斯蒂娜不能与克罗克尔共处太长的时间，但她很希望自己能继续提问。那个卑鄙的人渣应该会告诉她任何她想知道的东西——只要是同他自己相关的。

杰克将车驶进了市政厅背后的停车场，他走下车为朱斯蒂娜打开了车门，并伸出一只手扶她下车。

朱斯蒂娜下车后放低了自己的墨镜，然后对杰克说："我得先警告你，杰克。如果市长试图因我们粗暴对待那些王八蛋而训斥我们，那我一定会反击的。"

一一七

托马斯·海弗伦市长是一个身材瘦长、头发灰白的男人，他的左臂有些残疾，因为他曾在"沙漠风暴"行动[①]中受过伤。菲斯克局长肌肉发达，身高差不多有六英尺三英寸，站在市长身边看起来就像一个保镖，不过军

---

① 指1990年以美国为首的多国部队针对伊拉克侵占科威特而发动的军事进攻。

人出身的海弗伦显然可以保护好自己。

海弗伦示意我们所有人——朱斯蒂娜、克鲁兹、菲斯克、裴提诺、诺拉，还有我自己——坐到一张玻璃会议桌旁边，窗外可以看到长长的天际线。

他说："大家都能在收到邀请后如此短的时间内赶来这里，我感到非常高兴。菲斯克局长这边有一些消息要公布。"

菲斯克双手交叠放在会议桌上，"埃蒙·菲茨赫与鲍比达成了协议，并且承认自己参与了绑架和谋杀温蒂·伯尔曼的罪行。目前我们正在检查他的电脑，很明显这个病态的王八蛋一定患有强迫性精神障碍。"警察局局长说道，"他保存了自2006年以来所有的相关文件，以及所有的文字信息。我们还需要花上几个星期的时间才能弄明白他用来引诱那些受害人的无线间谍程序。据说，这个怪胎其实是某种天才。"

朱斯蒂娜说："这真有趣，米奇。克罗克尔也认为他自己是个天才，在他眼里菲茨赫只是个工具。"

克罗宁说："他们都是工具，事实就是这样，对吗？时隔两年之后，我终于回到了自己的正常生活，是不是？现在我真不知道自己还能做些什么。"

短暂的笑声过后，海弗伦说："你们各位都干得很好。局长，将国际私人侦探公司引入这起案子是需要勇气的。杰克，希望我还能再次见到你。

"朱斯蒂娜，诺拉，这些日子，这些年，你们的付出比得到的回报要大得多。还有你，埃米利奥，我听说你把菲茨赫吓得屁滚尿流。总之，因为你们的贡献，今天的洛杉矶成为了一个更加安全的地方。谢谢你们！"

官人官腔，真是见鬼，但是这些感谢的话终究还是让人挺舒服的。因为这席话而引起的大脑内化学物质的释放使得我全身都感到无比舒畅，再多的钱也比不上扔出垃圾，继而"砰"的盖上盖子，并且明确地知道它们将会永远被牢牢关上的那种兴奋感觉。

我们大口喝着香槟，随意地开着玩笑，纷纷与市长合影留念。突然，我的手机响了，铃声很短暂。

我收到了一段语音留言，是从我的办公室座机转过来的，还标明了"紧急"二字。打电话的人是迈克·多纳赫。

这个名字好熟悉呀,但我一时无法把人和名字对上号——片刻之后我突然恍然大悟,就像被一记拳头打在脸上。多纳赫是科琳经常去的那家爱尔兰酒吧的老板。

我按下播放键,聆听着多纳赫用浓浓的爱尔兰土腔沉重地说话。我接连听了两遍,终于听清楚了。

"杰克,不好了。科琳在格兰岱尔市纪念医院,411病房。你得赶快过来。"

一一八

我在高速公路上向北疾驰,朝着医院的方向行驶。

我试图联系多纳赫,但每一次我的电话都直接转入了语音留言信箱。

我感到很害怕,而且心事重重,甚至有些精神恍惚……突然我发现出口就在眼前。

我使劲转动方向盘,结果汽车失控了,甩了几圈后终于停了下来。汽车抛锚了,这时我才发现它和水泥分隔墙之间只剩下不到五英寸的距离。

高速公路上的车辆以七十英里的时速从我身边驶过,喇叭纷纷发出了尖锐刺耳的鸣响。当我重新发动引擎,最终开着车安全地驶出出口匝道时,我发现自己的手在发抖。天哪,刚才我差一点就车毁人亡了。

在接到多纳赫的电话二十五分钟过后,我走进格兰岱尔市纪念医院的大厅,挤过人群来到电梯跟前。电梯门打开了,我走了进去。

出于某种盲目的侦探本能,我第一次尝试就顺利地找到了科琳的病房。

我猛地推开双开式弹簧门,多纳赫立即从一把椅子上站了起来。他走到我的身边,并同我握了握手。

"你对她的态度得小心和温和一些,杰克,她的情况不太好。"

"发生什么事了?"

"你们俩还是单独谈谈吧。"

科琳的面颊发红,两鬓的头发湿漉漉的,身上的白色棉被盖住了她的下巴。

她躺在床上,看起来非常小,就像一个发烧的孩子。

我坐在多纳赫刚刚腾出来的椅子上,弯下身子抚摸着她的肩膀。我被她吓坏了,自从我认识她,直到现在,她从来没有生过病,一次都没有。

"科琳,我是杰克。"

她睁开蓝色的眼睛,看到我以后,她微弱地点了点头。

"你还好吗? 你怎么了?"我问道。

药物使她发音有些缓慢吃力,"我要回家了。"

"你在说什么啊? 你要回都柏林了?"

我的脑子里突然涌出了一个可怕的想法,就好像一记重拳正好击中了我的腹部。"你怀孕了? 孩子没了?"

科琳先是面无表情,听我这么一说倒笑了起来。笑了一阵,她又陷入了歇斯底里的状态,继而又转为啜泣。她用双手捂住自己的脸颊,这时我猛地看见她的两只手腕上缠着令人震惊的白色纱布和胶带。

纱布上看得到鲜红的血迹。

她做了什么?

"我叮嘱过迈克,叫他不要给你打电话。让你看到我这个样子,真让我羞愧……我会好起来的。你走吧,杰克,我现在已经好多了。"

"你在胡思乱想些什么啊,科琳?"

我回想着过去几个星期和几个月里发生的事,我没有注意到科琳有任何沮丧的言行。我怎么会那么大意? 我他妈的有时候怎么就那么迟钝呢?

"我是个十足的大傻瓜。"她说,"我只是太痛苦了。你不必再重复了,我知道一切都结束了。"

"科琳,噢,科琳。"我低声说。

她闭上了双眼,羞愧淹没了我,除了羞愧,还有内疚。我的确很关心科琳,但是她用情更深。当我知道我们已经走到头时,我还和她保持着暧昧关系,我实在是太自私了。我伤害了这个女人,而她伤害了她自己的身体,这一切多么可怕啊!

我不知道沉默持续了多久,也许只有一分钟,但是这个时间长得足够让我思考科琳对我来说到底有多重要,并试图想象我们的未来。然而,令人悲伤的是,我真的看不到我们的未来。

"至少你再也不必被迫听我奇怪的口音和说话方式了。"她说。

"难道你不知道我很喜欢听你说话吗?"

"你对我很好,杰克。一直以来都是这样,我永远都忘不了这一点。"

"该死,莫洛伊,我希望你能快乐一点。"

她点了点头,可泪水却顺着她的脸颊流了下来。

"你也一样。"她说,"我希望你也能快乐。"

我们俩都没有再说话。

我亲吻她,同她道别,然后打开门走出了病房。我知道我再也不会见到科琳了,我永远失去她了。

我再次让一个好女人从我身边离开,不是吗?我到底是怎么了?

一一九

我本来已经安排好了一场庆功会,地点是太平洋餐车餐馆。我想感谢实验室的工作人员,以及女学生谋杀案的主要参与者,大家的工作都非常出色。

但是,见过科琳之后,我不再有动力庆祝,我也不能装出兴高采烈的样子。

我给西摩打电话,告诉他我家里有急事,并委托他代替我主持大局。接下来,我做了一件对我来说不可思议的事——我关掉了自己的手机。

我开车来到了洛杉矶森林草坪公园——一个植物蔓生的古老陵园,

许多名人埋葬在这里,我那亲爱的母亲也是如此。

她死于一种未被确诊的心脏病,而她在世的时候几乎每天都受到我父亲的折磨和虐待。对于一条不幸的生命来说,这个意想不到的结局似乎有一点点解脱的意味。也许正是由于我母亲和父亲的恶劣关系,那段记忆使得我抗拒婚姻。

我脱掉外套,然后坐在她简洁的墓碑旁的草地上。墓碑上雕刻了一双正在祈祷的手,下面是一行铭文:**桑德拉·克莱采尔·摩根安息吧。**

远处传来了割草机发出的"嗡嗡"声,我抬起头,看见了几个闪光的铝箔气球。在这些盘旋着的气球下方,很可能就是某个可怜孩子的墓地。

我并没有对着我母亲的遗骨和灵魂交谈。在我离开之前,我甚至都没有祷告。

但我还是回想起了一些我们共同度过的美好时光:千载难逢的野餐,橄榄球比赛结束后屈指可数的车尾野餐会,与她一起观赏晚间节目中彼得·塞勒斯[①]的喜剧……她看彼得·塞勒斯的《粉红豹》很可能不下一百次,我亦是如此,汤米也一样。

想到这里,我不禁笑了起来。片刻之后,我将自己的外套卷成枕头,然后躺在地上,着迷地看着树叶在头顶的树枝上随风摇摆。

就让我从这个星球上消失一段时间吧。

我一定睡了很久,而且很深,因为我是被一位墓地看守者摇醒的。他摇晃着我的手臂说:"先生,我们要关门了,请您支持我的工作。"

我抚摸了一下母亲的墓碑,然后离开陵园,找到了自己的车。就好像拉着雪橇的马儿知道自己该去哪里一样,我的车仿佛也知道自己应该开往一个漂亮的目的地——比佛利山的山麓。

我将车停在卫斯理街区,这里是一片整洁的住宅区,而我可以遥望朱斯蒂娜小巧漂亮的房子。我打开手机,键入了她的号码。

响过第一声之后,朱斯蒂娜就接听了电话,"杰克,你家里遇到什么急事了?"她问道,"你居然没有出席庆功会。"

[①] 当代最优秀的喜剧演员之一,1925 年出生于英国一个富有的表演世家,1980 年病逝。其代表作《粉红豹》既风趣又搞笑,系 20 世纪 60 年代的喜剧经典。

"科琳要回都柏林了。"我说,"我和她谈了一会儿,之后我去了森林草坪公园。我想我需要一些时间思考。"

"杰克,你还好吗?"

"当然。"

"哦,那个人说'当然'。"朱斯蒂娜的语气如同她正在评估自己的病人,"好吧,其实我自己也需要进行一些心理调整。听我说,鲍比把我抛弃了,回头去找他自己的老婆。不过,鲍比'赔了夫人又折兵',现在他老婆也不想再理会他了。"

我很想安慰朱斯蒂娜,事实上听到这个突发事件也让我暗自高兴。朱斯蒂娜太优秀了,鲍比·裴提诺根本配不上她,或者说她根本就不应该被加州政治的污迹和恶臭所玷污。

我想象着朱斯蒂娜在家里的情景,眼前浮现出了一幅幅画面:她坐在书房的贵妃沙发上看书,或者躺在卧室里的床上调低了电视机的音量,手里还拿着一杯红酒。我的思想几乎就要拉着我走过去,敲响她的房门。

"你现在在做什么呢?"我问道。

"你问这个干嘛?"

"我想过来找你。"我说,"就待一小会儿。"

电话那头是长久的沉默,而电话这边的我满怀期待。

"杰克,我们都知道这不是一个好主意。"朱斯蒂娜说,"你何不趁晚上好好睡一觉呢,明天早上我们再见。"

我正要喊她的名字,然而她却挂断了电话。片刻之后,我看着她房间里的灯一盏接一盏地熄灭了。

最后,我独自开车回到了自己的家。

尾声
魔鬼般的孪生兄弟

一二〇

业余演员帕克·道尔顿敲响了夏特蒙特酒店34号套房的房门。

他提着一个折叠按摩床的把手,用另一只手调整了一下帽子,然后站在深色印花地毯上,等待着库什曼先生放他进去做每日例行的按摩。

道尔顿喜欢这份工作,而且是发自内心的喜欢。明星们经常入住夏特蒙特酒店,他们当中有些人会一次住上好几个月。每当看见德鲁·巴里摩尔[1]、卡梅隆·迪亚茨[2]、马修·派瑞[3]以及其他明星进入自己的工作日志,总是会让他对自己的职业生涯充满了希望。

库什曼先生不是明星,但他是一个名人,因为他的妻子被人谋杀了,而凶手却一直逍遥法外。

道尔顿经常在推特网[4]上谈及自己与库什曼会面的情景,他的朋友们以及数不清的朋友的朋友们都希望从他那里打听到更多的消息和细节,还有更多的亲眼所见后发表的尖刻评论。

库什曼先生没有开门,道尔顿拨打了他房间里的直线电话。他听到电话铃声在房门那边响起,但是库什曼先生没有接电话。现在他开始考

---

[1] 美国好莱坞著名女演员,兼导演、制片人、监制,曾获金球奖迷你剧最佳女主角和美国演员工会奖迷你剧最佳女主角奖。代表作品有《霹雳娇娃》《初恋50次》《灰色花园》《远距离爱情》等等。
[2] 美国好莱坞著名女演员,具有古巴、西班牙、德国、英国及美国印地安人血统,因电影《变相怪杰》跃上好莱坞大银幕,后因电影《霹雳娇娃》再创事业高峰。曾凭借电影《我为玛丽狂》《傀儡人生》《香草的天空》和《纽约黑帮》四次提名金球奖。
[3] 美国著名男演员,以饰演美国著名情景喜剧《六人行》(又名:《老友记》)中的钱德勒·宾而出名,他同时也是艾美奖提名的男演员。现在更多年轻人认识他是因为其主演的电影《重回十七岁》。
[4] 推特(英文名:Twitter)是国外一个社交网络及微博客服务的网站,是微博客的始祖,国内的微博网站都是在推特的基础上衍生改进而来的。

虑接下来的选择。

他应该就这样离开吗？还是给酒店总台打电话？

以前，在道尔顿来的时候，库什曼喝得半醉，这种情况并不罕见。但是今天他也许发生了什么意外事故，比如在洗澡的时候摔倒了？

道尔顿最终还是拨打了总台的电话，几分钟后，酒店日班经理来到了房门外。这个金发小伙子个头很高，身材酷似摇滚歌手，他的名字"施特劳斯先生"写在他马甲上的胸牌上。施特劳斯简短地询问了道尔顿几个问题，然后打开了库什曼先生的套房房门。

道尔顿站在门口高声喊道："库什曼先生。"没有人回应，于是他跟着施特劳斯进到了大套房里。

简朴的20世纪30年代式样的家具井然有序，桌面上散乱地摆放着酒瓶和玻璃杯，垃圾已经从垃圾桶里溢出，白色的窗帘在凌乱的床铺上方随风翻腾。

"我没有看到库什曼先生。"道尔顿说。

"不会吧。"施特劳斯十分惊讶。

道尔顿看见施特劳斯打开了衣柜门，这给了他一个"窥探"的机会——库什曼先生在既没有裸体也没有穿睡衣裤的时候穿的是什么呢？

然而，衣柜里空无一物，梳妆台的几个抽屉也是如此。

他们进到了贴着漂亮的黑白花纹瓷砖的浴室，这里乱成一团：医药箱打开着放在地上，里面只有一把用过的剃须刀和一瓶阿司匹林，地板上全是毛巾。

"朋友，看来他没通知我就办理退房了。"帕克·道尔顿说。

"天哪！"经理开始摇头，"他没有办理退房手续，他逃跑了。"

"那你打算报警吗？"

"别开玩笑了，这里可是夏特蒙特酒店。"

离开了这座大名鼎鼎、据有些人说曾经闹过鬼的酒店以后，帕克·道尔顿开始在推特网上发微博——他有一个故事需要讲述。待到这一天结束的时候，至少会有两万名好管闲事的网友知道：安迪·库什曼未付酒店房费就逃跑了。

一二一

黄昏的时候，德尔里奥开车驶离罗伯峡谷公路，转入了一条岔道。继续行驶了一段距离之后，他将自己的灰色路虎越野车停在罗伯-维斯塔公路旁边。

此刻的天空灰蒙蒙的，和他的车一样灰，也和他的衣服一样灰。其实德尔里奥并不需要这样的保护色，因为他现在所处的地方是一处非常荒凉的无人之地。

德尔里奥从后备厢里取出了一把配备了远距离瞄准器的雷明登700狙击步枪[①]，与此同时他的脑子里一直在想杰克。

他离开公路，沿着一条曲折的小径走上了一段斜坡，小径两侧是茂密的灌木丛。

斜坡越来越陡峭，当小径向右转弯时，德尔里奥用手开辟出一条新路，穿过了一堆齐腰的野草。他的鞋子在斜坡上很容易打滑，因此他每走一步都小心翼翼地抓住身前的灌木或草茎。尽管速度不快，但他十分稳健。

他终于顺利来到了顶部的平原，这时他可以看到脚下六七十米远的地方有一座农舍。由于太阳已经落山，农舍及其附属建筑物都显得十分灰暗，那一片庄园看起来就像一张皱巴巴、挤满灰尘的地毯被随意地扔在山麓下。

德尔里奥俯卧在地，枪口向外伸出了峭壁的边缘。

他一直保持着这样的姿势，四十分钟缓缓过去。突然，他看到农舍的

---

① 雷明登700狙击步枪是美国雷明登公司于1962年推出的一款旋转后拉式步枪，刚一问世就以其精确性和威力受到称赞。而美国军方也看上了雷明登700的精确性，在雷明登700的基础上开发军用狙击步枪，如海军陆战队的M40A1和陆军的M24SWS。此外，还有多家枪械生产厂在开发比赛步枪或狙击步枪时也采用了雷明登700的枪机系统。

后门被打开了,他正在等的那个男人牵着一条狗走了出来。德尔里奥认识这种狗,俊美的罗得西亚脊背犬①。

这个男人沿着崎岖的道路往前走,他穿着格子花呢上衣和牛仔裤,还戴了一顶宽边帽。他用链条将狗系在门廊柱子上,拍了拍它的脑袋,然后从栏杆上拿起缰绳和马鞍,朝着围场走去。

戴帽子的男人为一匹红棕色的母马套上了马鞍,接下来骑着它离开围场,走上了一条通往丘陵的马道,意想不到的灾祸正在前方等待着他。

德尔里奥用枪瞄准骑马者身上的格子图案,继而扣动了扳机。

母马的耳朵动了动,但并没有停下脚步,而是和刚才一样继续往前走。当它转弯时,德尔里奥清楚地看到了骑马者身上的窟窿。

德尔里奥站在原地,注视着依然直立着坐在马背上的骑马者。没过多久,就像电影里的慢动作一样,骑马者开始向左倾斜,最终跌落到地上。

母马还在前进,骑马者的靴子连在脚蹬上,整个人被拖行了很长一段距离。也许是感到累了,母马停了下来,开始吃路边的干草。

德尔里奥捡起刚刚掉落的弹壳,将它装入了自己的衬衣口袋。接下来,他抄近路走下峭壁,向马道走去。

他来到职业杀手的尸体旁边,弯下腰去检查了一下后者的脉搏,结果发现对方已经彻底离开了人世。

他重重地踢了尸体几脚,接着大声说:"喂!蒙哥马利老兄,你这个人渣。谢尔比死得不明不白,你的下场和她一样。"

德尔里奥用衬衣下摆擦了擦自己的枪,然后用力将它扔下峭壁,并看着它在岩石上弹跳了几下,最后消失在绵延数英里的灌木丛中。

他掏出弹壳,擦拭了几下,接着将它沿同样的方向猛掷出去。

一次射击,一条人命。

干得好,非常专业,同时也很符合国际私人侦探公司的风格。

这是个人恩怨,德尔里奥心想。

杰克曾经爱过谢尔比——而他视杰克为手足。

---

① 罗得西亚脊背犬是一种结实、肌肉发达、活泼的狗,外形匀称,气质高贵,因其能捕猎狮子,所以又叫猎狮犬。成熟的罗得西亚脊背犬看上去俊美而强健,气质平和而威严。罗得西亚脊背犬深爱他的主人,但对陌生人有所保留。这个品种的独特之处在于他脊背上的逆毛。

一二二

此时此刻,我们手头的大案要案都已经结束了,至少对于洛杉矶总部来说是这样的。

伦敦、法兰克福、芝加哥,还有纽约,这些地方的分公司依然还在忙碌。罗马分公司正在进行一场谈判拉锯战——事关他们的盈亏底线,但是我对此并不十分在意。

我们在战情室的早会演变成了即兴的庆祝舞会,莫琳准备了奶酪蛋糕,西摩用一大瓶百利甜酒①装满了大家的咖啡杯,克鲁兹站在西摩的实验室助理凯伦身旁,两眼直勾勾地看着她,从领口一直看到鞋子。

在大家的"威逼利诱"之下,女主角朱斯蒂娜终于发言了,她只说了五个字:"我们做到了!"

人群爆发出了热烈的欢呼声和掌声。

就在这时,门打开了,我的新助理科迪·道斯走进战情室,然后径直朝我走来。

"一个叫珍妮特·科尔顿的女士未经预约就过来了,杰克。她现在在接待区,我应该怎么做?"

"我会带她去我的办公室。"我说,"科迪,你留在这里,跟大伙认识一下。作为助理,这可是非常重要的工作。"

"谁帮你接电话呢?"

"这就是我们为什么需要语音信箱的原因。"

我走出战情室,远远看见珍妮特·科尔顿坐在前台接待处旁边。上一次我见到她时,她的头发是精心梳理过的,整个人气色很好。那天,她

---

① 百利甜酒,又称百利爱尔兰奶油力娇酒,是一款以爱尔兰威士忌为基酒的奶油力娇酒。

泰然自若地告诉我,她和她的网球明星老公跟一对邻居夫妇想要互换配偶。

我曾建议她去找我的老朋友伍德·普兰蒂斯,当时我还为我们不能接下那个轻松的任务而感到有些遗憾。

走近以后,我发现珍妮特·科尔顿今天极不对劲。她的左脸颊上有鲜红的手指印,双眼肿胀,眼袋明显而且发黑。

她的手像钩子一样抓住了我的胳膊,而且不肯放开。

"杰克,我得和你谈谈。很抱歉我以这样的方式来找你。"

"天哪!究竟发生什么事了?快到楼上我的办公室去谈吧。"

她的脸扭曲了,紧接着大哭起来。那一刹那她看上去就像一个小女孩。

"我干了件坏事。"当我们走进电梯时,珍妮特·科尔顿语无伦次地说,"我开着拉尔斯的'劳斯莱斯'从他身上碾过去了。"

"你说什么?"

"我撞倒了他,还倒车碾压他。"

"你把他弄死了?"

她摇了摇头,"当我离开的时候,他还在咒骂我。我叫了一辆救护车,但我没等到救护车抵达就走了。我需要你的帮助,杰克。我需要你尽最大努力帮助我。"

我们出了电梯,以最快的速度朝我的办公室走去。我感到有些庆幸,正好现在我们所有的重要案子都已经解决了。

"我会尽最大努力的。"我边说边打开了办公室的房门,然后站到一边,让珍妮特先进去。

门打开了,而我和珍妮特·科尔顿都愣了好一会儿才意识到,原来我的孪生兄弟正坐在我的办公椅上。他那双穿着莫卡辛软帮鞋的脚搁在我的办公桌上,他的脸上带着得意洋洋的笑容。

他为什么来这儿?

他又会将什么新的垃圾倒在我头上?

"我们的商业英雄最近怎么样啊?"汤米说,"遇到困难的美丽少女,你没必要哭泣,杰克会帮你解决所有难题。"

一二三

"我只需要占用你一分钟,老弟。"汤米说,"然后我就会乖乖地离开的。"

我让珍妮特·科尔顿先暂时去科迪的座位上稍坐片刻,并告诉她我很快就会回来,只需半分钟足矣。待她出去后,我关上了身后的门。

"说吧。"

"这真像展示讲述课[①]。"汤米边说边将一份文件从一个蓝色文件夹里取出来,然后递给我。

"快离开我的办公桌。"我厉声说。

汤米窃笑着站了起来,找了一把椅子坐下。我走到办公桌前,打开了那份法律文件。我看到了汤米的名字,还有父亲的名字。

我看着自己的孪生兄弟,"汤米,你就直截了当地讲出来好了。我还得去处理客户的难题。"

"她会没事的,我能看出来。不论如何,我很高兴能亲口告诉你这一切,老弟。我顺利地完成了康复治疗,然后将这件事告诉给了父亲的律师。接下来,我得到了一个重大消息,我想说的是,它大得不能再大了。"

"他不是我们的亲生父亲?哦,这可真令人欣慰。"

汤米笑道:"噢,他是我们的亲生父亲,这一点你不用多想。我成功地完成治疗后,我继承了一大笔钱。一千五百万美元,杰克,我想这个数字和你应该是一样的。"

我努力控制住自己的表情,但是我真的非常震惊。以我对父亲的了解,我认为他此时正在坟墓里策划和运营一轮杰克对抗汤米的竞争。这

[①] 指学童们以所带实物展开讨论的一种课堂练习形式。

个老家伙到死都那么鬼祟,不然他为什么没有告诉我他也为汤米存了一笔钱?

"你知道我打算用自己的那份遗产干什么吗,杰克?我会扩张国际私人警卫公司,我们即将成为国际化的大公司。我继承了父亲的名字,而我相信他希望我可以彻底将你打败。国际私人警卫公司会越来越壮大,并且全面超越国际私人侦探公司。你就等着瞧吧。"

"听上去很不错,汤米。我祝愿你和你的公司都能蒸蒸日上。"

我站起身来,示意他出去,但没有挪动自己的脚步,"谢谢你顺道来看我,出去的时候小心一点,别被门撞到了。"

但是汤米没有照做,他笑得更开心了。

"我还有一些东西要给你。"他说,只见他从自己的上衣口袋里掏出一张纸条,将其递给了我。

这是一张开具给我的六十万美元支票。

"现在我们扯平了,杰克。"他说。

这时,他站直身体,用右手的大拇指和食指比画出一个手枪的姿势,瞄准了我。

"你死了,杰克。"

他的声音怪异而颤抖,而我顿时就明白他是在模仿他那通过电子装置加工过的声音。看着他的脸,听他说出"你死了"三个字,要比听到电话里机械化的声音还更加心寒和失望,因为这真实得多。

这就是我的孪生兄弟,这就是我的亲哥哥。

他非常恨我,这些年来他一直都在暗地里偷偷地折磨我。

尽管他伤害了我,但我并没有退缩。我告诉他:"这么说,一直以来都是你在打电话了,汤米。我曾经就此问过你,可你却撒谎了。就像过去一样,每当我因证据不足而解除对你的怀疑,而你总是会变本加厉地报答我。

"我不会再相信你了,永远不会。顺便说一句,老哥,我没有死,而且你也没办法让我死。"

汤米一言不发地离开了我的办公室,他的脸上依然挂着笑容,但是表情却有些僵硬。他是我娘胎里的伙伴,我不共戴天的死敌,也是我接到的每日死亡威胁电话的始作俑者。我看着他沿着蜿蜒的鹦鹉螺楼梯走下去,最终消失在了视野之外。我真希望自己再也不要见到他,并且再也不要听到他的声音。

然而希望实在是太渺茫了。

我走出办公室,对珍妮特·科尔顿说:"他是我那魔鬼般的孪生兄弟。"

一二四

第二天早上,我在生物钟的作用下自然地醒来。

这一次和以往不同,我没有从噩梦中惊醒,我的手机也没有鸣响。房子后面的海水涨潮了,海浪的声音穿过打开着的窗户,进到我的卧室,这种感觉真是美妙。

更美妙的是,朱斯蒂娜现在就躺在我的身旁。

我转过头去,看着她那美丽的脸庞,而她也微笑着注视着我。此时此刻,我的内心充满了对这个女人的爱意。

她用双臂环绕着我的脖子,将我拉得离她更近一些。

"涛声依旧,宛如乐章。"她说,"我一直都很喜欢这座房子。"

"这座房子一直都很喜欢你。"

我们面对面侧躺着,我将她的大腿放在我的腰部,然后我们突然陷入了激吻,急促的呼吸声几乎压过了海浪的声音。

我已经等不及想进入角色,然而该死的手机突然在床头柜上响了起来。

一定是汤米!我伸手拿到手机,正准备开骂,但是我猛地看到了来电人的信息。这个人不是汤米,而我必须接他的电话。

"我是杰克·摩根。"我略微喘息着说。

卡麦·多西亚的语调很平常,但是他所说的事情却非同小可。

"很抱歉,杰克,我带来了坏消息。安迪·库什曼在海边开车时遇上了车祸。他在一处本该转弯的地方径直前行,结果冲出公路坠下了海崖,汽车立刻就燃烧起来。地面上看不到刹车的痕迹,我想他的刹车可能失灵了。"

"你确信那个人就是安迪吗?"我问道,现在我感到自己说话和呼吸都有些困难。

"哦,没错,一定是他。我的一个手下看到了整个过程,我们一直都在密切监视他,这你是知道的。祝你周末愉快。"

我关上手机,但是心情难以平复。我想着我新的隐秘合伙人卡麦·多西亚——没有比我更好的朋友,也没有比我更难对付的敌人。

然后我想到了我对安迪的情怀,以及当我知道是他杀害了谢尔比之后,我对他的感觉的变迁。

安迪曾是我最亲密的朋友,我在他的婚礼上做伴郎,我曾期望做他孩子的教父[①]。或者说,起码我认为我们可以在年老以后一起结伴游玩,在高尔夫球场上肆意挥洒,彼此分享人生的回忆,面对面开怀大笑。

然而现在安迪已经死了。我知道自己将来也许会有些伤感,但是现在我对他毫无感觉。

完全没有。

我走下床,打开滑动门,用尽全力将手机扔了出去。没过多久,我听到了手机落入海水的声音。接下来,我关上并锁好了滑动门,回到朱斯蒂娜身边。

她能读懂我的表情吗?毫无疑问她当然可以。

她能读懂我的心思吗?可能性非常大。

"是谁打来的?"她问我。

"这无关紧要。"

她用双手抚摸着我的后背,"你还好吗,杰克?"

[①] 很多国家的孩子到达一定年龄后就要接受洗礼或成人礼,负责给这个孩子进行洗礼的神甫就被称为这个孩子的教父。更广义地说,教父还会承担宗教教育的责任,也是孩子的精神导师。另外,教父在很多时候也有干爹或义父的意思,不一定是神甫。

"我很好。"我一边说,一边将她那长长的黑发拂到脸旁,"现在是时候换个新手机了,连同手机号码一起换掉。"

"你有时候真让我吃惊,对吗?这一次你可以告诉我吗?请告诉我你到底在想什么。"

"我在想,我们刚才的好事正进行到一半。"我说。

"哦,这个我也记得。"

我将朱斯蒂娜拉得更近一些,将她的大腿放在我的腰部。我再次亲吻她,然后迷失在了她的柔情中。这种感觉真好,正是我想要的。也许我可以把一切都告诉她,而这一次我真的做到了。

"安迪死了。"我在朱斯蒂娜的脸颊旁轻声说道。

致谢

感谢以下顶级专业人士与我们分享他们宝贵的时间和专业知识：

理查德·康克林警官、汉弗莱·杰梅纽克博士、美国海军陆战队的尼尔·奥斯瓦尔德警官、外科硕士及法学博士伊莲·帕格利亚诺、史蒂夫·鲍文、肯·泽西、马克·布鲁诺、彼得·克洛梅洛。

特别感谢我们的研究员——林恩·克洛梅洛、劳伦·谢夫特尔和玛丽·乔丹，感谢他们不懈的支持。

Private by James Patterson and Maxine Paetro
Copyright © 2010 by James Patterson
This edition published by arrangement with Little, Brown and Company, New York, New York, USA.
Simplified Chinese translation rights © 2013 by Chongqing Publishing House Co., Ltd.
All rights reserved.

本书中文简体字版由小布朗公司授权重庆出版社在中国大陆地区独家出版发行。未经出版者书面许可，本书的任何内容不得以任何方式抄录、复制或转载。

版贸核渝字(2013)第 024 号

图书在版编目(CIP)数据

私人侦探 /（美）帕特森著；曾雅雯译. —重庆：重庆出版社，2013.6

书名原文：Private

ISBN 978-7-229-06590-4

Ⅰ.①私… Ⅱ.①帕… ②曾… Ⅲ.①侦探小说—美国—现代 Ⅳ.①I712.45

中国版本图书馆 CIP 数据核字(2013)第 109448 号

私人侦探
SIREN ZHENTAN

[美]詹姆斯·帕特森　玛克辛·佩德罗 / 著　曾雅雯 / 译

出 版 人：罗小卫
责任编辑：陈渝生
责任校对：杨　婧
装帧设计：重庆出版集团艺术设计有限公司 · 王芳甜

重庆出版集团 出版
重庆出版社

重庆长江二路205号　邮政编码：400016　http://www.cqph.com
重庆出版集团艺术设计有限公司制版
自贡兴华印务有限公司印刷
重庆出版集团图书发行有限公司发行
E-MAIL:fxchu@cqph.com　邮购电话：023-68809452
重庆出版社天猫旗舰店 cqcbs.tmall.com
全国新华书店经销

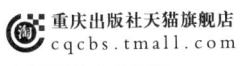

开本：680mm×980mm　1/16　印张：17.5　字数：275千
2013年7月第1版　2013年7月第1次印刷
ISBN 978-7-229-06590-4
定价：32.00 元

如有印装质量问题，请向本集团图书发行有限公司调换：023-68706683

版权所有　侵权必究